DIETLOF REICHE 85

Geo
Das g

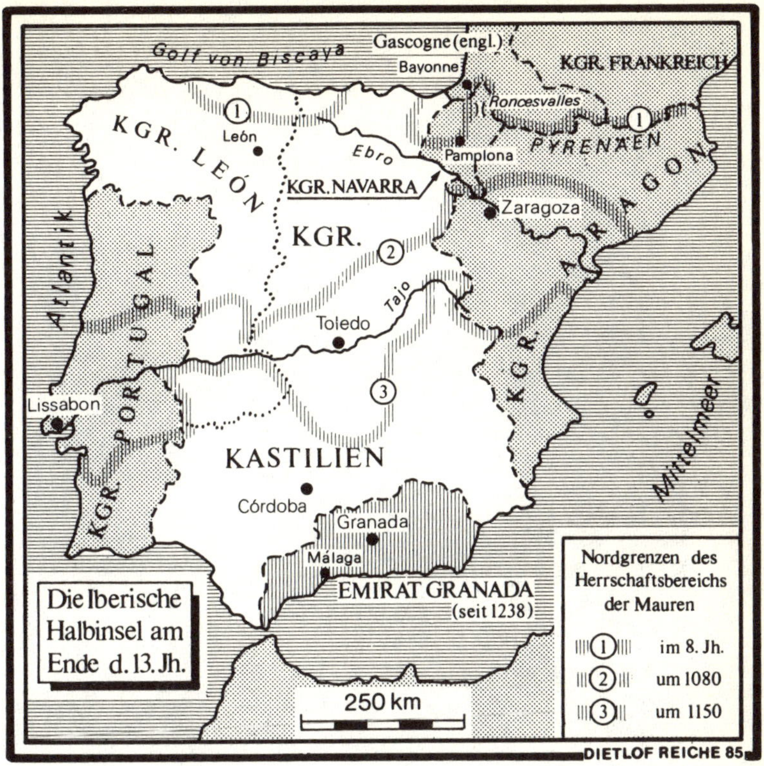
Golf von Biscaya
Gascogne (engl.)
Bayonne
KGR. FRANKREICH
Roncesvalles
Pamplona
PYRENÄEN
KGR. LEÓN
León
Ebro
KGR. NAVARRA
Zaragoza
KGR. ARAGON
KGR.
Tajo
Toledo
Atlantik
KGR. PORTUGAL
Lissabon
KASTILIEN
Córdoba
Granada
Málaga
EMIRAT GRANADA (seit 1238)
Mittelmeer
Die Iberische Halbinsel am Ende d. 13. Jh.
250 km
Nordgrenzen des Herrschaftsbereichs der Mauren
1 im 8. Jh.
2 um 1080
3 um 1150
DIETLOF REICHE 85

Geoffrey Trease

Das goldene Elixier

Abenteuer-Roman

Aus dem Englischen
von Abraham Teuter

BELTZ
& Gelberg

Geoffrey Trease, geboren 1909 in Nottingham, studierte an der Universität von Oxford. Zunächst arbeitete er als Sozialarbeiter in London, 1933 schrieb er seinen ersten historischen Roman. »*Unsere britischen Jugendbuchautoren drückten immer noch die alten Ideen aus – daß der Krieg glorreich sei, daß die Briten irgendwie ein besseres Volk wären, daß in der Geschichte die Adligen immer auf der richtigen Seite gestanden hätten. Ich entschloß mich, eine neue Art von Geschichten zu schreiben.*« Geoffrey Trease lebt heute als freier Autor in einem Dorf in den Malvern Hills.

Papier aus chlorfrei hergestelltem Zellstoff

Einmalige Sonderausgabe 1998

Die Originalausgabe erschien u.d.T. *The Red Towers of Granada*
bei Macmillan Children's Books, London

Gesamtherstellung
Druckhaus Beltz, 69494 Hemsbach
ISBN 3 407 79769 9

Tot oder lebendig?

Es war schrecklich und seltsam, dem eigenen Beerdigungsgottesdienst beizuwohnen. Noch jetzt, nach all den Jahren, sehe ich jede Einzelheit deutlich vor mir. Die Erinnerung daran brennt in mir wie eine frische Wunde.

Meine schmerzenden Kniescheiben drücken schwer auf die Steinplatten der Kirche, die sogar im Sommer noch kalt sind. Der Modergeruch des alten schwarzen Leichentuches ist in meiner Nase; es war über zwei Holzböcke ausgebreitet worden, wo sonst der Sarg war, und ich kauere dort, wie mir gesagt worden ist, zwischen den Holzböcken vor dem Altar unter dem beengenden Tuch. Schwach sehe ich, wie sich Pater Simon hin und her bewegt. Seine Stimme leiert. Ich bin einer der wenigen im Dorf, der seinen lateinischen Worten folgen kann. Die anderen – Familie, Freunde und Nachbarn – begreifen nur, daß etwas Schreckliches vor sich geht. Ich bekomme das schwache Gemurmel und Rascheln mit, die unterdrückten Schluchzer und das tröstende Geflüster, die Bewegungen, wenn die Leute das Zeichen des Kreuzes machen.

All das ist noch so lebendig wie an dem Tag, als es passierte. Selbst jetzt noch kehrt es in meinen Träumen zurück, und ich wache auf, schweißgebadet von dem Schrecken.

»Mein Sohn, die Zeit ist gekommen…«

Pater Simon war bedrohlich nahe gekommen. Er sprach englisch, und ich verstand, daß die Zeremonie jetzt vorüber war. Er legte seinen feierlichen Umhang ab. In seiner Stimme war Mitleid. Das allein brachte mir das Furchtbare meiner Situation noch klarer vor Augen.

Pater Simon hatte mich nie gemocht, seit er unsere Gemeinde übernommen hatte, nachdem der alte Priester gestorben war. Er hatte auf eine seltsame Art etwas gegen mich, weil unser früherer Priester mich ausgewählt und zum Lernen nach Oxford geschickt hatte.
Mir wäre wohler gewesen, er hätte wie sonst immer gesprochen. Diese neue Freundlichkeit war mir unheimlich. Es war der Ton, in dem Leute von den Toten reden.
Benommen, wie nach einem Alptraum, krabbelte ich unter dem schwarzen Tuch hervor, verneigte mich gegen den Altar und stolperte den Gang entlang. Rechts und links schienen die großen Säulen zu wanken und zu taumeln. Bleiche Gesichter stierten mich an und schreckten gleich wieder zurück.
Ein Gefangener, zum Tode verdammt, geht in Ketten zwischen den Wächtern oder wird zum Schafott geschleift und fällt immer wieder auf das Pflaster. Ich aber, nicht weniger verdammt, gehe frei auf das Licht zu, das durch den offenen Türbogen hereinfällt.
Kein Mensch berührt mich. Keiner wagt es. Alle halten Abstand, aber sie schleichen mir nach, gleichmäßig und murmelnd wie eine mitternächtliche Flut.
Draußen schien die Sonne, die Vögel zwitscherten fröhlich. Es war wie an einem gewöhnlichen Sommermorgen. Ich stand da und blinzelte. Ich schaute an mir herab und nahm zum erstenmal wahr, was für merkwürdige Kleidung sie mir angezogen hatten: einen Umhang mit Kapuze, Stiefel aus Rindsleder, die über Fellschuhen zu tragen waren ... Und ich sah meine Hände mit den trockenen, verfärbten Flecken, die alles verursacht hatten.
Pater Simon schaute mir ins Gesicht. Er stellte sich zwei oder

drei Schritte von mir entfernt auf – in einer Grabeslänge Abstand.
Er war kein schlechter Mensch, unser Priester. Aber er war stolz und starrsinnig, von sich selber überzeugt. Er genoß es, der einzige Mann im Dorf zu sein, der alles wußte. Und weil er nur wenig Bildung besaß, ärgerte er sich über mich.
Nicht nur, daß ich lesen und schreiben konnte, ich war schon zwei Jahre in Oxford auf der Schule gewesen. Wenn ich im Sommer nach Hause kam, um beim Heuen und bei der Ernte zu helfen, sah ich den Argwohn – fast war es Angst – in seinen kleinen rotgeränderten Augen.
Seine eigene Arbeit verstand er gut, kein Zweifel. Für diesen schrecklichen Morgen hatte er alle Regeln studiert, die vorgeschrieben waren. Alles wurde ordentlich und richtig gemacht.
»Hör zu, Robert.« Er nannte mich Robert, obwohl ich allgemein Robin gerufen wurde.
»Ja, Vater?«
»Hör genau zu. Du darfst nie wieder eine Kirche betreten, kein Gasthaus, keine Backstube, nie wieder auf einen Markt oder zu einer Versammlung gehen.«
»Nein, Vater.«
»Du darfst aus keinem Fluß trinken, es sei denn mittels eines Bechers. Du darfst weder dich selber noch die Dinge, die dir gehören, in einem Fluß waschen.«
»Nein, Vater.«
»Oder barfuß gehen. Oder mit gesunden Leuten sprechen. Wir haben dir diese Klapper gemacht, damit du, wenn du unterwegs bist, andere vor dir warnen kannst.«
Er zeigte auf etwas, das im Gras lag, zwei einfache Holzstücke,

mit einem Lederstreifen aneinandergebunden. Daneben lagen der Becher, das Messer und der Teller, auf die ich Anspruch hatte. Ich bückte mich und hob sie auf.

»Du bist frei zu gehen, wohin du willst«, fuhr er fort.

Frei! dachte ich, aber ich schluckte die bittere Bemerkung hinunter, die mir auf der Zunge gelegen hatte.

»Du wirst ein Spital in Blyth finden, oder du kannst nach Süden gehen, nach St. Leonard in Nottingham. Wir können dich nicht zwingen, in ein Spital zu gehen – aber wo solltest du sonst leben? Du kannst nicht zurück nach Oxford. Ich werde eine Nachricht an das Merton College schicken, damit ein anderer Schüler deinen Platz einnehmen kann. Verstehst du?«

»Ich verstehe.«

Ich wußte, daß dies alles seine Pflicht war. Es war die Aufgabe des Priesters, Fälle wie meinen zu untersuchen, zu entscheiden und einen Bericht zu schreiben.

Dann vollzog Pater Simon den letzten fürchterlichen symbolischen Akt, den die Gesetze der Kirche vorschreiben. Er nahm einen Spaten, den ihm jemand gereicht hatte, steckte ihn in frisch aufgehäufte Erde und bestreute meine Füße, während ich dastand.

»Sei gestorben für die Welt«, erklärte er feierlich, »jedoch lebendig für deinen Schöpfer.«

Die Menge murmelte »Amen« und bekreuzigte sich. Ich hörte meine Mutter schluchzen und sah, wie sie auf mich zukam, als wollte sie ihre Arme um mich legen. Mein Vater und mein Onkel griffen sie und zerrten sie zurück. Es war das beste, so schnell wie möglich zu gehen. Ich zog die Kapuze über den Kopf und ging den Weg hinunter.

Die Menge teilte sich hastig. Die meisten vermieden es, mir in die Augen zu schauen. Nur ein alter Feind sah mich schadenfroh an, ein Kerl, den ich einmal in einer Keilerei geschlagen hatte. »Wo bleibt heute dein Grinsen?« wollte er wissen. Ich beachtete ihn nicht. Was wirklich weh tat, als ich an das Tor des Kirchhofs gelangte, war der Anblick eines Mädchens, das dort inmitten seiner Freundinnen stand. Das Mädchen, um das wir gekämpft hatten. Sie schaute mich an, und ich sah nichts als Abscheu in ihrem Gesicht. Sie wandte sich ab und brachte nicht einmal einen Abschiedsgruß hervor.

Pater Simon war mir auf den Fersen mit letzten ermahnenden Worten. »Ehre Gott und erweise ihm Dank. Habe Geduld, und der Herr wird mit dir sein. Amen.«

Aber auf meinen zitternden Lippen lag kein Dank, als ich mich auf meinen einsamen, verdammten Weg machte.

Der Mann mit dem gelben Hut

Sie sagen, es sei eine große Sünde, sich den Tod zu wünschen. Aber wer an meiner Stelle wäre nicht in Versuchung geraten?
Es war alles so rasch gegangen, ich war immer noch betäubt von den Schlägen, die mich getroffen hatten.
Vor zwei Tagen hatte ich noch mit meinen Freunden in den Heufeldern gescherzt und gelacht, war nur ein wenig beunruhigt gewesen wegen dieser unansehnlichen Flecken auf meiner Haut. Ich hatte sie mit der harten Arbeit in der Sonne erklärt – nach dem einen Jahr, das ich in kühlen Universitätssälen gehockt und Vorlesungen gehört hatte, ohne je ein Werkzeug in der Hand zu halten, außer der Schreibfeder.
Dann plötzlich hatte ich die Blicke und das Geflüster wahrgenommen, die Leute, die sich vor mir davonstahlen, die alten Freunde, die es ablehnten, einen Schluck Ale aus meinem Krug zu nehmen. Pater Simon war gerufen worden. Er hatte mich angestarrt und es sorgsam vermieden, mich zu berühren. Dann hatte er seine Entscheidung bekanntgegeben.
Ich hatte eine Krankheit, für die kein Mensch eine Heilung wußte, Lepra. Aussatz. Ich war unrein und mußte ausgestoßen werden. Das war die Lehre der Kirche.
Nachdem das Urteil einmal gesprochen war, gab es kein Zögern mehr. Ich hatte diese letzte Nacht in dem Dorf geschlafen, das immer mein Zuhause gewesen war, besser gesagt, ich hatte versucht zu schlafen. Wegen des schönen Hochsommerwetters lag ich vor unserer Hütte, wo ich keinen weiteren Schaden anrichten konnte.

Und an diesem Morgen hatten sie diese groteske Begräbniszeremonie abgehalten für jemanden, der noch lebte und atmete und mehr oder minder das gleiche empfand wie noch zwei Tage zuvor, abgesehen von dem Schock. Es wurde *Totenamt für den Ausschluß des Aussätzigen* genannt. Ich hätte nie gedacht, daß es ein Priester für mich sprechen würde.
Dennoch war es geschehen. Es war Wirklichkeit, kein Alptraum. Irgendwie mußte ich es begreifen und mit meinem Leiden zurechtkommen.
Die letzte Hütte, der Anger, der Ententeich lagen hinter mir. Auch die großen Felder mit ihren grasbewachsenen Begrenzungen, die sich von dem bleichen Gold der reifen Gerste abhoben...
Der Weg erstreckte sich vor mir, grau, staubig und leer. Wie meine eigene Zukunft, dachte ich mit einem bitteren Zug um die Lippen.
Der Rand des Waldes war nah. Ich tauchte gern in die Dämmerung seines Laubes. Ich hatte Sherwood immer geliebt, sein Flüstern war freundlich, so ganz anders als das Flüstern der Menschen. Es war ein Ort zum Verstecken, und in diesem Moment war ein Versteck alles, was ich wollte.
Ich weiß nicht, wie viele Stunden ich gegangen war. Es drängte mich, so viele Meilen wie möglich zwischen mich und mein Zuhause zu legen. Ob ich nach Norden oder nach Süden ging, Mildtätigkeit in einem Leprahospital suchen oder in der Wildnis wie ein Tier leben sollte – das waren alles Fragen, über die ich noch nicht nachgedacht hatte. Ich trottete die Straße entlang, aber mein Verstand drehte sich im Kreise.
Westwood, unser Dorf, liegt in einer kleinen, eigenen Welt, weit weg von der Hauptstraße. Ich muß ganz nah an dieser

Straße gewesen sein, als ich plötzlich den Mann mit dem gelben Hut sah.
Der Hut leuchtete im Sonnenschein, der durch die Eichenblätter auf den Weg fiel. Er schwankte hin und her, ein heller gelber Fleck, wie eine Narzisse im Märzwind. Das Schwanken rührte daher, daß sich der Mann, der den Hut trug, im Griff zweier Männer wand.
»Robin sucht Ärger«, klagte meine Mutter immer. Ich weiß nicht. Aber wenn man zwei große, zerlumpte Kerle sieht (offensichtlich Räuber), die sich mit einem einsamen Reisenden anlegen, der dazu noch ein alter Mann ist, kann man wohl kaum in die andere Richtung davonspazieren.
Ich tat das einzige, was ich tun konnte. Ich rannte vorwärts und riß mein Messer heraus. Die Klapper hing an meinem Gürtel herab, schlug gegen meine Schenkel, aber in der Aufregung des Augenblicks dachte ich nicht mehr daran.
Der alte Mann schrie auf, in einer Sprache, die ich nicht verstand. Er war Jude, natürlich. Das hatte ich gleich an dem spitzen gelben Hut erkannt. Solche Kopfbedeckungen waren in Oxford oft zu sehen, denn alle Juden mußten sie tragen.
Plötzlich ging der alte Mann zu Boden. Einer der Angreifer wandte sich dem beladenen Packpferd zu – es waren zwei Tiere, das Packpferd und ein Reitpferd, die sich den Weg entlangdrängten. Der zweite beugte sich über den alten Mann, und ich sah ein Messer aufblitzen.
Ich war immer noch zwanzig Schritte entfernt. Ich hatte gehofft, den Räuber überraschen zu können, wagte aber nicht, noch länger zu warten, aus Furcht, er könnte dem Juden die Kehle durchschneiden.
Ich schrie laut. Der Räuber blickte sich um, wie ich es beab-

sichtigt hatte. Er war ein zerlumpt aussehender Schurke, mit dem ich freiwillig nicht hätte zu tun haben wollen, zumal er einen Freund dabeihatte. Aber man kann solche Dinge in so einer Situation nicht in Ruhe durchdenken.

Es waren gerade ein oder zwei Stunden vergangen, seit ich mir selbst den Tod gewünscht hatte, aber ich vergaß das alles, als ich mich dem Räuber näherte. Ich wollte nur den Kampf lebend überstehen. – Ich hätte mir keine Sorgen machen müssen. Er schaute nur einmal auf mich und gab einen Schrei von sich, noch viel grauenerregender als mein eigener Schrei. Wenn ich ein Dämon aus der Hölle gewesen wäre, der da auf ihn zukam mit einer rotglühenden Heugabel – in seinem Aufschrei hätte kein helleres Entsetzen sein können.

Er wartete nicht, sondern flüchtete wie ein Hirsch und bahnte sich einen Weg durch das Unterholz. Sein Freund drehte sich um, sah, was geschehen war, und rannte hinter ihm her.

Es scheint mir heute fast unglaublich, aber ich verstand damals den Grund der Panik nicht. Ich hatte mich noch nicht daran gewöhnt, ein Aussätziger zu sein. Die beiden Räuber waren die ersten Fremden, auf die ich getroffen war, seit ich diese besondere Kleidung trug, die mich als unrein kennzeichnete. Ich war überrascht über ihre Feigheit, aber es gab dringendere Dinge, an die ich zu denken hatte.

Ich kniete nieder und barg den Kopf des alten Mannes in meinem Schoß. Der gelbe Hut war heruntergefallen und entblößte einen kahlen, braunen Schädel mit Büscheln von wolligem, gelocktem grauem Haar über den Ohren. Auch der Bart war grau und gelockt. Der Mund war geöffnet, und von der aufgeplatzten Lippe rann Blut herab. Ich konnte aber keine ernsthafte Wunde entdecken.

Der Mann bewegte sich. Die Augenlider flatterten. Er seufzte und murmelte etwas in seiner Sprache. Dann öffnete er die Augen ganz; sie waren dunkel und freundlich, und die Furcht erstarb, als er in mein Gesicht schaute und sah, daß ich keiner von denen war, die ihn angegriffen hatten.

»Es ist alles in Ordnung«, sagte ich. »Sie sind weg und werden nicht wiederkommen.«

»Danke«, sagte er sanft.

»Seid Ihr verletzt?«

»Nein, nein. Ich denke nicht.« Er sprach ein unbeholfenes Englisch, was seinen Worten einen fremden Klang gab. »Sie waren ein wenig grob – für jemand in meinem Alter ist das unangenehm –, aber du kamst, bevor sie mir ernste Verletzungen beibringen konnten.«

Dann, ein wenig später, erinnerte ich mich. Das Blut schoß mir ins Gesicht. Ich ließ den alten Mann los, er setzte sich aufrecht hin, gestützt auf einen Ellenbogen. Trotzdem stand ich rasch auf und ging ein paar Schritte von ihm weg.

»Gott vergebe mir, Herr! Ich habe Euch womöglich eine schlimmere Verletzung beigebracht, als es diese Männer hätten tun können. Ich habe nicht mehr daran gedacht! Ich hätte Euch nicht berühren sollen. Ich hätte Euch liegenlassen sollen! Ihr seht, was mit mir ist! Ich – ich ...«

Ich konnte kein weiteres Wort hervorbringen und sagen, was mit mir war. Er konnte es ja selber sehen, an meinen Stiefeln aus Rindsleder und der verräterischen Klapper an meinem Gürtel. Wenn ich erwartet hatte, daß er vor Angst wieder in Ohnmacht fallen würde, so hatte ich mich sehr getäuscht. Im Gegenteil, er lächelte.

»Du bist ein Leprakranker?« sagte er mit sanfter Stimme, eher

überrascht und interessiert als von panischem Schrecken ergriffen.
»Ja. Ich habe Euren Kopf gehoben – ich wollte sicher sein, daß Ihr noch lebt. Alles andere hatte ich vergessen...«
»Natürlich. Sorge dich nicht, mein Junge«, sagte er beruhigend. »Ich habe keine Furcht, ich habe schon viele mit dieser Krankheit gesehen. Ich glaube nicht, daß sie so ansteckend ist, wie die Leute sagen... Besser, mir wird von einem Leprakranken geholfen, als daß mir der gesündeste Schurke des Königreiches die Kehle durchschneidet.« Jetzt lachte er sogar, und ich mußte auch lächeln.
»Sherwood ist ein gefährlicher Ort, Herr. Wie kommt es, daß Ihr hier allein reist?«
»Ach, ich bin nicht allein.« Er stand auf, ein bißchen unsicher noch, und schaute die Straße entlang. »Ich habe meinen Diener. Die Kerle hätten es nicht gewagt, wenn er bei mir gewesen wäre.«
»Und wo...«
»Pierre hatte das Gefühl, daß wir die falsche Abzweigung genommen haben. Ist das der Weg nach Nottingham?«
»Nein, Herr.«
»Dann hatte er recht. Er kehrte um, um nochmals zu schauen. Aber weil ich müde war, überredete er mich, mich hier auszuruhen. Er ist ein guter Kerl. Er wollte mir den überflüssigen Ritt ersparen.«
»Trotzdem war es nicht klug, Herr.«
Ich fragte mich, ob ich anbieten sollte, die Pferde einzufangen, bevor sie noch weiter davonirrten, aber ich traute mich immer noch nicht, etwas anzufassen, nicht einmal das Zaumzeug der Tiere.

Der Mann beugte sich nieder, nahm seinen gelben Hut und setzte ihn sorgfältig auf. Die Juden haben eine Abneigung dagegen, mit unbedecktem Kopf zu gehen (das sollte ich noch erfahren). Selbst in ihren Häusern tragen sie zumindest ein kleines Käppchen, besonders beim Studium oder beim Gebet.

Er schaute mich mit einem merkwürdig neugierigen Ausdruck an. Seine Augen mögen sanft gewesen sein, aber sie waren auch durchdringend. Er fragte: »Wie lange hast du das Leiden schon?«

»Es ist erst im letzten Monat aufgetreten. Tatsächlich...« Ich zögerte für einen Moment, denn er war ein Mann, vor dem man nichts verbergen konnte, aber weshalb sollte ich auch. »Ich bin erst heute morgen als aussätzig erklärt worden«, fügte ich hinzu.

»So?« Er hob seine Augenbrauen. »Zeig mir deine Hände, mein Junge. Dreh sie um. So.« Er stellte mir ein paar Fragen. Fieber? Schmerzen? Schwäche? Irgendwelche anderen Zeichen oder Ausschlag auf der Haut außer dem, was ich ihm gezeigt hätte? Ich konnte sehen, er hatte Schwierigkeiten, die richtigen englischen Worte zu finden. Ich kam ihm zu Hilfe und antwortete in Latein. Wieder hob er seine Augenbrauen, vor Überraschung diesmal, aber er machte keine Bemerkung. Er fuhr fort zu fragen und zwirbelte seinen Bart bei meinen Antworten. Schließlich hörte er auf. »Gut! Sehr gut, mein Junge. Nur eines will ich dich noch fragen.«

»Ja, Herr?«

Seine dunklen Augen über der langen gebogenen Nase zwinkerten. »Welcher unwissende Narr hat dir erzählt, daß du Lepra hast?« fragte er.

Mit dem Risiko leben

Bevor ich nach Oxford ging, damals, als ich noch ein einfacher Dorfjunge war, wäre ich entsetzt gewesen, hätte jemand den Priester einen unwissenden Narren genannt. Jetzt antwortete ich nur: »Es war unser Priester in Westwood.«
»Ist er Arzt?«
»Nein, Herr – aber der Priester muß solche Dinge entscheiden.«
»Ich wollte nicht respektlos eurem Priester gegenüber sein. Sicher ist er ein höchst ehrenwerter Mann. Schon mancher Arzt hat sich bei dieser Krankheit geirrt. Ich aber habe eine Menge Erfahrung und würde mein Ansehen aufs Spiel setzen. Du hast nichts als eine harmlose Hautkrankheit. Ich habe eine Salbe in meiner Arzttasche dort drüben. Sie wird deine Probleme in ein oder zwei Wochen lösen.«
Ich starrte ihn an. »Ihr schwört das?« fragte ich mit rauher Stimme.
Er lächelte. »Welchen Eid könnte ich ablegen, der einen Christen überzeugen würde? Aber warum sollte ich dir falsche Hoffnungen machen, nachdem du mir das Leben gerettet hast?« Er kicherte. »Ich versuche nicht einmal, dir die Salbe zu verkaufen. Du bekommst sie umsonst.«
Dieser Mann log nicht. Er sah so klug und freundlich aus, er hatte die Kraft des Wissens und eine ruhige Sicherheit. Ich konnte an seinen Worten nicht zweifeln, und eine Welle der Freude erfaßte mich. Ich fiel auf die Knie in den Staub, dankte Gott und gelobte, jedem der Heiligen, zu dem ich je gebetet hatte, eine Kerze zu weihen.

Meine Kapuze war heruntergerutscht, so daß der Jude auf meinen gebeugten Kopf schaute und dabei den rasierten Kreis meiner Tonsur bemerken mußte. Als er mir aufstehen half, fragte er verwirrt: »Du selber bist aber doch kein Priester? In deinem Alter? Oder ein Mönch?«

Ich berichtete ihm von Oxford, daß alle Schüler dort erst einmal ein Gelübde ablegen müßten, auch wenn eine größere Zahl von ihnen am Ende nicht Priester werden würde. Es gab keinen anderen Weg, Wissen zu erwerben.

Wieder kicherte er. »Ich verstehe. Um gelehrt zu werden, lohnt es sich, etwas von diesem braunen Busch auf dem Kopf zu opfern! Es wächst ja nach.« Ich grinste, war jetzt wieder der alte Robin. Ich wußte, daß bereits wieder Stoppeln auf der bloßen Haut sprossen. Im Dorf war es unwichtig, aber ich sollte mich wieder rasieren lassen, wenn ich im Herbst nach Oxford zurückkehren würde.

Ein neuer Gedanke kam mir und vertrieb das Grinsen von meinem Gesicht. Würde ich nach Oxford zurückgehen? Selbst wenn die Salbe des Juden wirken würde, gäbe es dann wirklich keine Schwierigkeiten mehr?

»Nun mein Junge, was machen wir jetzt?« Vielleicht las er meine Gedanken. Er ging über die grüne Wegbegrenzung zu dem Packpferd, das wieder näher gekommen war.

Ich ging ihm nach, um zu helfen, und nahm das Zaumzeug des anderen Tieres. »Was wir jetzt machen, Herr?« sagte ich zu ihm hinüber.

Er war eifrig damit beschäftigt, einige Riemen zu lösen. »Nun, ich kann dir die Salbe geben und deine Hände verbinden. Ich kann dir vollständige Heilung versprechen, noch ehe der Monat vorüber ist. Glaubst du mir?«

»Ja!«
»Und dieser Priester? Wenn ich mit dir gehe und mit ihm rede?« Wir beide wußten die Antwort auf diese Frage. Ich konnte sehen, daß der Jude dasselbe dachte wie ich. Und er hatte Pater Simon nie gesehen.
»Es ist schwierig«, sagte ich. »Die ganze Gemeinde hat seine Entscheidung gehört. Er ist nicht der Mann, der sich einen Irrtum nachweisen lassen möchte.«
»Wer will das schon? Halte deine Hände hoch.« Er begann sie mit der Salbe einzuschmieren. Sie war kühl und entspannend, mit einem feinen Duft, der sehr angenehm war. Geschickt umwickelte er meine Handflächen und Gelenke mit Leinenbinden und ließ meine Finger und Daumen dabei frei. »Vielleicht ist er in ein paar Wochen eher bereit, seinen Irrtum einzugestehen, wenn alle Symptome verschwunden sind.«
»Kann sein«, murmelte ich.
»Und bis dahin? Das ist das Problem. Dir ist doch klar, daß du nicht einfach ins Dorf zurück kannst – sie werden dich wieder verjagen. Ganz sicher kannst du nicht in das Leprahospital gehen. Du bist kein Aussätziger. Aber wenn du dort unter den Kranken bist, kannst du leicht einer werden.«
»Eher würde ich in den Wäldern schlafen!«
»Selbst das ist nicht notwendig. Erst einmal mußt du diese erschreckende Kleidung loswerden. Ich kann dir Schuhe und einen Kittel von Pierre geben. Er hat noch Kleidung in der Satteltasche. Wo mag der Mann bloß stecken?« Er schaute besorgt den Weg entlang. Wir hatten bereits eine gute halbe Stunde miteinander geredet.
»Ich hoffe, er ist nicht auf die Kerle getroffen, die Euch angegriffen haben«, sagte ich.

Er lachte laut, seine Zähne glänzten zwischen dem Bart. »Da fürchte ich nichts – selbst wenn sie nicht vollkommen vor Schreck gelähmt sind, wie du sagst! Warte, bis du Pierre siehst. Er ist ein heißblütiger Gaskogner, und du weißt, was das heißt. Pierre kann auf sich aufpassen – und auch auf mich. In diesen unruhigen Zeiten ist ein Jude gut beraten, wenn er einen christlichen Leibwächter in seinen Diensten hat.«
Im stillen dachte ich, daß Pierre dieses Mal nicht von großem Nutzen gewesen war. Aber auch der beste Diener kann nicht an zwei Orten zugleich sein, und so hatte sich die ganze Sache für mich glücklich entwickelt.
Ich nahm die Kleidung, die der Jude aus der Satteltasche gezogen hatte. Er fragte mich nach meinem Namen und nannte mir seinen: Salomon aus Stamford. Er lebte in Nottingham und war auf dem Weg dorthin.
Dankbar begrub ich die verräterische Aussätzigen-Kleidung unter vermodernden Blättern und warf die elende Klapper in den Wald, so weit ich konnte.
Heute weiß ich, was für ein Akt der Mißachtung dies war und was für ein Beweis des Vertrauens in meinen neuen Bekannten. Mir war gesagt worden, daß ich unrein sei, dann diese feierliche Zeremonie in der Kirche, der öffentliche Ausschluß mit der langen Liste von »Tu dies« und »Laß das«. All das ignorierte ich. Ich setzte meine eigene Entscheidung gegen die Obrigkeit. Wenn ich älter gewesen wäre und mehr von der Welt gewußt hätte, hätte ich es dann auch noch gewagt? Wer weiß.
»Das ist besser so«, sagte Salomon und nickte zufrieden mit dem Kopf, als ich aus dem Unterholz wieder herauskam. »Es wird weniger erschreckend für Pierre sein, wenn er zurück-

kommt. Wir können ihm einfach sagen, daß deine Kleider ganz zerrissen waren und ich dich hätte belohnen wollen. Du bist ein armer Student, der umherwandert – kein ungewöhnlicher Anblick in dieser Jahreszeit.«

»Und es ist – die Wahrheit.«

»Ja. Aber die Frage ist, ob du umherwandern möchtest, bis deine Hände ganz geheilt sind. Wenn ja, werde ich dir Geld geben – es wird nur ein kleiner Ausgleich sein für deine Hilfe. Wenn nicht...«

Er schaute mich mit einem scharfen, bittenden Blick an. »Würdest du dann mit uns in die Stadt kommen? Du wärst willkommen in meinem Haus. Darüber hinaus könnte ich ein Auge auf deine Heilung haben, die Behandlung ändern, wenn es notwendig wäre. Was sagst du?«

Was außer einem dankbaren Ja konnte ich sagen?

Ich war wie ein treibendes Boot. Im Verlauf von nur zwei Tagen hatte sich mein Leben vollständig geändert. Es gab keine ruhigen Momente, in denen ich hätte überlegen können, wohin ich gehen sollte. Noch an diesem Morgen war ich aus meiner Familie gerissen worden, fast ohne Hoffnung, sie wiederzusehen. Die Hoffnung war jetzt viel größer – wenn auch einige Zeit vergehen würde –, aber bis dahin war ich vollkommen allein. Kein Wunder, daß ich bereit war, mich Salomon zuzuwenden und ihn fast als Ersatz zu akzeptieren für den Vater, den ich zurückgelassen hatte, auch wenn er von fremder Rasse und Religion war.

Irgendwie mußte ich durch die nächsten ein oder zwei Wochen kommen. Und ich wäre ein Narr gewesen, wenn ich die Verbindung zu dem Arzt, der mich behandelte, aufgegeben hätte. Ich hatte damals aber keine Ahnung, daß meine Entschei-

dung meinem Leben eine vollständig neue Richtung geben würde.
»Ah, mein getreuer Leibwächter!« rief Salomon aus und beendete damit meine Überlegungen.
Pierre kam im Galopp die Straße herauf. Er war ein dunkelhäutiger, schwarzhaariger Franzose aus dem Süden, ein häßlicher Teufel mit gebrochener Nase. Er war kein großer Mann – ich hatte das vermutet wegen seiner Kleider, die mir paßten, obwohl ich noch nicht voll ausgewachsen war –, aber ich sah, weshalb der Jude mit Respekt von ihm gesprochen hatte. Pierre ritt wie ein Soldat. Ein Schwert hing in seinem Sattelband und ein Dolch in seinem Gürtel. Er sah aus, als wüßte er mit beiden umzugehen.
Er war erstaunt, mich zu sehen, und (den Eindruck hatte ich zumindest) nicht sehr zufrieden. Vielleicht erkannte er, daß ich seinen blauen Kittel trug und fragte sich, was geschehen war. Salomon erzählte ihm schnell von den Räubern und ihrer Panik, als ich hinzugekommen war. Da er den wahren Grund dafür nicht nennen konnte, erschien ich in seiner Erzählung heldenhafter, als ich es verdiente.
Pierre fluchte und schlug mit einer Faust in die Handfläche, wütend, weil er nicht zur Stelle gewesen war.
»Es tut mir leid, Herr! Ich hielt Euch für sicher genug. Ich selber habe keine Seele getroffen, bis ich zur Hauptstraße kam.«
»Du hattest also recht?« fragte der Doktor besänftigend. »Wir haben die falsche Abzweigung genommen?«
»Genau. Wir müssen zurück bis zur letzten Gabelung, von dort aus ist es eine gute Meile zur Hauptstraße nach Nottingham.«

»Dann sollten wir uns beeilen, wenn wir vor Einbruch der Nacht die Stadt erreichen wollen. Robin kommt mit uns. Ihr könnt abwechselnd reiten.«

»Selbstverständlich!« sagte der Gaskogner mit soviel Würde, wie er aufbringen konnte. Wenn er nicht gerade entzückt war – wer konnte es ihm verübeln? Ohne eigenes Verschulden war er gerade in dem Moment nicht dagewesen, als er am meisten gebraucht wurde. Und jetzt wurde ihm befohlen, sein Pferd mit einem unbekannten Jungen zu teilen, der bereits seine Arbeit getan hatte und seine Schuhe und seinen Kittel trug. Ich wäre mir da meiner auch nicht sicher gewesen. Ich dankte ihm in meinem Universitäts-Französisch und faßte den Entschluß, nicht auf sein Pferd zu steigen, bis es mir ausdrücklich befohlen würde. Wenn ich ein oder zwei Wochen in dem Haus verbringen sollte, war es besser, Pierre nicht zum Feind zu haben.

Mein Herz war so leicht, ich glaube, ich hätte den ganzen Weg nach Nottingham tanzen können. Die Verdammnis war von mir genommen worden. Ich lebte wieder. Die Farben des Sommers schienen noch leuchtender als zuvor – das gesprenkelte Schwarz und Silber der Birkenstämme, der Glanz des Adlerfarns, das leuchtende Blau des Himmels zwischen den sich wiegenden Ästen. Ich begann zu singen, während ich neben den Steigbügeln des Doktors ging. Ich hielt inne und entschuldigte mich, aber er beugte sich herab und sagte, ich solle weitersingen.

Während die Sonne nach Westen wanderte, stiegen wir auf die letzten flachen Hügel, die uns von unserem Ziel trennten.

»Hör zu, Robin…«

»Ja, Herr?«

»Während du bei uns wohnst, muß ich dich bitten, dich mit einiger Zurückhaltung zu bewegen.«
»Natürlich, Herr.« Aber mir war nicht klar, was er meinte.
»Das Leben ist nicht leicht für uns Juden. Wir haben viele Feinde und müssen auf der Hut sein. Man hat uns schreckliche Dinge vorgeworfen – phantastische Dinge. Muß ich sagen, fälschlicherweise?«
Ich räusperte mich höflich. Ich wußte, was er meinte – ich hatte wilde Geschichten gehört von christlichen Kindern, die entführt und umgebracht wurden oder gezwungen worden waren, Juden zu werden, von merkwürdigen unchristlichen Riten und schrecklichen Freveltaten gegen die Kirche. Ob das alles wahr oder gelogen war, wußte ich nicht, aber ich konnte es nicht mit Salomon in Verbindung bringen.
»Wenn die Leute deinen geschorenen Schädel sehen, könnten sie mich anklagen, daß ich entlaufenen Mönchen Unterschlupf gewähre oder sonst einen Unsinn.«
Ich lachte.
»Es wird das beste sein, wenn du im Haus bleibst und dich sowenig wie möglich zeigst, zumindest am Anfang.«
»Wie Ihr wünscht, Herr. Aber wenn Ihr mich behandelt, wird das nicht erklären, warum ich da bin?«
Sein Gesicht verdüsterte sich. »Du darfst nicht sagen, daß ich dich behandle.«
»Aber...«
»Ich breche das Gesetz. Seit letztem Jahr ist es den jüdischen Ärzten in England verboten zu praktizieren.«
Das hatte ich nicht gewußt. Ich sagte: »Nehmt Ihr dann nicht meinetwegen eine Gefahr auf Euch?«
»Man muß mit dem Risiko leben – besonders wenn man ein

Jude ist. Sorge dich nicht, Robin. Viele von uns praktizieren noch, und die Christen stellen sich blind und taub, was das Gesetz angeht. Ein guter Doktor ist ein guter Doktor, und wenn ein Mensch krank ist, will er gesund werden, sonst kümmert ihn nichts. Aber man sollte nicht alles laut herausposaunen.«

»Ich verstehe, Herr.« Ich wollte gar nichts herausposaunen, schließlich hatte ich ja auch mein eigenes Geheimnis zu bewahren.

Es war kurz vor Sonnenuntergang, als wir aus dem Wald heraus über einen sandigen Hügel kamen und dann auf die Stadt hinunterschauten, die zusammengedrängt zwischen Mauern und Gräben lag. Es war ein Ort mit kleinen Erhebungen und Tälern, nicht flach wie Oxford, aber mit etwa gleich viel Bewohnern, ich vermute zwei- oder dreitausend. Damals hatte ich noch keine größere Stadt gesehen.

Die königliche Burg kauerte wie ein Löwe am anderen Ende auf einem gelbbraunen Felsen. Zwischen den strohgedeckten Häusern floß der Trent in schlangenartigen Windungen, golden glänzend zwischen den Dunstschleiern der Holzfeuer aus Hunderten von Küchen.

Salomon deutete mit dem Kopf auf eine einsam stehende Häusergruppe, an der wir vorbeikamen. »Das St. Leonard-Lepraspital«, murmelte er. »Die Insassen haben Anrecht auf das Wild, das tot im Wald gefunden wird.« Ich rümpfte die Nase und dankte Gott, daß ich nicht auf solche Mildtätigkeit angewiesen war.

Unterwegs hatten wir wenig Reisende gesehen, aber jetzt gingen rechts und links von uns Leute, die ihre Rinder und Schafe für die Nacht in die Stadt trieben. Wir passierten mit ihnen die

Tore, ohne kontrolliert zu werden. Der Wächter grüßte Salomon mit Namen. Einer hinter dem anderen gingen wir weiter unter den überhängenden Giebeln des Kuhwegs. Der Gestank aus vielen Höfen und Wohnungen, die so eng beieinanderstanden, stach mir in die Nase. Ich war durch Nottingham nie im Herbst und Frühsommer gekommen und kannte Oxford nur aus den kühlen Monaten. Ich hatte keine Ahnung, wie faulig eine Stadt im August riechen kann. Ich war froh, als wir am Butterkreuz herauskamen und die frische Luft des weiten Marktplatzes atmeten.

Eigentlich besteht Nottingham aus zwei Städten: dem alten englischen Teil und dem französischen Viertel, das im Schutz der Burg später gewachsen war. In der Zeit, von der ich berichte (es war die Zeit Edwards des Ersten, das Jahr 1290), hatten die Juden noch ihren eigenen Bezirk, das Ghetto, eine Miniaturstadt innerhalb der Stadt. Es lag in einer Ecke des französischen Viertels zwischen den Straßen, die Hundetor und Burgtor hießen. Ihre Häuser standen Rücken an Rücken, wie Männer, die auf einen Angriff warteten. Nackte Mauern oder nur sehr winzige Fenster schauten in die Welt. Es gab nur ein einziges Tor, schwer beschlagen und vergittert.

Durch dieses Tor ging ich neben Salomons Pferd und befand mich in einem kleinen Hof, in dem es bereits zu dämmern begann. Schwarzhaarige Frauen unterhielten sich miteinander, während sie aus einem Brunnen in der Mitte des Hofes Wasser holten. Salomon drängte sein Pferd eine schmale Gasse entlang und in einen zweiten Hof. Alle Häuser schauten nach innen auf diesen Hof. Hier waren die Fenster größer, sie schimmerten in goldenem Kerzenschein, und aus etwa einem halben Dutzend Küchen kam ein feiner Essensduft.

Ich half dem Doktor vom Pferd. Pierre führte beide Pferde weg. Salomon brachte mich einige Steintreppen hinauf und durch eine runde Tür. »Willkommen in meinem Haus«, sagte er mit einem Lächeln.
Bevor ich eine angemessene Antwort finden konnte, gab es über uns ein aufgeregtes Stimmengewirr in Hebräisch, und jemand kam die gewundene Treppe heruntergerauscht. Salomon lachte, rief etwas und lief mit ausgebreiteten Armen quer durch das Zimmer. Die weiten Ärmel seines Gewandes flatterten wie Flügel.
»Susanna!«
Das Kerzenlicht schimmerte auf ihrem leuchtend schwarzen Haar und ihren erwartungsvollen Augen. Dann, für einen Moment, verschwand das Mädchen in seiner Umarmung. Ich stand da, während er ihre leisen Fragen und Ausrufe in einem beruhigenden und amüsierten Ton beantwortete.
Plötzlich sah ich ihr Gesicht wieder, wie sie um Salomons Schulter herum auf mich schaute, mit weit geöffneten glänzenden dunklen Augen, wie die eines unruhigen Rehs. Salomon ließ sie aus seinem Griff und drehte sie zu mir herum.
»Wir müssen jetzt englisch reden, meine Tochter. Wir haben einen Gast. Das ist Robin aus Westwood.«
»Ein Christ!« Ihr Gesicht verdüsterte sich. Ihre Stimme klang feindselig. Ich verbeugte mich und lächelte, erhielt aber kein Lächeln als Erwiderung.
Ich glaube nicht, daß Salomon wirklich streng mit seiner Tochter sein konnte, aber er sprach zu ihr, so ernst er konnte.
»Erinnere dich, Susanna, was geschrieben steht in der Thora.«
Und er zitierte dann etwas, was mir bekannt vorkam, und es verwirrte mich, bis mir klar wurde, daß ich es selber in Latein

in unserer Bibel im »Leviticus« gelesen hatte: »Wenn ein Fremdling bei euch wohnt in eurem Lande, den sollt ihr nicht bedrücken. Er soll bei euch wohnen wie ein Einheimischer unter euch, und du sollst ihn lieben wie dich selbst; denn ihr seid auch Fremdlinge gewesen in Ägyptenland.«*
Susanna beugte ohne Widerspruch ihren Kopf und reichte mir ihre runde kleine Hand, zog sie dann aber zurück, als sie meine Verbände sah.
»Du bist willkommen im Haus meines Vaters«, sagte sie.
Aber als ich mich wieder verbeugte, hatte ich nicht das Gefühl, als würde sie mich so lieben, wie sie sich selber liebte.

* zit. nach der Thora

Ein Fremder im Ghetto

»Und hier, das ist mein Sohn David...«
Ich wurde warmherzig von einem Jungen begrüßt, der vielleicht zwei Jahre älter war als ich.
»Ich möchte dir danken. Du hast meinem Vater das Leben gerettet!«
Wäre David ben Salomon ein Mädchen gewesen, hätte man ihn hübsch genannt. Er hatte die Gesichtszüge seiner Schwester, ebenmäßig geformt und feinnervig, aber damit endete ihre Ähnlichkeit auch schon. David war hart und schmal, nichts Mädchenhaftes war an ihm, und seine Augen ließen mich nicht an ein unruhiges Reh denken. Sie glichen mehr schwarzem Feuer, wenn so etwas vorstellbar ist.
Ich weiß nicht mehr, was ich als Antwort stammelte. Salomon rettete mich mit dem fröhlichen Ausruf: »Abendessen, Kinder! Das ist die beste Art, unserem Gast zu danken – und das Leben eures armen alten Vaters ein zweites Mal zu retten. Ich jedenfalls bin am Verhungern, und Robin muß es auch so gehen.«
Eine alte Dienerin brachte Leinentücher und warmes, wohlriechendes Wasser, in das ich meine Finger tauchte, so gut es ging. Ich hatte merkwürdige Dinge gehört über die Juden und ihre Gebräuche und war ein wenig überrascht, daß ich zum Tisch der Familie gebeten wurde. Aber das Gefühl der Fremdheit hielt nicht lange an. Sie sagten ihre Segenssprüche, und ich murmelte ein lateinisches Gebet und bekreuzigte mich, dann begannen wir eine der besten Mahlzeiten, die ich je zu mir genommen hatte. Es gab ausgezeichnetes Rindfleisch, dazu

starken Rotwein anstelle von Ale und Rosinen, Feigen und Marzipan, Leckereien, die für mich bisher unvorstellbar ferner Luxus gewesen waren.
Es war ein langer Tag gewesen, ich hatte eine Menge durchgestanden, und der Wein war stark. Ich wurde schläfrig und hatte Mühe, der Unterhaltung zu folgen. Sie sprachen so schnell und geistreich, und ihr fremder Akzent machte es schwer, dem Gespräch zu folgen. Manchmal wechselten sie in ihre eigene Sprache.
Es ist nicht verwunderlich, daß ich nur eine vage Erinnerung an den Abend habe. Irgendwie schleppte ich mich hinter David die Wendeltreppe hinauf. Dann war da eine weiche Matratze in einer Nische hinter einem Vorhang, ein Kissen, das nach Lavendel duftete, kühles, frisches Leinen auf meinem Körper, eine Bequemlichkeit, wie ich sie noch nie erlebt hatte. Sobald mein Kopf auf das Kissen niedersank, fiel ich in ein Meer des Vergessens. Ich wachte erst auf, als die Sonne schon hoch am Himmel stand. David war im Zimmer und legte Kleider zurecht, die ich anprobieren sollte.
Zwei Wochen lang verließ ich das Ghetto nicht. Ich ging nur aus dem Haus des Doktors, um im Hof ein wenig frische Luft zu atmen. Jeden Morgen schaute er auf meine Wunden und versicherte mir, daß sie heilen würden. Susanna legte mir dann neue Verbände an.
Bis zum Abend war ich vor allem mit ihr zusammen. Ihr Vater war oft weg oder hatte sich mit seinen Büchern und seinen Arzneimitteln eingeschlossen. David war auch meistens außer Haus. Ich wußte nicht, was er tat, und wagte nicht zu fragen. Ich spürte, daß diese Familie, die so freundlich war, doch gelernt hatte, ihre Geheimnisse zu bewahren. Aber das Mädchen

ging nie allein in die Stadt. Abgesehen von raschen Besuchen in anderen Häusern des Ghettos oder einem Schwätzchen im Hof, verbrachte sie die meiste Zeit mit Spinnen oder Stricken. Die alte Frau, Mirjam, erledigte den größten Teil der Hausarbeit.

Ich schien Susanna zu faszinieren, als wäre ich ein fremdartiges Lebewesen, eingefangen und als Haustier gehalten – oder vielleicht nur eine Kuriosität. Ich sagte das einmal. Sie schaute mich ganz erstaunt an.

»Aber natürlich, Robin. Verstehst du das nicht? Ich habe noch nie mit einem Christen gesprochen. Es ist etwas anderes für Papa und David, sie gehen in die Welt hinaus.«

»Und was ist mit Pierre?«

Sie verzog ihr Gesicht. »Bah!«

»Pierre ist Christ.«

»Ich könnte nicht mit ihm reden. Ich will auch gar nicht. Es ist nützlich für meinen Vater, ihn zu beschäftigen. Es ist nützlich für Pierre, für ihn zu arbeiten – aber wahrscheinlich nur, weil er keinen christlichen Herrn finden kann.« Das war auch mein Verdacht, aber ich sagte nichts. Ich fand den Gaskogner nicht besonders sympathisch. Er sah aus wie ein Mann mit einer häßlichen Vergangenheit. Aber ein kräftiger Leibwächter war wichtig für einen älteren Mann, der umherreiste, und ein Jude konnte nicht wählerisch sein.

Susanna stellte mir unzählige Fragen über das tägliche Leben außerhalb des Ghettos und über mein Studium in Oxford – nicht so sehr über die Studien selbst (sie war an Bildung nicht besonders interessiert) als darüber, was wir jungen Studenten dort anstellten. Sie brach in helles Gelächter aus, als sie von den Streichen hörte, die wir einander spielten oder den Stadt-

leuten und – wenn wir uns trauten – den feierlichen alten Männern, die uns unterrichteten.
Sie wurde ganz neugierig wegen meiner Tonsur, die langsam unter einem Büschel neuer Haare verschwand.
»Aber du bist kein Priester! Oder willst du einer werden?«
»Nein, aber selbst wenn das feststeht, müssen wir den Kopf rasieren, solange wir an der Universität studieren, und wir müssen den Zölibatseid einhalten...«
»Was ist das?«
»Das Zölibat? Wir müssen versprechen, nicht zu heiraten.«
»Was für ein seltsames Wort! Und was für eine seltsame Idee! Unser Volk kennt so etwas nicht.« Sie bezwang ihr Kichern. »Aber wenn du kein Priester werden willst, was wirst du dann tun?«
Ich zögerte. »Ich weiß noch nicht. Ich habe manchmal daran gedacht, Arzt zu werden, wie dein Vater – aber das würde noch viele Jahre Studium bedeuten, sechs oder acht vielleicht. Man kann erst anfangen zu praktizieren, wenn man Magister ist.«
»Es ist zu lange, besonders mit diesem düsteren Schwur des – des...«
»Zölibats?«
»Ja. Was gibt es, was schneller geht?«
»Ach, es gibt immer Arbeit für Schreibkundige.«
Ich war selbst ein wenig unsicher. Als sich die Möglichkeit ergeben hatte, der Arbeit auf dem Bauernhof zu entfliehen, hatte ich ohne Zögern zugegriffen. Wenn ich erst Lesen und Schreiben, Französisch und Latein und ein wenig Rechnen konnte, würde es schon Adlige und Kaufleute geben, die froh wären, mich zu beschäftigen. Ich war noch nicht zu praktischen Plänen gelangt. Das hatte noch einige Jahre Zeit.

»Ich glaube«, sagte Susanna, »du wirst mehr erreichen als das.«
»Wie kommst du darauf?«
Sie antwortete leise: »Ich lese es in deinen Augen. Sie schauen etwas höher als nur auf ein Tintenfaß.«
Ihr Ton machte mich verlegen, und ich wechselte das Thema. Glücklicherweise gab es andere Dinge, die ich ohne Gefahr ansprechen konnte – die zahllosen Regeln und Gebräuche des Haushalts zum Beispiel, die mich verwirrten. Warum durften sie das Rindfleisch kochen, aber nicht in Fett braten, warum durften sie nicht Milch oder etwas aus Milch Gemachtes zur selben Mahlzeit wie Fleisch essen, und warum mußten sogar die Kochtöpfe getrennt gehalten werden? Warum durfte Leinen und Wolle nicht im gleichen Kleidungsstück verarbeitet sein?
»So ist das Gesetz«, sagte sie. »Aber wenn du Kapitel und Vers wissen willst, solltest du besser Vater fragen.« Ich müßte zumindest die Thora akzeptieren, so argumentierte sie, denn sie ist das, was die Christen das Alte Testament nennen. Natürlich braucht die Thora jede Menge Erklärungen, deshalb hatten gelehrte Rabbiner den Talmud geschrieben. Was nicht in dem einen Buch stand, war in dem anderen zu finden.
In Oxford hatten sie uns gelehrt, daß die Bibel einen ganzen Stapel anderer Bücher zu ihrer Erklärung brauchte, geschrieben von den Urvätern der Kirche und anderen frommen Männern. Jetzt stellte ich fest, daß die Juden, die mit uns das Alte Testament teilten, auch Gelehrte hatten, die es auf ihre Weise interpretierten.
Susanna allerdings liebte die abstrakten Auseinandersetzungen nicht. Sie akzeptierte das Gesetz, wie es ihr Vater und der

Rabbiner in der winzigen Synagoge oberhalb vom Listertor erklärten. Das Wichtigste an der Heiligen Schrift war, so empfand sie es, daß die richtigen Texte auf Pergamentblättchen geschrieben und in kleine Kästchen als Amulette oder Glücksbringer gesteckt wurden. Solch ein Kästchen, eine Mesusa, wurde an einem Türpfosten festgemacht als Zeichen dafür, daß dies ein jüdisches Haus war. Zwei andere, aus schwarzem Leder, die Gebetsriemen, wurden beim Morgengebet über die Stirn und den linken Arm gebunden.

»Sie halten Dämonen fern«, sagte Susanna.

»Sie sollen uns an die Gesetze erinnern«, verbesserte ihr Vater sie sanft. Da sie ein Mädchen war, trug Susanna diese Amulette nicht. David ärgerte sie und sagte, kein Dämon würde es wagen, sich ihr auch nur auf Meilen zu nähern. Ich selbst dachte, dies sei eine seltsame Art, die Schrift anzuwenden, aber es wäre nicht höflich gewesen, das zu sagen. Ich wußte, was David zur Antwort gegeben hätte: »Ist es seltsamer als euer christlicher Brauch, ein Haar oder einen Zahn von einem Heiligen aufzubewahren, der schon lange tot ist, oder sogar einen Splitter oder einen rostigen Nagel?« Diese Tage im Ghetto von Nottingham lehrten mich, schneller als Monate in der Schule in Oxford, daß es mehr als einen Weg gibt, die Dinge zu betrachten.

Ich hatte es gern, wenn ich Salomon am Abend zum Erzählen bewegen konnte, denn er kannte die Welt, und sein Kopf war vollgestopft mit Erfahrungen. Er war ein offener Geist. Kein Argument entsetzte ihn. Kein Thema war tabu. »Kein Teil des menschlichen Wesens liegt außerhalb des jüdischen Denkens«, beharrte er immer. »Das war die Lehre von Mose ben Maimon, den viele das ›Licht Israels‹ nennen.«

»Wer war das?« Ich hatte noch nie von ihm gehört.
»Ein Rabbi, aber auch ein Arzt wie ich. Er vereinfachte und erklärte das Gesetz für uns, so daß wir es auch in der heutigen Zeit befolgen können. Er lebte in Spanien, in Córdoba, vor hundert Jahren!«
»Vater wurde in Spanien geboren«, sagte Susanna.
Er nickte. »Ich sollte mich eigentlich Salomon aus Sevilla nennen. Aber ich wurde als Junge nach Stamford gebracht, und« – er zögerte und lächelte verschmitzt –, »in England ist es klüger, so auszuschauen, als gehörte man dazu!«
David schnaubte. »Ein Jude kann nicht dazugehören. Sie lassen uns nicht.«
»In Spanien ist es aber besser«, sagte seine Schwester. »Vater sollte mit uns dorthin ziehen.«
»Wir werden sehen.«
Alle schwiegen.
Ich wußte, woran sie dachten. Vor langer Zeit waren die Juden in England willkommen gewesen, besonders bei den Königen, die Geld leihen wollten. Allmählich, im Laufe der Jahre, waren sie bei den Leuten immer unbeliebter geworden und weniger notwendig für die Könige, die herausfanden, daß sie ihre Anleihen auch woanders machen konnten. Schritt für Schritt waren die Juden eingeschränkt worden. Erst wurden sie in fünfundzwanzig genehmigte Städte gezwungen, nirgendwo sonst durften sie leben. Später wurden sie vom Landbesitz ausgeschlossen, dann vom Verleih von Geld gegen Zinsen, schließlich, seit einem Jahr, durften sie nicht mehr als Ärzte praktizieren. Ich war mir aber ziemlich sicher, daß der Geldverleih unterderhand weiterging, genauso wie die Arbeit der Ärzte.

»Aber natürlich!« rief David aus, als ich das einmal andeutete. »Wie sollen unsere Leute sonst leben?«

Ich sagte vorsichtig, daß Geldverleiher fast überall unbeliebt seien. Es wäre ein unglücklicher Umstand, daß viele seines Volkes versuchten, damit ihren Lebensunterhalt zu verdienen.

»Nenn mir eine andere Möglichkeit!« donnerte er.

Ich war in Verlegenheit. Ich begann zu stottern und zermarterte mir das Gehirn, aber er wartete nicht auf meine Antwort.

»Denk nach, Robin!« Seine Stimme war ruhiger geworden, aber er war immer noch wütend. »Kann ich ein Geschäft in einer Stadt aufmachen – oder ein Handwerk lernen? Nur wenn ich bei einem Meister einer Gilde in die Lehre gehe. Und lassen nicht alle Gilden ihre Mitglieder einen christlichen Eid schwören? Wie kann ich – ein Jude – dann ein Hufschmied, ein Schneider, ein Gemüsehändler oder sonst etwas werden?«

Ich mußte ihm recht geben.

Er fuhr fort: »Kann ich auf die Universität gehen? Du weißt, ich kann es nicht. Also kann ich kein Rechtsgelehrter oder Schreiber werden. Ich könnte den klügsten Kopf der Welt haben, doch alle Weisheit eurer Welt ist mir verschlossen. Oder ich könnte das Herz eines Löwen haben – aber ich kann nicht mit dem König in den Krieg ziehen! Kein Jude kann ein Ritter sein – wieder eine Frage des Eids. Eide, Eide, immer diese christlichen Eide! Also kann ich nicht kämpfen und kein Land besitzen, ich kann nicht mit den Händen arbeiten, ich kann kein Geschäft aufmachen oder studieren oder lehren – seit dem letzten Jahr darf ich nicht einmal mehr, wie mein Vater, die Kranken heilen, selbst wenn ich es wollte und die Fähigkeiten dazu hätte, was bei mir nicht der Fall ist! Und dann fragst du mich, warum so viele unserer Leute Geldverleiher sein müssen. Welche Möglichkeiten lassen deine Leute uns denn? Und selbst das ist heutzutage gegen das Gesetz. Kannst du uns die Schuld geben, wenn wir dem Gesetz ausweichen, solange Christen uns bitten, es zu tun?« Er lachte bitter. »Weißt du, wie viele Kirchen mit jüdischen Anleihen gebaut worden sind? Ich kann dir mindestens ein halbes Dutzend Abteien der Zisterzienser nennen. Aaron von Lincoln prahlt damit, daß er, mehr als jeder andere Mensch, zum Bau von St. Albans beigetragen hat!«

Ich konnte keine Antwort auf seine beredten Worte finden. Und jetzt, nach all den Jahren, weiß ich immer noch keine.

Der Sturm war vorüber, so plötzlich wie er aufgekommen war. David grinste und schlug mir auf die Schulter.

»Vergib mir. Wie manche der Mixturen meines Vaters bin ich schnell auf dem Siedepunkt. Aber vergiß nicht, Robin: Meine Leute mögen so sein, wie Gott sie gemacht hat, sie sind aber auch so, wie ihr Christen sie gemacht habt.«

Ich konnte mit ihm fühlen. Die meisten von uns, das wußte ich, mußten das Los akzeptieren, das ihnen mit ihrer Geburt beschieden war. Von hundert Bauernjungen werden neunundneunzig nie vom Pflug loskommen. Sie können sich wünschen, Juden oder Sarazener zu werden. Genauso unmöglich ist es für sie, Ritter oder Edelleute zu werden. Aber zumindest einer von hundert, wie ich, hat die Chance, auszubrechen, nach der Universität eine Wahl zu treffen, zumindest unter den bescheideneren Berufen. Bei allen Ketten, die uns binden, sind wir doch nicht so vollständig Gefangene der Umstände wie die Juden, die in einem christlichen Königreich leben.

Es wäre falsch anzunehmen, die Wochen im Haus von Salomon wären dauernd von solchen Gesprächen getrübt worden. Was immer die Familie belastete, die Stimmung war normalerweise sonnig, oft heiter. Ich erinnere mich an jene Tage als ruhig und fröhlich, während ich die Heilung meiner Haut betrachtete und sicher sein konnte, daß Salomons Diagnose richtig gewesen war. Ohne meinem Glauben untreu zu werden, gewöhnte ich mich gern an die Regeln des Hauses. Ich begann sogar, mich auf den Beginn des Sabbats am Freitagabend zu freuen, wenn die Sonne hinter den Türmen der Burg unterging und das spezielle Sabbatmahl im Licht des siebenarmigen Leuchters auf den Tisch kam – der gefüllte Fisch (den ich als guter Christ an diesem Fastentag genießen konnte, wenn ich auch das Fleisch ablehnen mußte), das köstliche, geflochtene Brot, das Susanna gebacken hatte, den schweren roten Wein, der in den kleinen Kelchen funkelte.

Ich kann mich nur an einen einzigen unangenehmen Tag während dieser Zeit erinnern. Da wachte ich eines Morgens mit rasendem Zahnschmerz auf.

Es scheint vielleicht zu unbedeutend, um sich darüber zu beklagen, nachdem ich gerade erst von der Furcht befreit worden war, Lepra zu haben. Aber Zahnschmerzen sind Zahnschmerzen. Wenn sie da sind, ist man nicht in dem Zustand, andere Segnungen gebührend zu würdigen.

Ich erwähne das hier, weil etwas Seltsames geschah.

Susanna bemerkte am Morgen meinen gequälten Ausdruck und wollte den Grund wissen. »Es gibt nur eins, was man mit einem schlimmen Zahn tun kann«, sagte sie fröhlich. »Raus mit ihm.«

Leicht gesagt, für sie. Es war nicht ihr Zahn.

»Es heißt, Zahnschmerzen ließen sich kurieren, indem man einen Holzbock auf eine Nadel spießt und dann den Zahn mit der Nadelspitze reibt.«
»So heißt es«, wiederholte sie spottend. »Hast du je gesehen, daß das wirkt?«
»Selber nicht.«
»Wenn du an diese Methode glaubst, Robin, leihe ich dir meine Nadel. Den Holzbock mußt du selber finden. Aber ich bin sicher, es ist besser, wenn der Zahn rauskommt.«
Ich fürchtete, daß das Mädchen recht hatte. Aber mutigere Männer als ich werden zu Feiglingen, wenn es ums Zähneziehen geht. Ich habe gesehen, wie der Hufschmied im Dorf es gemacht hat, ich habe es Wunderheiler auf den Märkten tun sehen. Auch wenn sie alle angeben, es sei nichts dabei – der Patient, wenn man nach seinem Strampeln und Schreien urteilt, sieht das ganz anders.
»Vielleicht geht es so vorüber«, sagte ich matt.
»Du hast doch keine Angst vor dem Schmerz, Robin?«
Ich zögerte, dann trafen sich unsere Augen, und ich konnte nur gequält grinsen und antworten: »Doch.«
»Vater kann deinen Zahn ziehen, ohne daß du etwas merkst.«
»Dann ist er zu größeren Wundern fähig als die meisten Heiligen«, erwiderte ich.
»Es ist wahr. Robin, laß ihn doch zumindest einmal schauen. Vielleicht«, fügte sie listig hinzu, »wird er sagen, daß es nicht notwendig ist, den Zahn zu ziehen. Er hat ein wunderbares gewürztes Öl. Manchmal nimmt schon ein Tropfen die Schmerzen. Es ist viel besser als eine Nadel mit einem Holzbock.«

Sie war gut im Überreden.
An dem Nachmittag kam ich zum erstenmal in Salomons Zimmer. Ich schaute mich mit einer gewissen furchtsamen Neugier um, betrachtete die Bücher, Flaschen und Kästen, den Mörser und den Stößel, um Pulver zu mahlen, die Bleiplatte, auf der die Salben gemischt wurden, und die Säckchen mit den getrockneten Kräutern. Unter anderen Umständen hätte ich ihn gebeten, mir alles zu erklären. Aber jetzt rollte ich mit den Augen wie ein verängstigtes Pferd, immer auf der Suche nach den schrecklichen Instrumenten, die, da war ich sicher, irgendwo liegen mußten.
Eine sanfte Hand auf meiner Schulter drückte mich in einen Stuhl gegenüber dem Fenster.
»Öffne den Mund. So.« Ich blinzelte in die Sonne. Salomon kam näher, dunkel vor dem hellen Hintergrund, und schaute auf meinen Kiefer. »Da links, ganz hinten? So. Zweifellos, das tut weh.«
»Da muß ein Wurm drinnen sein«, sagte ich.
»Vielleicht. Ich habe nie einen Wurm gesehen, der Zähne wie Äpfel faulen läßt – das heißt aber nicht, daß es ihn nicht gibt, aber er muß sehr klein sein. Verfault ist dein Zahn auf jeden Fall, und nutzlos für dich.«
Mein Herz sank. Wenn Salomon sich erbot, ihn zu ziehen, wie konnte ich mich weigern? Ich wünschte, er wäre jünger und stärker, aber ich konnte ihm wohl kaum sagen, daß ich lieber zu einem Barbier oder Hufschmied gehen würde. Ich mußte einfach tapfer sein. Ich glaubte natürlich nicht an die Geschichte, daß er den Zahn schmerzlos ziehen konnte. Jeder Quacksalber auf dem Jahrmarkt versprach das.
»Ich nehme an«, sagte Salomon freundlich, »dein einziger

Wunsch ist es, heute abend schlafen zu gehen, und morgen wachst du auf, der Schmerz ist weg – und der Zahn mit ihm?«
»Das wäre wunderbar«, stimmte ich zu.
»Oder sogar noch heute nachmittag?«
»Noch besser, Herr. Wenn es nur möglich wäre!«
»So.« Seine Stimme war noch sanfter als sonst. Sie war wie eine streichelnde Hand. »Du bist sehr früh aufgewacht. Ich glaube, jetzt bist du schläfrig.« Ich gähnte. »Hast du schon mal diesen goldenen Ring bemerkt, den ich trage?« Er hielt seine Hand hoch. In dem Ring spiegelten sich die Strahlen der Sonne, die durch das kleine Fenster schien und die Staubkörnchen in der Luft sichtbar machte. »Schau ihn dir genau an. Es ist ein sehr seltener und bemerkenswerter Ring.« Ich konnte nichts feststellen, aber ich merkte, daß es immer schwieriger wurde, die Augen offenzuhalten. Er hörte nicht auf, die Hand zu bewegen – sie beschrieb langsame gleichmäßige Kreise vor meinem Gesicht. »Du bist sehr schläfrig«, schnurrte er, »sehr schläfrig.« Der Ring blinkte. »Ich werde jetzt zählen. Wenn ich bei zehn angekommen bin, wirst du fest eingeschlafen sein. Eins, zwei, drei, vier...«
Auf meinen Lippen war ein salziger Geschmack.
»Hier«, sagte Salomon. »Spuck hier hinein.«
Ich öffnete meine Augen und sah die Schüssel, die er hielt. Nachdem ich ausgespuckt hatte, sah ich rotes Blut darin. »Hier ist dein Zahn, Robin«, sagte er und hielt ihn zwischen Zeigefinger und Daumen. »Wenn du einen Wurm sehen kannst, dann hast du schärfere Augen als ich.«
»Aber – aber...«, stotterte ich. »Ich habe nichts gespürt – ich...«

»Du hast geschlafen.«
»Das ist Zauberei!« Ich war erschrocken und erleichtert zugleich. »Ihr habt einen Zauber über mich gesprochen!«
Er schüttelte den Kopf. »Ich kenne keinen Zauberspruch. Du wolltest einschlafen, da konnte ich ein bißchen nachhelfen. Wenn du nicht gewollt hättest – wenn du entschlossen gewesen wärst, wach zu bleiben –, dann hätte ich nichts tun können.«
»Es ist trotzdem ein Wunder.« Ich beugte mich wieder über die Schüssel. Jetzt war da weniger Blut. Mein Mund tat zwar weh, aber die Zahnschmerzen waren weg.
»Wenn Ihr das auf dem Marktplatz macht«, sagte ich, »seid Ihr bald ein reicher Mann.«
Er lächelte traurig. »Wie unschuldig du bist, mein lieber Junge! Wenn ich diese Methode auf dem Marktplatz anwendete, würde ich als Hexenmeister verbrannt werden.«
Ich wußte, was er meinte, war aber dankbar, daß er genug Vertrauen hatte, meine Schmerzen auf diese Weise zu kurieren. Ganz wie er gesagt hatte: Ein Jude mußte sich daran gewöhnen, ein Risiko einzugehen.

Die Ankunft des Königs

Drei Tage später hielt ich meine Hände hoch und betrachtete sie voller Vergnügen. Sie waren noch nie so hell und weich gewesen, weder eine Blase von der Feldarbeit noch ein Tintenfleck vom Studieren waren darauf. Ich war geheilt.

»So«, Salomon ächzte zufrieden. »Du kannst die Verbände weglegen, Susanna, Robin braucht keine Behandlung mehr. Frische Luft und Sonne sind jetzt besser für die Haut.«

»Nochmals vielen Dank«, sagte ich heiser.

»Und jetzt wirst du uns verlassen?« fragte Susanna. Es mag höflich gemeint gewesen sein, aber ich glaube, es klang ein wenig bedauernd.

»Ja«, sagte ich, »die Studenten kehren im Oktober nach Oxford zurück, aber ich kann mich dort nicht sehen lassen, ohne bei Pater Simon gewesen zu sein. Er muß meine Heilung bestätigen und mir einen Brief für den Rektor mitgeben.«

Ich fühlte ein merkwürdiges Bedauern, dieses ruhige Haus verlassen zu müssen. Ich mochte sie alle so sehr, und sie hatten mir die Augen geöffnet für so vieles, das ich vorher nicht gekannt hatte. Doch drängte es mich auch, meine Familie wiederzusehen und sie zu beruhigen. Ich würde wie Lazarus sein, von den Toten auferstanden.

»Du mußt mein Pferd nehmen«, beharrte Salomon. »David freut sich darauf, mit dir zu reiten, und er kann Pierre mitnehmen.«

»Ich komme auch mit«, unterbrach ihn Susanna, »ich bin noch nie durch Sherwood geritten. Aber nicht morgen. Übermorgen.«

»Wie du willst«, sagte ich. »Und danke. Aber warum nicht morgen?«
»Wegen etwas, das meine Freundin Sarah mir gerade am Brunnen erzählt hat.«
»Wieder irgendein Tratsch?« fragte Salomon.
»Kein Tratsch, Vater. Die ganze Stadt spricht davon. Der Hofmarschall des Königs ist letzte Nacht angekommen. Seine Beamten weißen bereits die Türen der Häuser für die Einquartierung.«
»So? Der König kommt nach Nottingham?«
»Und die Königin. Morgen. Ich möchte das nicht verpassen.«
»Ich auch nicht«, sagte ich. »Übermorgen ist noch früh genug, um nach Hause zu gehen.«
Das Ghetto war natürlich nicht betroffen von den Einquartierungen, auch wenn ich mir vorstellen konnte, daß die jüdischen Familien eine Börse voll Gold für die königlichen Vergnügungen in der Burg sammeln mußten. Und am nächsten Nachmittag, als bekannt wurde, daß die Reisegesellschaft des Königs gesichtet worden war, wie sie über die Trent-Brücke und den Damm die Flußwiesen entlang bis zum Stadttor zog, da strömten die Juden mit ihren gelben Hüten heraus, um die Ankunft des Herrschers zu beobachten. Susanna und die anderen Frauen kamen auch.
Wir stellten uns an die Ecke Mönchsweg und Marktplatz, genau unterhalb des Karmeliterklosters – eine gute Stelle, weil der Troß langsam den Berg in unsere Richtung heraufkommen mußte, um dann nach links abzubiegen. Dort begann der letzte lange Anstieg zum Burgfelsen.
Wir konnten den König gut sehen. Es war Edward der Erste,

Edward von Westminster, besser bekannt unter seinem Spitznamen »Langschenkel«. Ich konnte sehen, weshalb sie ihn so nannten, denn selbst auf dem Pferderücken zeigte sich seine Größe, und die langen Beine baumelten steif an beiden Seiten seines spanischen Pferdes herab.
Er war damals etwas über fünfzig. Sein Bart hatte die frühere rotgoldene Helligkeit der Plantagenets verloren und war dunkel geworden. In seinem Gesicht, das er lächelnd der Menge zuwandte, war die gute Laune zu erkennen. Aber da war auch eine schreckliche Kraft – ich konnte mir das Gesicht unter einem Helm vorstellen, grimmig und stahlhart, wie er vor langer Zeit die rebellischen Barone in Evesham musterte oder die walisischen Aufständischen oder die Sarazenen während des Kreuzzuges. Ein großer Mann, dieser Edward der Erste, und so ganz anders als sein Sohn!
Er kam an uns vorbei mit seinem Hofmeister, seinem Hofgeistlichen und einer ganzen Reihe wichtiger Leute: Adlige, Ritter und Beamte des königlichen Hofes. Der Bürgermeister von Nottingham und die höchsten Vertreter der Krone der beiden Halbstädte genossen die kurzen Stunden des Ruhms, als sie den König zum Tor seiner Burg begleiteten.
»Hohlköpfige Tölpel!« fauchte mir David ins Ohr.
Ich sah, daß er nicht auf den Bürgermeister und seine Begleitung in ihren langen fellbesetzten Gewändern starrte, sondern auf die Höflinge. Ich konnte nicht sehen, was verkehrt an ihnen war, außer der Art, wie sie schauten – oder sich nicht einmal die Mühe machten zu schauen –, als die Leute ihre Mützen zogen und einen Knicks machten, während sie vorbeikamen. Einige von ihnen waren sicherlich hochnäsig. Andere benahmen sich, als ob das gemeine Volk nicht vorhanden

wäre. Der König, das konnte ich glauben, war von anderer Art. Er würde sich unter alle Klassen mengen, und sollte das Essen auf einem Feldzug einmal knapp werden, würde er seine letzte Flasche Wein mit seinen Männern teilen.
Er war im groben Wollzeug so fröhlich wie in seiner königlichen Robe und würde einen Scherz mit jedem machen. Er hatte keine Angst, sich die Hände zu beschmutzen, wenn dringende Arbeit zu tun war.
Die Männer, die hinter ihm ritten, strichen ihre Würde deutlich heraus. Einige hatten scharfe, adlerartige Züge, andere waren rotgesichtig und aufgeschwemmt vom guten Leben.
»Unsere Herrscher!« Davids Stimme hatte noch den boshaften Unterton. »Und wovon haben sie schon eine Ahnung? Was können sie, außer jagen und Kriege führen?«
Ich spürte Neid in seinen Worten. Es war nicht so, daß David diese Edelleute verachtete, weil ihr Denken begrenzt war. Er wäre auch gerne auf einem glänzenden Pferd ausgeritten, den Falken auf dem Handgelenk, und hätte sich an den Vergnügungen beteiligt. Ich glaube, er wäre auch für eine gute Sache in die Schlacht gezogen. Von all dem war er wegen seines jüdischen Blutes ausgeschlossen.
Susanna fühlte das gleiche auf ihre Art. Sie bewunderte kostbare Juwelen, luxuriöse Stoffe und Pelze, Samt und Brokat aus Zypern, Sarsenett und golddurchwirktes Tuch. Sie war dafür geschaffen, durch eine Schloßhalle zu schreiten zum Klang der Musik, die von Minnesängern für sie gespielt wurde. Statt dessen lebte sie im Ghetto wie eine Maus.
Ich sah das Verlangen in ihren Augen, als die königliche Kutsche mit der Königin und ihren Hofdamen vom Händlertor heraufkam. Es waren prächtige, schwere Wagen, zum Schutz

gegen das schlechte Wetter mit flatternden Seidenvorhängen bespannt. Jeder Wagen wurde gezogen von mehreren auffällig geschmückten Pferden, die hintereinander gingen und sich wegen der Steigung und der unangenehmen Biegung des Weges nach rechts anstrengen mußten. Wir konnten die Königin deutlich sehen, als ihre Kutsche vorbeirollte.
»Eleonora von Kastilien«, sagte Salomon wehmütig, als ob ihr Name Erinnerungen an frühere Tage in Spanien aufwühlte. »Sie ist immer noch schön.«
Ich war froh, sie gesehen zu haben. Sie war, so hieß es, auf ihre Art nicht weniger bemerkenswert als ihr Mann. Sie war mit ihm in den Kreuzzug gezogen und hatte, so wurde erzählt, sein Leben gerettet, indem sie Gift aus seiner Wunde saugte. Er war fünfzehn gewesen, als er sie geheiratet hatte, und mit fünfzig liebte er sie immer noch sehr. Dies sprach Bände über ihren Zauber. Selbst in jenen Tagen hatte ich schon gehört, daß Könige selten zu den ergebensten Ehegatten gehörten.
Die letzten Kutschen ratterten den Mönchsweg hinauf. Jetzt gab es nur noch die Karren mit Vorräten und Gepäck. Die Menge zerstreute sich.
»Nun«, seufzte Susanna teils zufrieden, teils aber auch aufgewühlt, »ich habe die Königin gesehen.«
»Ich auch«, sagte ich, »aber ich hätte sie gern länger gesehen. Vielleicht war es das letzte Mal.«
»Möglicherweise für uns alle«, sagte Salomon mit seltsamer Stimme.
Er wollte nicht erklären, was er damit meinte, als Susanna ihn bedrängte. Ich dachte über seine Bemerkung nach und versuchte ihr alle möglichen Bedeutungen zu geben. Hatte das Auge des Arztes die Zeichen einer tödlichen Krankheit in

diesem Gesicht gesehen, das auch auf mich trotz des Lächelns müde und abgespannt gewirkt hatte? Wenn das so war, war klar, warum er schwieg. Es war Verrat, den Tod der Herrscherin vorauszusagen.

Salomon blieb den ganzen Tag über düster, und in mir kämpften die verschiedensten Empfindungen, während der Tag meiner Abreise näher kam.

Wir machten uns auf den Weg, sobald die Familie am nächsten Morgen ihre Gebete gesprochen hatte. Salomon trug immer noch die ledernen Gebetsriemen und den gefransten Gebetsschal, wie es die Pflicht erwachsener Juden war, genauso wie das Gebet dreimal am Tag. Er hatte einen rätselhaften Ausdruck auf dem Gesicht, als er mich in seiner eigenen Sprache segnete und dann auf englisch sagte: »Geh mit Gott, Robin, und habe Erfolg im Leben. Vielleicht treffen wir uns bald wieder, vielleicht auch nie. Es wird sein, wie Gott es bestimmt – und vergiß nicht, daß dein Gott auch der meine ist!«

Ich schüttelte ihm die Hand und bedankte mich nochmals. Dann trieb ich das Pferd durch den niedrigen Bogen des Ghettotores, und wir ritten die Straße hinauf. Die anderen warteten bereits ungeduldig. Es war ein goldener Septembermorgen, und der Wald lockte. Nur eine Kleinigkeit trübte unsere Freude: Salomon hatte darauf bestanden, daß Pierre uns begleitete, damit David und seine Schwester auf dem Rückweg nicht allein wären. Aber der rauh aussehende Gaskogner ritt schweigend hinter uns und mischte sich nicht in die Unterhaltung ein.

Die Reise nach Westwood dauerte nicht lange. Wir ritten natürlich den direkten Weg, unsere Pferde waren frisch, und meine Freunde genossen die seltene Gelegenheit, eine weiche,

sandige Straße zwischen Eichen und Birken entlangzugaloppieren.
Als die Bäume weniger dicht standen und das flache Land mit den grünen Wiesen und gelben Stoppelfeldern sich vor uns ausbreitete, erkannte ich bald die Grenzpfähle, die ein, zwei Meilen von unserem Dorf entfernt standen. In der Ferne sah ich die Hütten des Dorfes und mitten dazwischen die Kirche.
David hielt sein Pferd an.
»Besser, wir verabschieden uns hier. So hat mein Vater es befohlen. Es wäre nicht gut für dich, wenn sie wüßten, daß du bei uns gewesen bist.«
Ich wußte, was er meinte, und war traurig deswegen – und auch aus anderen Gründen. Ich rutschte aus dem Sattel, gab Pierre die Zügel und dankte ihm. Dann ging ich zurück zu David und Susanna.
»Wir bleiben hier und passen auf, bis du sicher im Dorf bist«, versprach David, »aber wir zeigen uns nicht.«
Ich verließ sie. Sie saßen bewegungslos auf ihren Pferden im Schatten des Waldrandes. Ich konnte sehen, wie Leute auf dem Kornfeld Ähren auflasen. Ich straffte meine Schultern und ging mit großen Schritten dem Sonnenlicht entgegen.
Alle Köpfe gingen nach oben. Fremde sind selten in Westwood. So mancher Tag vergeht, ohne daß ein unbekanntes Gesicht auftaucht. Männer wie Frauen hörten auf zu arbeiten, richteten sich auf und standen wie eine Herde Hirsche, die beim Grasen überrascht worden ist.
Es dauerte eine Weile, bevor mich jemand in der feinen Tunika und der Hose, den Abschiedsgeschenken von David, erkannte. Dann schrie ein Mann, und seine Stimme überschlug sich vor Schrecken.

»Robin kommt zurück! He, Robin, bleib fern, du Kerl, das geht nicht!«
Ich hob mein Gesicht in die Sonne. Ich lachte vor Glück, begann zu rennen, die Arme ausgebreitet, und streckte ihnen meine Hände entgegen.
»Ich bin geheilt!« Ich ließ meine Stimme über das weite Feld klingen. »Ich bin nicht unrein! Und war es nie!« Aber sie wichen zurück, immer noch voller Zweifel. Nur eine Gestalt kam auf mich zu. Es war meine Mutter. Sie hob ihre Röcke, als sie über die spitzen Stoppeln und klumpigen Furchen des bereits gepflügten Streifens rannte. In ihrem Gesicht sah ich alle ihre Gefühle.
»Robin, ist es wirklich wahr?«
»Schau selber, Mutter!«
»Ruhmreich ist Gott!« rief sie schluchzend, als sie meine fleckenlose Haut sah. Noch drei Schritte, und wir fielen uns in die Arme.
Das Glück dauerte nicht lange. Ich fühlte, wie ich ergriffen und herumgerissen wurde. Ich wurde der Länge nach über die frisch gepflügten Furchen geschleudert. Als ich wieder auf meinen Füßen stand, wurde meine Mutter in sicherer Entfernung festgehalten. Einige Männer starrten mich an, die Fäuste geballt, die Stöcke erhoben. Es waren Nachbarn, ich kannte sie seit meinen Kindertagen, aber sie drohten mir wie einem Feind.
»Bist wohl verrückt geworden, Robin? Komm nicht näher!«
»Aber ich sage euch doch, mir fehlt nichts.«
»Denke, das hat jemand anderer zu entscheiden.«
»Aber seht doch selber. Schaut euch meine Hände an. Sie sind jetzt ganz in Ordnung!«

»Kann sein – kann nicht sein. Ist nicht an uns, das zu entscheiden.«
Nichts macht mich verrückter als die Dummheiten von Leuten, die nicht erkennen wollen, was vor ihren Nasen zu sehen ist. Ich weiß nicht, wie lange wir dort noch streitend gestanden hätten. Glücklicherweise ging Pater Simon zwischen den Ährensammlern herum und kam, so schnell es seine Würde ihm erlaubte, über das Feld gelaufen. Meine Mutter wandte sich schreiend an ihn, aber ihre Stimme ging unter im allgemeinen Tumult. Immer mehr Dorfbewohner kamen herbei.
Noch einmal streckte ich meine Hände aus, damit alle sie sehen konnten.
»Ich bin geheilt, Hochwürden...«
Ein noch lauteres Geschrei war die Antwort. Seine Stimme übertönte alle anderen höhnisch: »Wer wurde jemals von Aussatz geheilt?«
Wieder war da dieses Geschrei. Eine Menge verschreckter Leute kann blutrünstiger sein als ein Rudel Wölfe.
Als ich mich wieder verständlich machen konnte, rief ich: »Ich hatte nie Lepra! Es war alles ein Irrtum!«
Das war ein großer Fehler, das Schlimmste, was ich vor den Leuten des Dorfes hatte sagen können. Pater Simon wurde rot. Er kam einen Schritt näher und stierte auf meine Hände.
Möge ihm vergeben werden für das, was er an jenem Tag tat, als er so handelte, weil er zu eingebildet und unwissend war, einen Fehler zuzugeben! Vielleicht waren es aber nur seine Augen, von denen ich wußte, daß sie schwach waren.
»Die Krankheit ist trügerisch und heimtückisch«, erklärte er wichtigtuerisch. »Es ist leicht für den Leidenden, sich einzu-

bilden, es hätte sich gebessert. Ich sehe keinen Grund, meine Entscheidung zu ändern. Robert, du hast schwer gefehlt«, so fuhr er streng fort, »einfach zurückzukommen. Du hast das Gesetz mißachtet. So etwas darf nicht wieder vorkommen. Du riskierst schmerzliche Strafen – sei dankbar, daß du zu uns gehörst und wir deinem Leiden nichts hinzufügen wollen. Jetzt geh und achte die Regeln, die ich dir gegeben habe.«

»Ja, geh!« Sie nahmen den Schrei auf. Es war ein schrecklicher Chor. Mehr noch als zuvor erinnerten sie mich an Wölfe. Sie schwangen ihre Stöcke. Manche Männer bückten sich, um Klumpen aufzuheben, die sie werfen konnten.

»Wartet, könnt ihr euch nicht wie denkende Menschen benehmen, seid ihr denn Tiere?«

Das war Davids Stimme, zitternd vor Wut. Er kam über die Dorfwiese gedonnert wie ein Ritter in der Schlacht. Es gab ein kurzes, überraschtes Schweigen, dann ein Gemurmel, als er die Zügel anzog und neben mir stand. Sie hatten seinen gelben Hut bemerkt. »Herr ...«, David wandte sich an Pater Simon, so höflich, wie es ihm seine Aufregung erlaubte. »Wenn Ihr immer noch im Zweifel seid, darf ich Euch versichern, daß Robin von einem der erfahrensten Ärzte des Königreiches behandelt wurde.«

»Von wem?« fragte Pater Simon unsicher.

»Meinem eigenen Vater, Salomon aus Stamford, der, wie Ihr vielleicht wißt ...«

David konnte nicht zu Ende sprechen. Alle schrien und kreischten.

»Ein Jude!«

»Juden dürfen nicht Doktoren sein!«

»Nie gehört, daß ein Jude Lepra geheilt hat!«

»Im Gegenteil, sie sind schuld daran! Vergiften die Brunnen!«
Mir wird immer noch schlecht, wenn ich mich an die Szene erinnere. Es gibt keine Erklärung für blinden Haß und Vorurteile. Erdklumpen und Steine begannen auf uns beide herabzuregnen. Davids Pferd bäumte sich auf und wieherte vor Schrecken. Pierre galoppierte los, schwang sein Schwert und brüllte fürchterliche Verwünschungen. Susanna schrie vom Waldrand aus, flehte uns an zurückzukommen.
Wir gingen. Etwas anderes war nicht möglich. Und weil es das war, was sie wollten, wurden wir nicht verfolgt. Ich kletterte zurück in den Sattel, kochend vor Wut. Nur ein Gutes hatte die Sache gehabt: Meine Mutter wußte, daß ich gesund war, und niemand würde in der Lage sein, sie vom Gegenteil zu überzeugen.
Wir machten uns auf den Weg zurück nach Nottingham. Ich dankte David. Er hatte sich in Gefahr begeben, das wußte ich, als er versucht hatte, mir beizustehen.
»Ich habe mehr geschadet als genutzt«, sagte er bitter.
»O nein...«
»Doch! Du kannst solchen Leuten nicht mit Argumenten kommen. Nur eine Sache hätte sie davon überzeugt, daß du geheilt bist.«
»Was?«
»Wir hätten dich mit einem Pilgerabzeichen ausstatten sollen«, sagte David zynisch. »Ich hätte eins besorgen können – man kann alles kaufen, wenn man weiß, wo. Du hättest geschworen, es stamme von einem Heiligtum, von einer Pilgerstätte, die weit genug weg ist, so daß es keine peinlichen Fragen gegeben hätte.«

»Du meinst, ich hätte lügen sollen? So tun, als ob ich eine Pilgerreise gemacht hätte, was ja gar nicht stimmt? Und ein Wunder hätte mich geheilt?«
»Es hätte alles geklärt. Diese Leute wollen nicht glauben, was sie mit eigenen Augen sehen. Und auch nicht die Meinung eines Mannes anerkennen, der sich auskennt. Aber sie würden an ein Wunder glauben, weil sie es so wollen!« David zuckte mit der Schulter. »Natürlich kann ich nicht verlangen, daß du es so siehst wie ich.«
Ich sagte nichts. Sein Vorschlag war niederträchtig – meinem Empfinden nach –, aber ich konnte nicht abstreiten, daß er womöglich funktioniert hätte.
Susanna wechselte taktvoll das Thema. »Nun, Vater hat sicher nicht erwartet, daß Robin so schnell wiederkommt!«
Da war ich nicht so sicher. Salomon mochte die ganze Zeit schon seine Bedenken gehabt haben. Ich hätte das an seiner Düsterkeit erkennen können. Er hatte schon zuviel in seinem Leben gesehen.
Es war ein Jammer, daß ich nach Westwood hatte zurückkehren müssen. Aber es wäre sinnlos gewesen, in Oxford ohne eine Bescheinigung über meine Heilung zu erscheinen. Und ich wußte nicht, von wem außer Pater Simon ich sie hätte bekommen können.
Susanna beugte sich zu mir und drückte mir die Hand. »Laß den Kopf nicht hängen, Robin. Bei uns in Nottingham ist immer ein Heim für dich, solange du eins brauchst.«
Aber da, so sollte ich bald erfahren, hatte sich Susanna leider getäuscht. Als wir das Ghetto erreichten, hatte Salomon Neuigkeiten für uns, die unser eigenes kleines Abenteuer überschatteten und sein Mißtrauen der letzten Tage erklärten.

»Der König hat uns den letzten Stoß versetzt, meine Kinder.«
Wir starrten ihn entsetzt an.
David sagte: »Was meinst du, Vater?«
»Ich habe meine Vorahnungen gehabt. Jetzt sind sie offiziell bestätigt worden – ich weiß es von einem Bediensteten des Königs. Der König hat bestimmt, daß zu Allerheiligen alle Juden England verlassen haben müssen. Wir haben weniger als zwei Monate Zeit, und dann müssen wir weg sein – für immer.«

Kein Wort davon

Es war jetzt nicht die Zeit, mir Sorgen um meine eigene Zukunft zu machen. Das Ghetto hallte wider von den Klagen seiner Bewohner.

Anders als die Juden in vielen Städten hatte die kleine Gruppe in Nottingham ein ruhiges Leben geführt, keine Morde oder Krawalle hatten ihren Frieden gestört, kein Schrecken wie die Massenhinrichtung vor zwölf Jahren in London, die fast dreihundert Juden das Leben gekostet hatte.

In Nottingham waren nur sehr wenige weitsichtige Männer wie Salomon halbwegs auf den Schock des königlichen Dekrets vorbereitet gewesen.

Einige Tage darauf ließ der Vertreter der Krone die Einzelheiten bekanntgeben: Jeder Jude mußte England am 1. November verlassen haben. Es war ihm gestattet, seinen Besitz mitzunehmen, soweit er ihn tragen konnte. Häuser fielen an den König. Geld, an Christen verliehen, wurde eingesammelt und zinsfrei dem königlichen Schatzamt übergeben.

»Mit einem Wort«, sagte David stockend, »Exil und Raub.«

Soweit es den Juden an Mitteln fehlte, würde der König die Überfahrt nach Flandern bezahlen.

»Bring uns weiter weg!« bettelte Susanna. »Warum nicht nach Sevilla? Ich habe immer von Spanien geträumt.«

»Ich denke über alle Möglichkeiten nach.« Mehr wollte Salomon im Moment nicht sagen.

Für Susanna war die neue Entwicklung Glück im Unglück. Wenn ich in ihr Gesicht sah, konnte ich erraten, was sie dachte. Ihre dunklen Augen waren zwar auf ihre Stickereien geheftet, aber im Geiste sah sie schon die goldene Stadt, in der ihr Vater geboren worden war – den breiten Fluß, die gefiederten Palmen, die berauschenden Orangenblüten, die leuchtenden Früchte, die wie tausend kleine Sonnen zwischen den Blättern hingen, der wärmende Sonnenschein, die schläfrige Hitze. Wenn es nach Spanien ging, sagte ich mir, wäre Susanna wegen des Wegzugs nicht traurig.

Ihr Bruder zeigte eine ganz andere Reaktion. Er lief im Haus umher wie ein Löwe im Käfig. Ich glaube, er hätte am liebsten das Ghetto verbarrikadiert und es wie eine Festung verteidigt. Er war wie ein einsamer Krieger, der sich danach sehnte, unter einer Fahne zu kämpfen, die es nicht gab, einer Fahne mit dem Stern eines anderen David.

»Du sagst, ich solle ruhig sein, Vater!« brummte er. »Wir sind nicht nur Juden, wir sind auch Männer, vergiß das nicht!«

Am nächsten Nachmittag winkte mich Salomon mit geheimnisvoller Miene in sein Zimmer und schloß die Tür.

»Robin, ich muß mit dir reden. David ist nicht ansprechbar – nicht in seinem gegenwärtigen Zustand. Aber erst mußt du mir absolute Verschwiegenheit versprechen.«

»Ich verspreche es, Herr.« Mir war komisch zumute. Was würde David empfinden, wenn er herausbekam, daß sein Vater ein Geheimnis mit mir teilte, nicht aber mit seinem eigenen Sohn?

»Ich habe eine Botschaft erhalten, Robin. Sie verwirrt mich. Und – wenn man die Gefahr sieht, die alle Juden jetzt bedroht – ich finde sie sehr beunruhigend.«

Ich konnte das an seinem besorgten Gesicht erkennen. Ich sagte: »Ja, Herr?« und wartete.

»Die Botschaft läuft auf eine Vorladung hinaus. Ich wurde gebeten, das Ghetto bei Einbruch der Nacht zu verlassen, kurz

bevor das Tor geschlossen wird. Ein Bote wird in der Nähe warten, um mich zu geleiten. Ich soll einen anderen Hut oder eine Kapuze mitnehmen, damit ich nicht als Jude erkannt werde.«
»Es klingt häßlich, Herr. Ich würde nicht gehen. Wer hat die Botschaft geschickt?«
»Ich konnte keinen Namen erfahren.«
»Dann würde ich erst recht nicht gehen!«
Salomon verschränkte seine braunen Hände ineinander. »Aber kann ich es wagen, nicht zu gehen? Ich glaube, die Botschaft stammt von einem der einflußreichen Männer. Ihr Überbringer kam nicht aus der Stadt, sondern aus der Burg.«
»Es gibt auch Schurken in der Burg, auch wenn sie sich als Barone oder Grafen geben.« Einige Wochen Freundschaft mit dem skeptischen David hatten mich einiges über den Lauf der Welt gelehrt. »Schaut, Herr«, sagte ich, »durch den Ausweisungsbefehl sind alle Juden der Gnade ihrer Feinde ausgeliefert. Ihr könntet sterben – Ihr könntet verschwinden – wir wären hilflos! In zwei Monaten wird es in England keine Juden mehr geben. Nicht einmal David wäre mehr hier, um unangenehme Fragen zu stellen. Ein vermißter Jude? Es wäre die einfachste Sache der Welt vorzugeben, Ihr wärt insgeheim abgereist.«
Bei aller Besorgnis konnte Salomon ein kleines Kichern nicht unterdrücken. »Du wärst auch kein schlechter Schurke, Robin. Du lernst schnell, und du siehst, was unter der Oberfläche der Dinge liegt. Alles, was du sagst, ist wahr.« Er strich sich gedankenverloren über den Bart. »Trotzdem darf ich die Chance nicht vorübergehen lassen.«

»Aber welchen Vorteil …?«
»Im Moment sind alle meine Anstrengungen auf ein einziges Ziel gerichtet: mich selber, meinen Sohn und meine Tochter – auch meinen Besitz, soweit das möglich ist – sicher aus diesem Königreich zu bringen. Ich kann es mir nicht leisten, jemanden zu beleidigen, der, wie ihr Engländer sagt, ein Wort für mich einlegen könnte. Angenommen, ich ignoriere diese unbekannte, aber einflußreiche Person? Wer kennt die Folgen? In diesem Augenblick meines Lebens brauche ich mächtige Freunde, nicht mächtige Feinde.«
Das verstand ich. »Gibt es etwas, was ich tun kann?«
»Dazu komme ich jetzt. Ich will dich um einen Gefallen bitten. Wirst du heute nacht mit mir gehen?«
Mein Puls ging schneller. »Sicher, wenn Ihr es wünscht.«
Er sah erleichtert aus. »Du weißt, daß es gefährlich werden kann. Aber ich glaube, es ist sicherer, wenn ich nicht allein gehe. Um so mehr, wenn mein Begleiter kein Jude ist. Das ist ein Grund, David nicht mitzunehmen.«
»Und ein anderer Grund ist«, ergänzte ich mit einem Lächeln, »daß David in einem Zustand ist, in dem er nicht auf Christen treffen sollte.«
»Sehr wahr. Doch gibt es noch einen Grund, den ich dir ganz offen sagen muß.« Er schaute mir direkt in die Augen, freundlich, aber herausfordernd. »David ist mein einziger Sohn. Er muß sich um Susanna kümmern, und er muß dafür sorgen, daß die Familie nicht auseinanderbricht, wenn es zum Schlimmsten kommt …«
Er sprach nicht zu Ende. Es war nicht notwendig. Was immer ihm in der Nacht widerfahren würde – und vielleicht auch mir –, David würde noch dasein. Das war wichtig.

»Du wirst dich fragen, warum Pierre nicht der richtige Mann für das kleine Abenteuer heute abend ist. Er ist nur zu offensichtlich der muskulöse Leibwächter. Ein junger Bursche wie du wird weniger auffallen – eine nicht ungewöhnliche Begleitung für einen Arzt.«

Das war ein vernünftiger Standpunkt. Was Salomon wollte, war ein Zeuge, kein Leibwächter, denn wenn tatsächlich ein Hinterhalt geplant war, dann konnte niemand wirklich Schutz garantieren, nicht einmal der abgebrühte Pierre. Trotzdem hatte ich das Gefühl, daß Salomon mir nur einen Teil von dem enthüllte, was er im Sinn hatte.

Ich nahm ihm das nicht übel. David sagte immer: »Welchen Schutz hat mein Volk außer seinem Verstand? Kein Wunder, daß wir dafür sorgen, daß er scharf bleibt!« Und die harten Erfahrungen von Jahrhunderten hatten sie gelehrt, nichts ohne Not zu offenbaren.

Der Tag verging, und es wurde Abend. Beim Essen erklärte der alte Mann ruhig: »Ich muß noch fort. Ich nehme Robin mit. Es kann spät werden. Geht also zu Bett. Pierre wird uns aufmachen.«

»In Ordnung, Vater.« David und seine Schwester wußten, daß sie keine Fragen stellen sollten. Sie sagten auch nichts zu mir, als Salomon sich in sein Zimmer zurückgezogen hatte und wir uns selbst überlassen waren. David brachte mir Schach bei. Er schlug mich dreimal, bevor die Dunkelheit im Raum es schwierig machte, die Figuren zu unterscheiden, und ich wußte, es war an der Zeit, an Salomons Tür zu klopfen.

»Bist du es, Robin?« rief er. »Komm herein.«

Er schrieb beim sanften gelben Licht seiner Lampe. Er benutzte eine Wachstafel, wie wir sie auch in Oxford hatten.

Seine Hand bewegte sich von rechts nach links. Sorgfältig kratzte er die seltsamen hebräischen Zeichen, die wie Vogelspuren im Schnee aussahen, in die Tafel.
»Ich bin fertig«, murmelte er und lehnte die Tafel schräg an ein paar Bücher. Jedem, der in das Zimmer kam, würde sie sofort auffallen. Ich war mir sicher, daß sie eine Nachricht für David enthielt, für den Fall, daß wir am Morgen nicht zurück sein würden.
»So«, sagte er. Ich half ihm in den Umhang. Er vertauschte sein Käppchen gegen den gelben spitzen Hut, den er außerhalb des Hauses tragen mußte. Er durfte nicht dabei gesehen werden, wie er das Ghetto ohne Hut verließ. Aber der Umhang hatte am Kragen eine weite Kapuze, so daß Salomon den Hut später absetzen konnte. Er gab mir eine Stofftasche. »Ein paar meiner speziellen Rezepte«, erklärte er mit einem Lächeln. »Es wäre dumm, mit leeren Händen zu kommen. Man kann nie wissen. Und damit kann ich besser erklären, warum du dabei bist.«
Der Hof lag im Schimmer der Abenddämmerung, der Himmel über uns hatte das Grün eines unreifen Apfels. Die ersten Spuren des nahenden Herbstes lagen in der Luft. Eine traurige Jahreszeit, eine Zeit, in der die Dinge sich ihrem Ende nähern. Nirgends war das zutreffender oder schmerzlicher zu spüren als damals in den Ghettos Englands.
Weiter gingen wir die Straße entlang und schauten uns um. Einige Schritte entfernt, an der Ecke zum Händlertor, bewegte sich eine Gestalt im Schatten eines überhängenden Strohdachs.
»Doktor Salomon?«
Die Stimme war kultiviert, zurückhaltend, respektvoll. Ich

hatte etwas Düstereres erwartet. Der Bote war, so schätzte ich, ein Edelmann und nicht mehr jung. Natürlich konnte er auch nur ein Lockvogel sein.
»Das bin ich«, sagte Salomon ruhig.
»Und wer ist das?«
»Mein Diener.« Ich bewunderte seinen beiläufigen Ton und die Art, wie er Einzelheiten vermied.
Der Fremde hatte keine Einwände. Er streckte unter seinem Umhang eine Hand aus, wie einen Flügel, dunkler noch als die Dunkelheit, und zog Salomon mit sich die Straße zwischen den Färberhütten entlang, die zum Händlertor führte. Ich blieb ihnen auf den Fersen, stolperte über die Straße und trat patschend in den Unrat, den ich nicht sehen konnte. Hinter ihnen gehend, hörte ich sie leise sprechen.
»Ich muß wissen, wohin Ihr mich bringt.«
»Zur Burg.«
»Warum gehen wir dann nicht durch das Burgtor?«
»Ich kann Euch nicht durch den Haupteingang bringen. Ich habe strengsten Befehl. Dieser Besuch muß geheim bleiben. Habt Geduld, Doktor. Alles wird erklärt werden.«
»Das hoffe ich doch.«
Wir gingen nach rechts zum Graumönchstor, am Franziskanerkloster vorbei, das an den Burgfelsen gebaut war. Diese Seite des Felsens war fast reiner, steil aufragender Sandstein. In der Dunkelheit hing er bedrohlich nahe über uns. Auf der anderen Seite glitzerte und gurgelte es. Das war der Leen, ein kleiner Nebenfluß des Trent, groß genug, um kleine Kähne zu einer Anlegestelle zu tragen, die die Franziskaner vor ihrem Kloster gebaut hatten. Der Leen umfließt die Stadt im Süden und reicht an dieser Stelle bis fast an den Fuß des Felsens

heran. Zwischen dem steilen Abhang und dem schwarzen, unsichtbaren Wasser hatte ich das beklemmende Gefühl, eingeschlossen zu sein.
Wir gingen schweigend weiter. Dann, nach einigen geflüsterten Worten unseres Führers, drehte sich Salomon um und gab mir seinen Judenhut. Ich steckte ihn in die Tasche.
Wenn unser Führer wirklich die Wahrheit gesagt hatte und wir auf dem Weg zur Burg waren, konnte ich nur vermuten, daß wir einen Bogen machten und auf der anderen Seite des Gebäudes durch eine Seitenpforte hineingehen würden, die zum Park hin lag, der sich westlich und nördlich der Burg erstreckte. Um diese Zeit würden wohl keine Leute aus der Stadt mehr dort herumspazieren, die uns hätten sehen können.
Ich hatte mich geirrt. Selbst die Nebenpforte war nicht geheim genug, so schien es. Von unserem Besuch durften selbst die gewöhnlichen Wachen nichts wissen. Wir gelangten nie zu diesem Park.
Am Fuß des Felsens gab es verschiedene Unterschlüpfe, halb Hütten, halb in den Stein gehauene Höhlen. Sogar eine Taverne war dort, in der noch ein schwaches Licht glimmte. Ihre Mauern und das Dach verschmolzen mit dem Felsen. In der Dämmerung war schwer zu sagen, wo das Gebäude endete und der Naturstein begann.
Als wir gerade an der Taverne vorüber waren, nahm unser Führer Salomons Arm, und sie verschwanden durch einen schmalen Spalt zwischen etwas, das wie von Menschen gebaute Mauern aussah. Tastend folgte ich ihnen. Es roch nach Stall. Stroh und Jauche waren unter meinen Füßen. Eine Lampe blitzte auf. Eine neue Stimme sagte: »Vorsicht, Doktor, die Stufen sind uneben.« Und Salomon antwortete: »Wartet auf

meinen Diener. Schließt die Tür noch nicht.« Am Ende einiger Stufen sah ich einen niedrigen Gang mit gewölbter Decke und einen Mann, der sich bückte, um nach mir zu schauen. Seine schwankende Laterne spiegelte sich auf den gewellten Eisenschienen wider, die seine Beine bedeckten. Ich stieg die Stufen zu ihm hinauf, und die schwere Tür wurde hinter mir verriegelt.

Jetzt gingen wir aufwärts durch einen breiten, gewölbten Gang. Auf dem goldbraunen Sandstein tanzten grotesk die Schatten von Salomon und unserem Führer. Die Steine waren trocken, sie zeigten keine Spuren von Feuchtigkeit oder der Kälte eines nahen Kerkers. Die Luft war frisch. Im Innern des Burgfelsens stiegen wir nach oben. Ich vermutete, daß wir nah am Rand des Abhangs waren, denn durch die Belüftungslöcher kam die frische, klare Septemberluft.

Ich erinnere mich wieder an die abenteuerliche Nacht, als vor wenigen Jahren unser junger König, Edward der Dritte, insgeheim die Burg von Nottingham betrat, um seine Mutter mit dem Verräter Roger Mortimer zu überraschen. Vermutlich benutzte er denselben Weg, auf dem vierzig Jahre vorher Salomon und ich Eingang zur Burg fanden, aber es ist klüger, hier nicht weiter darauf einzugehen und keine zu genaue Beschreibung zu geben.

Salomon atmete schnell, wie ich auch. Aber in meinem Fall lag das nicht an den steilen Treppen und Gängen, sondern an meiner wachsenden Aufregung. Warum diese Geheimnistuerei, fragte ich mich. Wer hatte nach Salomon gesandt? Und was wollte man von ihm – Heilung von einem Leiden, einen Liebestrank, ein Betäubungsmittel oder Gift, das gegen einen Feind zu gebrauchen wäre? Ich konnte mir nicht vorstellen,

daß Salomon sich zu etwas Bösem hergeben würde, aber jemand anderer hoffte vielleicht darauf. Es ist nicht immer leicht zu sagen, wo die Arbeit eines Arztes endet und die eines Verbrechers anfängt.
Kühle Herbstluft umwehte uns. Wir betraten einen umbauten Hof, vielleicht den Innenhof der Burg. Über uns reichte der Himmel von einer Reihe Schießscharten zur anderen. Er war voller Sterne. Wir gingen wieder einige Treppen hinauf, ein Wächter ließ uns in das Hauptgebäude hinein. Innen gab es weitere gewundene Treppen, dann wurde ein Vorhang zur Seite gezogen, und wir betraten eine Kammer, in der sich die Röte eines Kaminfeuers mit dem Flackern einiger Kerzen mischte. Es dauerte einige Momente, bis ich die Pracht in mich aufnehmen konnte, denn ich sah, wie Salomon niederkniete, und ich hatte gerade genug Geistesgegenwart, um das gleiche zu tun.
»Seid willkommen, Doktor Salomon«, sagte die Königin.

Von dem Moment an, da ich die Stimme der Königin hörte, hatten mich die Zweifel verlassen, und ich wußte, daß alles gut werden würde.
Ihr liebliches Gesicht paßte zu der Art, wie sie sprach. Ein Bildnis dieses Gesichts, meisterlich geschnitzt, ist noch heute in der großen Abtei von Westminster zu sehen, aber es ist das Gesicht eines Mädchens mit ungebändigtem Haar unter einer dreiblättrigen Krone, das Gesicht des Mädchens, das ein jugendlicher Prinz vor langer Zeit in Kastilien heiratete. In dieser Nacht in Nottingham sah ich die erwachsene Frau, die Königin von England, aber der Zauber war geblieben. Ich sah die lächelnden Lippen und Augen, wie sie kein Steinmetz darstellen kann. Vor allem aber hörte ich, wie sie sprach.
»Vielen Dank, Sir John, vielen Dank, Sir Geoffrey. Ihr könnt Euch zurückziehen, bis ich Euch wieder brauche.«
Hinter mir hörte ich Stoffe knistern und Schritte, als die zwei Adligen unter vielen Verbeugungen hinausgingen. Ihre Gesichter waren nicht deutlich zu sehen. Abgesehen von zwei Hofdamen, die abseits im Licht einer Wandfackel über ihre Stickereien gebeugt saßen und zu dieser späten Stunde sehr müde aussahen, blieben wir mit der Königin allein.
»Erhebt euch«, sagte die Königin. Wir erhoben uns. Ich war jetzt besser in der Lage, die Szene zu überblicken. Ich stand ein oder zwei Schritte hinter Salomon und hielt seine Tasche.
Das dunkle, schlichte Gewand der Königin stand in scharfem Kontrast zu den farbigen Stoffen, die steif an den Mauern hingen. Es waren prächtige Stoffe, in leuchtendem Blau und

Rot, hellem Grün und Gold, auf denen die Abenteuer des griechischen Eroberers Alexander dargestellt waren. Ich wäre gern im Raum umhergewandert und hätte seine Triumphe betrachtet, von denen die antiken Autoren berichten. Ich mußte aber nach vorn schauen. Meine Augen wanderten weiter nach rechts und links, um soviel wie möglich in mich aufzunehmen. Bald aber ließ mich das Gespräch die Gemälde vergessen, so wunderbar sie auch waren.

»Ist Euch klar, Doktor Salomon, daß es kein Wort über diesen Besuch an Dritte geben darf?«

»Ich verstehe, Hoheit.«

»Es würde den König unnötig beunruhigen, wenn er denken müßte, mir ginge es nicht gut. Glücklicherweise ist er in sein Schloß bei Clipstone geritten, um im Wald zu jagen. Also braucht er nichts zu erfahren. Es gibt noch weitere Gründe für die Geheimhaltung, die Ihr Euch wahrscheinlich denken könnt.«

»Gewiß, Hoheit. Ihr habt Eure eigenen Ärzte, die nicht sehr erfreut wären zu hören, daß Ihr mit mir auch nur gesprochen habt! Aber es ist meine Pflicht, Hoheit, Euch mit tiefstem Respekt zu erinnern – seit letztem Jahr ist es den Menschen meines Volkes verboten, als Ärzte zu wirken.«

»Ich weiß. Aber der König steht über dem Gesetz. Wenn es da Schwierigkeiten gibt«, fuhr sie mit leisem Lachen fort, »werde ich die Rechtsgelehrten daran erinnern, daß dies auch für die Königin gelten muß, da der König und ich durch die Heirat ›ein Fleisch‹ geworden sind!«

»Ein glänzendes Argument, Hoheit! Wenn ich helfen kann, bin ich Euch gern zu Diensten. Ich fürchte die Folgen nicht.«

»Danke. Ich bin nicht sicher, ob das, was ich verlange, am Ende eine medizinische Behandlung sein wird.«
»Nein, Hoheit?«
»Ich brauche keinen Arzt, der mir sagt, woran ich leide. Es ist eine alte Krankheit, die kommt und wieder geht – früher jedenfalls, nur eine Medizin ist da von Nutzen und...« Sie schnaubte verächtlich, die einzige Regung, die sie zeigte. »Die königlichen Ärzte haben nichts darüber in Erfahrung bringen können. Ich ließ nach Euch schicken, Doktor Salomon, denn ich weiß, daß Ihr, wie ich, vor langer Zeit aus Spanien gekommen seid. Sagt mir, benutzt Ihr einen starken Trank, der das Goldene Elixier genannt wird?«
Salomon antwortete nicht sofort. Es ist der Instinkt des Arztes, nicht sofort vollständige Ahnungslosigkeit zuzugeben. Dann sagte er langsam, um Zeit zu gewinnen: »Ich benutze kein Präparat, das genau diesen Namen trägt. Ihr könnt Euch sicher vorstellen, Hoheit, daß dieselbe Medizin unter verschiedenen Namen bekannt ist. Die Araber nennen es so...«
»Es hat die Farbe und den Geschmack von Orangen. Es ist sehr wirkungsvoll, wie Feuer in der Kehle, aber danach beruhigend. Ein paar Tropfen wirken Wunder.«
»Und Ihr denkt, es kommt aus Spanien, Hoheit?«
»Ich weiß es. Mein Bruder, der verstorbene König von Kastilien, Gott hab ihn selig, schickte mir davon. Es war kurz vor seinem Tod, vor sieben, acht Jahren.«
»Das Goldene Elixier«, murmelte Salomon in seinen Bart, und ich erkannte an seinen herabsinkenden Schultern, daß er nicht mehr wußte als ich.
Sie nickte. »So nannte es König Alfonso. Er hatte es, sagte er, von einem gelehrten Arzt in Toledo.«

»Ihr wißt seinen Namen nicht?«
»Mein Bruder erwähnte ihn nicht.«
»Euer königlicher Bruder, Hoheit, wurde zu Recht ›der Weise‹ genannt. Er machte aus seinem Hof ein Zentrum für Dichter und Gelehrte und Wissenschaftler jeder Art, Ärzte eingeschlossen! Ich bin sicher, dieses Goldene Elixier ist unter meinen Kollegen nicht allgemein bekannt. Wenn es ein geheimes Mittel ist, nur von einem Mann benutzt – dessen Namen Ihr nicht kennt –, wird es fast unmöglich sein, es aufzuspüren.«
»Wir müssen es versuchen, Doktor Salomon. Wir müssen.« Ihre Stimme klang verzweifelt. »Wenn nur mein Bruder noch leben würde!«
»Gibt es sonst jemanden in Toledo, der Euch helfen könnte? Der gegenwärtige König?«
Sie schüttelte den Kopf. »Sancho ist ganz anders als sein Vater. Er ist nicht ›Sancho der Weise‹, sondern ›Sancho der Kämpfer‹. Alles hat sich dort gewandelt. Und Ihr dürft nicht vergessen, Doktor Salomon, wann ich Spanien verlassen habe – vor Menschengedenken.«
»Ich auch, Hoheit.«
»Aber Ihr könnt zurück – problemlos.«
»Nach Spanien?«
Ich staunte über den verwunderten Ton in Salomons Stimme, wenn man bedenkt, wie sehr ihn Susanna schon gedrängt und angefleht hatte.
Jetzt hatte auch die Stimme der Königin einen fast flehentlichen Klang.
»Ich weiß, Doktor, daß Ihr England verlassen müßt. Ich habe nichts damit zu schaffen, und ich teile Euren Schmerz. Aber da

Ihr nun einmal gehen müßt, warum dann nicht nach Spanien?«
»Es ist eine lange, kostspielige Reise, Hoheit. Und, wie Ihr sagtet – alles hat sich dort verändert. Ich bin nicht sicher, daß Spanien mich reizt. Viele meiner Landsleute ziehen nicht weiter als bis Paris...«
»Ich möchte, daß Ihr nach Toledo geht. Ich möchte, daß Ihr dieses Goldene Elixier aufspürt. Ich brauche es, Doktor. Es ist jetzt eine Frage von Leben und Tod. Ihr könnt Euch nicht weigern.«
»Ich weigere mich nicht, Hoheit, aber Ihr bittet mich um ein Wunder. Ich kann nicht in Toledo herumlaufen und jeden Arzt fragen...«
»Nicht nötig. Fragt bei den alten Hofleuten meines Bruders, fragt jene, die in seinen letzten Jahren bei ihm gewesen sind. Fragt, wessen Spitzname ›Die Gute Schlange‹ war.«
»›Die Gute Schlange‹?« wiederholte Salomon.
»Ja«, sagte sie eifrig, »ich habe den Brief meines Bruders noch, aber diesen Abschnitt kenne ich auswendig: *Ich habe den besten Rat wegen Deiner Krankheit eingeholt, und meine Gute Schlange schickt Dir dieses Fläschchen mit dem Goldenen Elixier. Es wird Dir Linderung bringen.* Dieser Satz berührte mich damals. Schlangen hält man doch für böse.«
»Sie waren das Zeichen der Ärzte bei den alten Heiden, Hoheit. Ihr gelehrter Bruder wird das gewußt haben. Deshalb hat er das Wort wohl als Kompliment benutzt.«
»Es war verdient. Dieser Trank kurierte mich, wie sonst nichts es konnte. Ich wünschte beim Himmel, ich hätte jetzt etwas davon.«
Ich fühlte mit der Königin. Sie sprach von der unerreichbaren

Medizin wie von dem Elixier des Lebens schlechthin. Ich konnte jetzt erkennen, daß es mehr als nur Müdigkeit gewesen war, was ich in ihrem Gesicht gelesen hatte, als sie in die Stadt gekommen war. Sie litt, versuchte aber tapfer, sich normal zu verhalten.

»Angenommen, Hoheit«, sagte Salomon vorsichtig, »angenommen, ich unternehme für Euch diese Mission – und spüre den Mann auf, den Euer Bruder die ›Gute Schlange‹ genannt hat – und käme in den Besitz dieses Goldenen Elixiers...«

»Ich werde Wege finden, Euch zu belohnen!«

»Das könnte schwierig werden – so schwierig wie mein Teil der Angelegenheit. Aber, was ich meine, Hoheit, ich muß Euch doch die Medizin erst bringen. Vergeßt nicht, nach Allerheiligen wird kein Jude mehr nach England zurückkehren dürfen.«

»Ihr könnt es durch eine vertrauenswürdige Person überbringen lassen.« Zum erstenmal schaute sie mich scharf an und musterte mich von oben bis unten. »Euer Diener ist offensichtlich Engländer. Und genauso offensichtlich vertraut Ihr ihm – sonst wäre er heute nacht nicht mit Euch gekommen!«

»Das stimmt, Hoheit, aber...« Salomon zögerte. Er konnte schlecht antworten, daß ich nicht zur Verfügung stand, weil ich nicht sein Diener war, sondern nur dieses eine Mal die Rolle angenommen hatte. Ich selber wagte nicht, mich einzumischen.

Die Königin wischte seine Bedenken beiseite. Sie erkenne voll und ganz an, daß eine Reise nach Spanien eine große Unternehmung wäre, daß Salomon seine eigenen Pläne ändern müsse und daß Ausgaben auf ihn zukommen würden; daß sie ihm nicht befehlen könne, denn schon bald würde er nicht mehr zu den Untertanen ihres Mannes zählen, und daß es schwierig werden könne, ihn später zu belohnen, da er England nicht mehr betreten dürfe. Egal! Es müsse doch Wege und Mittel geben, ihm den Auftrag schmackhaft zu machen. Er solle seine Bedingungen nennen.

Salomons Verhalten in dieser Situation war meisterhaft. Sein Schweigen im rechten Moment, sein Zögern, sein bescheidenes Sträuben, alles wirkte sich zu seinen Gunsten aus. Bei jeder Unterbrechung machte die Königin eifrig einen neuen Vorschlag, drängte ihm mehr auf, als er zu fordern gewagt hätte.

Zweifellos, er mußte Geld für die Reise und darüber hinaus einiges an Mitteln zur Verfügung haben, die er für Informationen bereithalten müßte (von Schmiergeld sprach keiner). Er mußte auch eine anständige Belohnung für seine Dienste erhalten, ob er Erfolg hatte oder nicht, und ein Teil davon müßte im voraus bezahlt werden und später durch eine Summe, gezahlt vom englischen Gesandten, ergänzt werden.

»Ich kann Euch einen Teil in Münzen geben«, sagte sie, »den Rest aus meinem Schmuckkasten.«

»Da gibt es noch das Problem mit dem Haus«, sagte Salomon mit der überzeugenden Miene eines Mannes, dem gerade ein guter Gedanke gekommen ist.

»Euer Haus?«

»Hier in der Stadt, Hoheit. Wie Ihr wißt, fallen unsere Häuser alle an den König. Im Normalfall können wir nicht darauf hoffen, sie an einen Christen zu verkaufen und dann das Geld mitzunehmen – unsere Häuser müssen wir als Totalverlust abschreiben. Aber Ihr, Hoheit...«

»Ich werde Euch den Wert Eures Hauses ersetzen«, sagte sie schnell. »Das ist nur gerecht. Aber auch wenn ich die Königin bin, ist es besser, wenn ich es nicht offen von Euch kaufe. Mein Mann wird Euer Haus zusammen mit den anderen nehmen, in aller Öffentlichkeit, und ich gebe Euch das Geld dafür, im geheimen.« Sie lächelte. »Einverstanden?«

»Natürlich, gnädige Herrin! Man handelt nicht mit einer Königin.«

Was sonst hatte er die letzte halbe Stunde getan, sagte ich im stillen, halb amüsiert, halb verärgert, denn wie so viele Menschen vor mir war ich dem Zauber der Königin Eleonora verfallen.

Am nächsten Tag beklagte ich mich bei David: »Aber es hat den Anschein, als ob dein Vater von vornherein nach Spanien wollte!« Und David antwortete mit einem leisen Lächeln: »Natürlich, mein lieber Robin! Aber gab es einen Grund, das der Königin zu sagen? Ich versuche dir beizubringen, wenn wir Schach spielen: Opfere keine Figur umsonst, achte immer darauf, daß der Mitspieler dir als Ausgleich etwas Besseres überläßt. Gib deinen nächsten Zug nicht im voraus bekannt. Wenn dein Kontrahent denkt, du wärst gegen deinen Willen zu etwas gezwungen worden, laß ihn in dem Glauben. So kann man gewinnen.« Aber so war es nicht unbedingt im Leben (fand ich). Um gerecht zu sein – ein Jude in christlichen Landen mußte sehen, daß er, so gut es ging, zurechtkam. David und sein Vater hatten wenig Ermutigung bekommen, sich wie fahrende Ritter in einer alten Romanze zu verhalten.

Es war spät in der Nacht, als wir die Gemächer der Königin verließen. Die zwei schattenhaften Edelmänner geleiteten uns wie zuvor die geheime Treppe hinab bis zu dem schimmernden

Fluß am Rand des Felsens. Dort flüsterten sie ihren Gutenachtgruß. Aber ich kann mir denken, daß sie uns verfolgten, bis wir sicher im Ghetto waren. Sie wußten, daß wir jetzt im Dienst ihrer königlichen Herrin standen und unser Leben zu kostbar war, um es auf nächtlicher Straße in Gefahr zu wissen.

Pierre ließ uns ins Haus, verriegelte dann die Tür und verschwand. Ich glaube, er hätte zu gern gewußt, welche Angelegenheit uns so spät noch weggeführt hatte.

Salomon lächelte mich im schwachen Licht der Lampe an, die so bescheiden aussah, verglichen mit der strahlenden Helligkeit, die wir gerade eben verlassen hatten.

»War es aufregend für dich? Ich kann sehen, daß deine Nerven gespannt sind wie ein Bogen. Wenn du jetzt ins Bett gehst, wirst du nicht vor dem Hahnenschrei einschlafen. Ich mache einen Trunk für uns beide.«

Also blieben wir im Erdgeschoß, unterhielten uns mit gedämpfter Stimme und schlürften den süßen, gewürzten Wein, den er über der Glut des Kamins erwärmt hatte. Es war Weißwein aus Aquitanien mit Honig, Zimt und Ingwer und anderen fremden Kräutern.

Nach einigen Minuten wirkte der Trank beruhigend wie ein Schlaflied.

»Nun, Robin, wirst du mit nach Spanien kommen?« fragte Salomon.

Ich hatte das nicht erwartet. Auch wenn die Königin es erwähnt hatte, weil sie mich für seinen Diener gehalten hatte, schien es keinen Grund zu geben, warum ich mitgehen sollte. Sie würde den namenlosen Jungen, der nie den Mund aufgemacht hatte, vergessen. Es mußte andere, verläßlichere Wege geben, ihr die Medizin zu bringen, falls Salomon sie überhaupt finden würde.

»Ihr meint das nicht ernst, Herr. Ich glaube nicht...«

»Du glaubst nicht«, unterbrach er mich rasch, »daß dies die ideale Lösung ist? Nicht nur für mich, nicht nur für die Königin, sondern auch für dich?«

»Ich muß sehr einfältig und dumm sein, Herr...« Und in diesem Moment mag das sogar gestimmt haben, es war spät, und der Wein war betäubend.

»Hast du vergessen? Du bist immer noch – was waren die schrecklichen Worte des Priesters – ›gestorben für die Welt‹. Du hast selbst gesehen, wie schwer es ist, das Stigma der Unreinheit loszuwerden. Es wäre viel leichter, ein neues Leben anzufangen, nicht länger Robin aus Westwood zu sein, sondern jemand anderer, dessen Name nie öffentlich als der eines Aussätzigen kundgetan worden ist. Um sicher zu sein, brauchst du einen völlig neuen Anfang. Verreise für einige Zeit und komm dann als neuer Mensch in das Königreich zurück. Du mußt nur die Orte meiden, wo Leute sich an dein Gesicht erinnern.«

»Das wäre ein wunderbarer Plan«, stimmte ich zu.

»Nicht wunderbar, sondern naheliegend. Ich wollte es schon vor dem heutigen Abend vorschlagen. Aber der Auftrag der Königin bietet einen einfachen Weg, den Plan in die Wirklichkeit umzusetzen. Komm mit uns nach Spanien. Wenn unsere Mission mißlingt, kämpfst du dich von Ort zu Ort, bis du nach England zurückkommst. Wenn wir Erfolg haben« – er kicherte –, »wie kannst du besser ein neues Leben anfangen als mit den guten Wünschen einer dankbaren Königin?«

So gesehen, war das eine blendende Aussicht.

»Glaubt Ihr, wir werden Erfolg haben?« fragte ich eifrig. »Und wird die Medizin auch all das halten, was die Königin erwartet?«
Er lächelte und zuckte mit den Schultern. »Ein kluger Arzt macht keine Vorhersagen. Wir werden sehen. Was dieses Goldene Elixier betrifft, so muß ich gestehen, daß ich selber sehr neugierig bin.« Und dann sagte er dieselben Worte, die ich gedacht hatte, als die Königin davon gesprochen hatte: »Sie scheint es als das Elixier des Lebens selber zu betrachten.«
Genau in diesem Moment hätte ich schwören können, daß ich eine plötzliche, vorsichtige Bewegung auf der Treppe hinter dem geschlossenen Vorhang bemerkte. David, oder eher doch Susanna, hatte uns vielleicht gehört und schlich nach unten, um sich zu uns zu setzen. Ich wußte, daß keiner von beiden heimlich lauschen würde. Ich schaute auf, um zu sehen, wer von beiden den Vorhang teilen und in den Raum treten würde.
Keiner kam. Der Vorhang bewegte sich leicht. Es mochte ein Luftzug gewesen sein oder auch eine Täuschung durch den Schein der Lampe.
Später aber erinnerte ich mich an den Vorfall und hatte meine Zweifel.
»Du wirst jetzt schlafen«, sagte Salomon. Von dem gewürzten Wein müde geworden, wünschte ich ihm eine gute Nacht und ging die Treppe hinauf. Ich traf niemanden. Das Haus war ruhig, bis auf Pierres lautes Geschnarche unter dem Dach.

Pläne und Dokumente

»Das ist wunderbar«, sagte Susanna am nächsten Tag.
»Wie du es wolltest«, stimmte ich ihr zu. »Spanien!«
»Ja! Aber ich meine – daß du mit uns kommst.«
David betrachtete sie auf seine scharfe, prüfende Art. Dann wandte er sich zu mir. »Ich bin auch froh darüber, Robin. Aber für Susanna ist der Weggang nach Spanien besonders vorteilhaft. Es wird Zeit, daß mein Vater eine Heirat für sie arrangiert...«
»Ich bin jünger als du«, unterbrach sie ihn schmollend.
»Darauf kommt es nicht an. Frauen werden früher reif als Männer – und Früchte, die zu lange reifen, werden faul!«
»Vielen Dank, daß du mich mit Früchten vergleichst!«
»Ich bin sicher«, warf ich taktvoll ein, »daß Susanna nicht bis Spanien reisen müßte, um einen Ehemann zu finden.«
»Vielleicht nicht«, sagte er zu mir, »aber in Spanien gibt es mehr von unseren Leuten, den Leuten, die uns am nächsten sind.«
Ich wußte, was er damit meinte. Obwohl die Juden überall zueinander hielten, bildeten die aus Spanien und Portugal, die Sephardim, eine eigene Gruppe, während die Juden aus den nördlicheren Ländern, die Aschkenasim, Unterschiede in den Bräuchen und der Sprache aufwiesen.
»Es gibt keinen Jungen in Nottingham, den Susanna hätte heiraten können«, sagte David noch.
»Keinen Jungen im Ghetto«, verbesserte sie ihn verschmitzt.
David, der normalerweise nicht zu erschüttern war, schaute so

verstört, wie sie es beabsichtigt hatte. »Unser Vater würde dich lieber tot sehen als mit einem Nichtjuden verheiratet!«
»Und du, mein lieber Bruder?«
David hatte sich wieder gefangen. Er lachte, aber grimmig. »Ich bin praktischer veranlagt als Vater. Ich glaube, ich würde eher den Nichtjuden umbringen – und nicht warten, bis er versucht, dich zu heiraten. Jeden Nichtjuden, der dir den Hof machen würde.«
Sein Ton ließ mich erschaudern. Es war seltsam. Die meiste Zeit lebte ich so selbstverständlich und fröhlich mit der Familie, als wäre ich ihr zweiter Sohn. Aber dann kam so etwas auf, und ich wurde daran erinnert, daß eine Wand zwischen uns stand, unsichtbar, aber älter und stärker noch als die Mauern der Burg.
Besonders bewußt wurde mir das samstags, wenn sich alle in der Synagoge versammelten. Pierre und ich waren die einzigen, die im Haus blieben. Wir hatten uns kaum etwas zu sagen, aber an diesem ersten Sabbat, nachdem über das Ziel unserer Reise entschieden worden war, versuchte er mich mit unschuldiger Miene auszuhorchen.
»So, du willst mit uns kommen?«
Ich nickte. »Du bleibst also beim Doktor, Pierre? Ich war mir nicht sicher gewesen.«
Pierre war nicht gezwungen, England zu verlassen. Ich verbarg meine Enttäuschung, so gut es ging.
»Mir gefällt dieser Ausflug nach Spanien«, sagte er. »Also werden wir Reisegefährten sein.« Er grinste. Mit seiner gebrochenen Nase, den dicken Lippen und den zerfurchten Brauen sah er aus wie eine dieser schreckenerregenden Figuren, aus denen am Brunnen das Wasser floß. »Wir müssen

zusammenhalten. Zwei Christenmenschen allein unter Juden! Wir passen schon aufeinander auf, nicht?«
»Natürlich.«
»Sonst macht das ja keiner.« Dann fügte er noch einige derbe Flüche in der Sprache seiner Heimat hinzu, die seinen Worten zusätzliches Gewicht verleihen sollten.
Ich sagte nichts. Er kam ganz nah an mein Gesicht, und sein Atem stank nach verfaulten Zähnen. »Du bist gestern nacht mit dem alten Mann weg gewesen. Es hat mir nichts ausgemacht. In alten Zeiten hätte er mich mitgenommen. Egal. Ich nehm's dir nicht übel. Was war los?«
»Hat er dir nichts erzählt?« Ich versuchte ganz unschuldig zu klingen.
Pierre schnaubte. »Dann hätte ich dich nicht gefragt, oder?«
»Kann sein.«
»Nun?«
»Was, nun?«
»Wo bist du mit ihm hingegangen? Weshalb hat er sich so plötzlich für Spanien entschieden?«
Ich wich ein wenig zurück, so weit, daß es nicht beleidigend wirkte. Er hatte mich in eine Ecke gedrängt.
»Ich weiß doch nicht, was der Doktor alles im Kopf hat.«
»Du weißt genug, was für uns von Nutzen sein könnte!«
»Er würde uns – uns beiden – alles sagen, was wir seiner Meinung nach wissen sollten.«
Pierre sagte knapp, ich solle nicht wie ein Rechtsgelehrter herumschwätzen. Sein finsterer Blick war furchterregend, den Anschein einer zufälligen Neugier hatte er längst abgelegt, und er war entschlossen herauszufinden, was in jener Nacht pas-

siert war. Ich würde es ihm nicht sagen. Und er haßte mich.

Ich habe schon gesagt, daß Pierre kein großer Mann war, nicht größer gewachsen als ich. Aber er war kräftiger, mit ausgewachsenen Muskeln, und kannte jede Menge Tricks, die er von Schuften seiner Sorte gelernt hatte. Manchmal prahlte er von Männern, die er in der Schlacht getötet hatte. Es war ihm zuzutrauen, daß er auch unter weniger eindeutigen Umständen Menschen umgebracht hatte. Ich bin sicher, damals hätte er mich mit seinen bloßen Händen töten können.

Ich hatte einmal eine Bärenhatz gesehen, bei der die Kette gerissen war und das Tier sich den nächststehenden Zuschauer gepackt hatte. Manchmal träume ich von diesem Bären, und in meinem Traum bin ich das Opfer, zerfetzt und zerrissen. Und obwohl ich hellwach war, hatte ich jetzt die gleichen Empfindungen.

»Wirst du vernünftig sein?« Seine Stimme klang rauh und kehlig. »Ich will es wissen, Bürschchen. Soll ich dich für meinen Freund halten oder für meinen Feind?«

Ich sagte nichts. Ich war fürchterlich aufgeregt und bereit für den schlimmsten Kampf meines Lebens. Ein Blick in mein Gesicht würde seine Frage beantworten.

Es geschah aber nichts. Denn genau in diesem Moment hörten wir, wie die anderen aus der Synagoge zurückkamen.

»Schon gut«, sagte Pierre. »Schon gut!« Und er verschwand in die Stadt. Ihm war am jüdischen Sabbat immer unwohl im Haus, und jenseits der Mauern war Markttag.

Ich sagte nichts zu Salomon. An diesem einen Tag wollte er von weltlichen Dingen unbelastet sein.

Aber am nächsten Morgen dachte ich, daß ich ihn informieren müßte.
»Pierre ist sehr neugierig wegen der Angelegenheit gestern nacht, Herr.«
Salomon kicherte. »So? Aber du hast ihm nichts erzählt?«
»O nein, Herr.«
»Gut. Es ist eine Privatangelegenheit der Königin. Es reicht, wenn wir es wissen und meine Kinder. Über Krankheiten von Königinnen und Königen sollte nicht getratscht werden. Zu viele Staatsangelegenheiten hängen davon ab. Außerdem bin ich als Arzt sehr an diesem Goldenen Elixier interessiert – das Geheimnis könnte von großem Wert sein.«
Ich bin sicher, daß er nicht nur an Geld dachte. Salomon war so gierig auf Wissen wie andere Leute auf Gold.
»Ich habe mir den Kopf zermartert«, bekannte er. »Von der Königin habe ich die Beschreibung der Flüssigkeit. Ich kenne die Anzeichen ihrer Krankheit. Danach kann ich einige Rezepte ausschließen, die so schmecken oder aussehen könnten, wie sie erzählt hat. Ich suche in meinen Büchern immer noch nach einem Hinweis. Ich kann aber nichts finden, was wirklich paßt.« Er lachte bitter. »Nicht einmal bei Ibn al-Baytar!« Er sah, daß ich mit dem Namen nichts anfangen konnte. »Er war ein gelehrter maurischer Arzt aus Málaga. Mein Vater kannte ihn. Er nannte sein Buch *Eine Sammlung einfacher Rezepte*. Aber es beschreibt nicht weniger als vierzehnhundert!«
»So viele! Ich hätte nie gedacht...«
»Auch sonst kein Mensch in England. In der Heilkunde stekken die Leute hier immer noch in den Kinderschuhen! Ich garantiere dir, die Königin hat die besten Ärzte, die zur Verfügung stehen. Henry Montpellier ist ihr Apotheker – ein

Gaskogner wie unser geschätzter Pierre, aber nur wenig gebildeter! Hätte er von diesem Goldenen Elixier gewußt, würde sie nicht nach uns geschickt haben.«
»Ich denke, Herr, es wird alles davon abhängen, den Mann ausfindig zu machen, den ihr Bruder die ›Gute Schlange‹ nannte.«
»Ja, alles, Robin. Und ›alles‹ kann mehr bedeuten, als du dir vorstellen kannst. Überleg einmal! Angenommen, ich finde diesen Trank und schicke ihn der Königin. Angenommen, er kuriert sie. Es ist immer nützlich, die Dankbarkeit einer Königin zu besitzen – und Eleonora von Kastilien ist keine gewöhnliche Königin. Sie würde sicher dem König davon erzählen.«
»Es wäre eine wunderbare Sache für Euch, Herr.«
»Nicht nur für mich! Kannst du es nicht erkennen, Robin? Vielleicht für mein ganzes Volk.« Seine freundlichen Augen glänzten, er war ungewöhnlich aufgeregt. Ich wußte, was er sich vorgestellt hatte. Das Leben der Königin gerettet – von einem Juden; der König überwältigt von Dankbarkeit und Reue. Wer weiß, was daraus noch werden konnte? Die englischen Juden könnten die Erlaubnis bekommen, aus ihrem Exil zurückzukehren.
Für Salomon war die Suche nach dem Goldenen Elixier so etwas geworden wie die Suche nach dem Heiligen Gral in den französischen Heldensagen. Warum waren wir dann noch nicht auf dem Weg nach dem fernen Spanien? Ich kann nur antworten, daß dies eben das wirkliche Leben und keine französische Heldensage war, in der die Ritter in den Sattel springen und davongaloppieren bis ans Ende der Welt, ohne Pläne, Proviant oder Dokumente.

Wir konnten nicht abreisen, bevor Salomon seine Angelegenheiten in Nottingham erledigt hatte. Glücklicherweise hatte er das königliche Dekret vorausgesehen und schon seit einiger Zeit im stillen seine Vorbereitungen getroffen. Nun, mit dem Wohlwollen der Königin, die insgeheim behilflich war (es gab keine weiteren Besuche in der Burg, aber viele vertrauliche Nachrichten wurden ausgetauscht), war er in der Lage, seine Geschäfte ohne Verzögerung abzuwickeln. Dank des Einflusses der Königin erhielt er die Erlaubnis, in Bordeaux an Land zu gehen, falls es notwendig würde, um dann durch des Königs Herzogtum Aquitanien zu reisen. Da König Edward die Juden bereits aus seinen Besitzungen auf dem europäischen Festland verwiesen hatte, konnte sich diese Erlaubnis als sehr wertvoll erweisen, falls wir kein Schiff fanden, das direkt nach Spanien segelte.

»Und hier habe ich etwas für dich.«

Mit einem Lächeln gab mir Salomon meine eigenen Dokumente, die mir erlaubten, außerhalb des Königreiches zu reisen. Sie waren ausgestellt auf »Robert, Schreiber aus Oxford«, ohne einen verräterischen Hinwcis auf Westwood oder Nottingham.

Ich griff dankbar danach. Sie waren das Fundament, auf dem ich ein neues Leben aufbauen konnte.

»Mit dieser Urkunde kannst du durch die ganze Welt wandern«, sagte Salomon. »Wen interessiert schon ein armer Student – solange er die Gesetze beachtet... Arm«, wiederholte er und wandte seine sanften Augen zum Himmel. »Ich würde eher sagen reich. Ich beneide dich. Du bist jung, kräftig, kein Land ist dir verschlossen, Wissen und Bildung stehen dir offen!«

Was kann ein Junge sagen, wenn ein alter Mann so etwas behauptet? Aber ich verstand ihn.
Mein Dokument gab keinen Hinweis darauf, daß ich in seiner Gesellschaft reiste. Ich war froh darüber. Es könnte ein Hindernis werden, wenn es Zeit wäre, meine eigenen Wege zu gehen. Darüber hinaus, meinte Salomon, könnte es schon vorher Situationen geben, in denen es ratsam sein würde, nicht zu zeigen, daß wir einander kannten.
»Du wirst sehen, wenn du durch die Welt reist«, sagte er wehmütig, »ein Christ, der zu freundlich zu unseren Leuten ist, ist selten beliebt. Ich möchte nicht, daß du unseretwegen zu leiden hast.«
»Ich verachte Menschen, die ihre Freunde verleugnen!«
»Manchmal ist es besser für alle Beteiligten.«
Es war eine traurige Zeit im Ghetto, eine Zeit des tränenreichen Abschieds. Einige Familien machten sich auf den Weg nach Flandern, andere nach Paris, aber keine war sicher, wo sie schließlich Unterschlupf und Brot finden würde. Ich konnte mit ihnen fühlen. Auch ich hatte gelernt, was es bedeutet, ein Verstoßener zu sein. Auch ich wußte nicht, was auf mich wartete. Aber ich war noch jung, gesund, stark, bereit zu Abenteuern und würde jede Gelegenheit nutzen, um die Welt auf der anderen Seite des Meeres kennenzulernen. Ganz anders sah es aus für alte Männer und Frauen, Kranke, Mütter mit kleinen Kindern und Schwangere.
Ich wußte, daß König Edward viel von Ritterlichkeit sprach, von den tapferen Helden der Tafelrunde. Ich hätte ihn gern gefragt, was daran ritterlich war, die hilflosen Juden zu vertreiben. Aber selbst wenn es möglich gewesen wäre, ihm das ins Gesicht zu sagen, dann hätte es mir wahrscheinlich an Mut

gefehlt: Nur ein Heiliger oder Spaßmacher kann vor dem König unangenehme Wahrheiten aussprechen, und Edward der Erste konnte in seinem Zorn wie ein Löwe sein. Glücklicherweise gab es keine Möglichkeit, auf ihn zu treffen. Der König war im Palast in Clipstone, im Herzen von Sherwood, wo das Parlament Ende Herbst zusammentreten sollte, und bald folgte die Königin ihm dorthin nach.

Wir würden uns nach Southampton einschiffen. Wenn wir gleich nach Sabbat, an dem die Juden nicht reisen durften, aufbrechen würden, so hatte David ausgerechnet, könnten wir dort vor dem nächsten Sabbat eintreffen.

»Unmöglich!« sagte sein Vater. »Es sind mehr als hundertfünfzig Meilen.«

»Wir können fünfundzwanzig an einem Tag schaffen.«

»Sechs Tage lang? Wir sind keine Boten des Königs, mein Junge, und auch keine Armee auf der Flucht.«

»Wirklich nicht?« murrte David wütend.

»Wir müssen bedenken, daß es Verzögerungen geben kann, Unfälle, Überflutungen, Warten auf Fährboote – hundert verschiedene Schwierigkeiten. Du mußt auch an deine Schwester denken. Und ich bin kein junger Krieger mehr. Wir müssen übernachten, wo wir Unterkunft finden, und können die Tiere nicht bis zur Erschöpfung reiten, um dann unter irgendwelchen Büschen zu schlafen.«

Er wandte sich an mich. »Mein Sohn ist ungeduldig wie ein Christ«, sagte er und kicherte herausfordernd.

Der Sicherheit wegen schlossen wir uns schließlich einem Zug von Lastpferden an, die Bleibarren transportierten, welche nach Bordeaux verladen werden sollten.

Der September war fast vorüber, als wir Nottingham verließen. Der Trent war voller Schwäne und Lastkähne. Wir ritten hintereinander über die Brücke und mußten uns durch einen Strom entgegenkommender Menschen kämpfen. Sie alle wollten zu dem neuntägigen Jahrmarkt, der bald beginnen sollte: ein ununterbrochener Zug von Bauern mit Rindern, Schafen, Pferden und Schweinen, von Händlern und Quacksalbern, Hausierern und fahrenden Schauspielern und Schwindlern jeder Sorte. Vor allem aber kamen in endloser Prozession die watschelnden Kolonnen der Gänse, die dem Markt seinen Namen gaben. Auf dem mittleren Teil der Brücke steht eine kleine Kapelle, die der heiligen Maria geweiht ist. Dort können sich Pilger und andere Reisende für einige Momente hinwenden und die Jungfrau um Schutz gegen die unbekannten Gefahren des Weges bitten.

Ich konnte nicht einfach vorbeireiten, sondern flüsterte David etwas zu, rutschte vom Pferd und stopfte meinen Zügel einem blinden Bettler, der sich in einer V-förmigen Nische der Brükkenwand niedergelassen hatte, in die Hand. Ich tauchte meine Finger in das geweihte Wasser an der Tür, bekreuzigte mich und trat ein. »Heilige Mutter Gottes«, betete ich in der dunklen kleinen Kapelle, »beschütze mich vor allen Gefahren zu Lande und auf dem Wasser, vor Räubern, Piraten und Heiden, vor Schiffbruch, Feuer, Pest und allen Übeln, die über mich kommen könnten. Gewähre uns Erfolg in unserem Dienst für die Königin. Und bringe mich sicher zurück in meine Heimat.«

Heimat?

Wo war das jetzt, fragte ich mich plötzlich, während ich wieder auf das Pferd stieg, einen halben Penny in die Hand des Bettlers legte und meinen Gefährten nachjagte.

Egal! Das Abenteuer, die weite Reise, die Suche nach der Guten Schlange und dem Goldenen Elixier, das alles war mehr als genug. Es war nicht der Augenblick, sich um die Rückkehr zu sorgen.

Mit sonderbar leichtem Herzen ritt ich nach Süden, der Sonne entgegen.

Die Überfahrt nach Bordeaux

»Da liegt sie«, sagte Pierre, und endlich, nach all den zermürbenden Tagen auf den Straßen, sah ich das Schiff, das uns nach Bordeaux bringen sollte.

Die *Dotterblume* unterschied sich in nichts von verschiedenen anderen Schiffen, die am Kai festgemacht hatten. Für mich sahen sie alle wunderbar aus. Ich hatte noch nie ein seetüchtiges Schiff gesehen und starrte beeindruckt auf die Masten, die lang und schimmernd aussahen wie gigantische Lanzen, und auf die kleinen, bunt angemalten und vergoldeten Aufbauten, die über Bug und Heck hinausgebaut waren. Ich hatte nicht gedacht, daß ein Schiff so groß wäre – auf den bunten Bildern in Büchern, die ich in Oxford gesehen hatte, erschienen sie klein wie Körbe.

Die *Dotterblume* brach als eine der letzten der Herbstflotte in die Gascogne auf, um den neuen Wein zu holen. Die meisten Schiffe waren schon weg, als wir Southampton erreichten. Wenige Kapitäne nur wagen sich Mitte November noch auf den Atlantik. Salomon hatte bereits für sich und seine Familie eine Überfahrt ausgehandelt. Besser wäre es, hatte er gesagt, wenn Pierre und ich allein mit dem Kapitän reden würden.

Ich konnte mir auch vorstellen, daß es etwas mit den Zöllnern des Königs zu tun hatte. Wir beide hatten verschiedene kleine Kästchen und Flaschen bekommen, die wir zu unserem Gepäck packen sollten. »Nur ein paar von meinen Mixturen und Gewürzen«, hatte uns Salomon beiläufig erklärt, aber ich dachte mir mein Teil. Anders als die meisten Ausgewiesenen hatte er es dank der Gunst der Königin geschafft, einen an-

ständigen Preis für sein Haus zu bekommen. Er war auch den sperrigen Hausrat in Nottingham losgeworden, und jetzt hatte er die Pferde verkauft, auf denen wir nach Southampton geritten waren. Er konnte kaum so arm sein, wie er vorgab, aber wo war das Geld, das er kassiert hatte?
Die Zöllner achteten streng darauf, daß die Juden keine Reichtümer aus dem Königreich ausführten, und würden ihm peinliche Fragen stellen. Ich sagte kein Wort und verstaute Salomons Kästchen und Flaschen zwischen meinen Bündeln. Was auch immer sie enthielten, es war Salomons rechtmäßiges Eigentum. Wenn ich ihn davor bewahren konnte, von des Königs Zöllnern schikaniert zu werden, warum nicht?
Der Kapitän der *Dotterblume* war ein Mann namens Thomas aus Milford, ein kräftiger, großer Kerl mit einem Gesicht wie gegerbtes Leder und einem Schopf wilder grauer Haare.
»Überfahrt nach Bordeaux? Wie viele? Nur zwei? Seid willkommen. So spät im Jahr wollen nicht mehr viele reisen.« Er zeigte uns, wo wir unsere Bündel verstauen und uns für die Nacht ausbreiten konnten.
»Reichlich Platz im Laderaum«, erklärte er. »Wir laden Blei, das wiegt schwer. Deshalb können wir nicht den ganzen Raum füllen. Auf der Rückfahrt ist es anders. Hier wird alles voller Weinfässer sein.«
Pierre rümpfte die Nase. »Hier gibt es nicht nur Blei«, schimpfte er. »Ich habe nicht gewußt, daß eine Dotterblume so stinken kann.«
Der Kapitän lachte gutgelaunt. »Das ist Wolle«, sagte er, »frische Rohwolle...«
»Frisch?«
»Na ja, wenn ihr so etepetete seid, müßt ihr die Kabine unter

dem Achterdeck mitbenutzen. Es gibt noch vier andere Passagiere, allerdings sind es Juden.«

»Wir sahen sie gerade auf dem Kai«, sagte Pierre. »Ein Mädchen ist dabei? Ein rundliches kleines Frauenzimmer, aber hübsch, auf diese fremde Art.«

»Ja, das stimmt«, sagte der Kapitän. »Paßt auf, daß ihr der nicht zu nahe kommt«, fügte er hinzu, mit leiser Warnung in der Stimme.

Als er vor uns auf das Schiff ging, flüsterte ich Pierre wütend zu: »Ist das die Art, wie man von einer jungen Dame spricht?«

»Hör auf zu quasseln!« gab er zurück. »Uns wurde gesagt, wir sollten uns wie Fremde benehmen, oder?«

Er hatte recht, aber ich sah nicht ein, warum wir es übertreiben sollten. Seit dem Morgen, als er mir gedroht hatte, herrschte zwischen uns eine Art unterdrückter Feindschaft. Es hatte aber keine weiteren Zusammenstöße gegeben. Wir gingen uns einfach aus dem Weg. Nur wenn es sich nicht vermeiden ließ, hatten wir miteinander zu tun.

Glücklicherweise hatte der Kapitän der *Dotterblume* es eilig davonzusegeln. Geladen wurde schnell. Wenn Gott und das Wetter es erlaubten, würde er morgen früh mit der Flut auslaufen. Für die Passagiere war es das vernünftigste, an Bord zu schlafen. Also mußten Pierre und ich nicht lange vorgeben, gute Kameraden zu sein und Salomon und die anderen nicht zu kennen. Bei Anbruch der Nacht hatten wir uns in dem beengten Quartier unter Deck eingerichtet. Der Kapitän, der seinen Kopf zur Tür hereinsteckte, war froh, daß wir so schnell Freundschaft geschlossen hatten (so dachte er).

Manche Seeleute haben nicht gern Juden an Bord und glau-

ben, daß sie Unglück bringen. Aber Meister Thomas behauptete von sich, daß er weder Mensch noch Teufel fürchte, und er würde den Satan persönlich mitgenommen haben, wenn der nur ordentlich bezahlt hätte.
»Nur mit dem Essen ist es komisch«, vertraute er Pierre an. »Ich würde sie nicht mitnehmen, wenn sie nicht ihren eigenen Proviant dabeihätten. Sie rühren meinen gesalzenen Schinken nicht an, weil Schweine unrein sind, auch nicht mein gesalzenes Rind, es sei denn, die Tiere wären nach ihren Gesetzen geschlachtet worden. Nur mein Hering scheint in Ordnung zu sein.«
»Man muß schon ein Weiser sein«, sagte Pierre, »um einen christlichen Hering von einem jüdischen Hering zu unterscheiden.« Sie lachten, und der Kapitän drängte uns, einen Becher Ale mit ihm zu leeren.
Bald rollten wir unsere Matratzen auf dem harten Boden der Kabine aus, Susanna und Mirjam ganz hinten an der Rückwand, dann Salomon und David, dann ich, mit dem Kopf zu Davids Füßen. Pierre lag an der Schwelle der Tür. Schon in dieser ersten Nacht kam kalte Luft vom Meer in die Kabine herein, obwohl wir noch im Hafen waren. Auskleiden war nicht möglich. Tatsächlich habe ich während der ganzen Reise mein Hemd nur zweimal vom Rücken gehabt, und das war an Deck in der Wärme der Nachmittagssonne, und es ging mir vor allem darum, die Läuse loszuwerden.
Der erste Tag war angenehm. Das Schiff glitt zwischen zwei grünen Küsten dahin, die Segel waren gebläht wie ein rotweiß gestreiftes Banner. Das Wasser mit seinen unzähligen kleinen Wellen glitzerte wie ein riesiges Kettenhemd. Danach bekamen wir nur noch hin und wieder andere Schiffe zu Gesicht

oder verschwommen weit in der Ferne das Land; die einzigen Lebewesen waren die kreischenden Möwen über uns und die Fische, die uns aus dem Weg hüpften.
Ich konnte nicht verstehen, wie der Kapitän so sicher seinen Weg durch die weiten Wasserwüsten finden konnte. Als Junge vom Land konnte ich zwar die Sterne als Wegweiser benutzen, aber sie sind nur ein schwacher Ersatz für Orientierungspunkte wie Hügel und Türme – und wenn der Himmel bewölkt ist, was nutzen dann die Sterne oder tagsüber die Sonne?
Meister Thomas zeigte mir seinen Magnet-Eisenstein. Er war schwarz mit einem metallischen Schimmer. Der Kapitän rieb die Spitze einer Nadel daran, steckte die Nadel in einen Strohhalm, damit sie schwamm, und legte sie dann in eine flache Schüssel mit Wasser. Die Nadel schwankte hin und her und lag dann still. Selbst wenn er die Schüssel in der Hand drehte, bewegte sich die Nadel immer in dieselbe Position zurück und zeigte in die Richtung hinter uns.
»Da ist Norden«, sagte er. »Die Nadel zeigt immer nach Norden.«
»Warum?«
»Weiß der Himmel. Wen kümmert es, solange es funktioniert?«
Nicht einmal Salomon in all seiner Gelehrtheit konnte meine Frage beantworten. Er war an Navigation nicht interessiert. Er sehnte nur das Ende der Reise herbei. »Ich bin da ganz der Meinung des alten griechischen Philosophen Anacharsis, der sagte: ›Es gibt drei Arten von Menschen: die Lebenden, die Toten und die auf See.‹«
»Aber«, meinte ich, »wenn der Wind weiter so günstig weht, werden wir Bordeaux schneller erreichen, als wenn wir über

Land gereist wären. Wir halten nicht an, um zu übernachten, und kein Torwächter, Fährmann oder Hufschmied hält uns auf.«
»Stimmt. Dafür sind aber die Tage öder.«
In aller Freundschaft stritten wir über unsere Geschwindigkeit. Wie konnte man sie mit der eines trabenden Pferdes vergleichen? Der Kapitän, der am Ruder stand, hörte uns und bot an, den Streit zu schlichten.
»Geh nach vorn, zum Bug«, forderte er mich auf. »Wirf etwas ins Wasser, einen Apfel zum Beispiel. Es gibt genug verfaulte dort drüben in dem Faß. Stell dich aufs Vorderdeck und wirf ihn über Bord, auf der Steuerbordseite. Dann komm zurück.«
Verwundert gehorchte ich. David und Susanna lächelten, sie waren sicher, daß mir ein Streich gespielt werden sollte. Ich rannte zu ihnen zurück, schaute über die Brüstung. Ich war gerade rechtzeitig gekommen, um zu sehen, wie der Apfel auf dem Wasser schaukelnd nach achtern trieb.
»Wie viele, Doktor?« wollte Kapitän Thomas wissen.
»Zwölf«, sagte Salomon geheimnisvoll.
»Und Euer Puls ist normal? Als Arzt werdet Ihr das sicher wissen.«
»Ganz sicher, Meister.«
Erst als Salomon seinen langen Ärmel herabfallen ließ, wurde mir klar, daß er seinen Puls gemessen hatte.
»Dann schlägt er zweiundsiebzigmal in der Minute?«
Salomon hob erstaunt seine buschigen Augenbrauen. Er wunderte sich, daß ein Schiffskapitän etwas von dem Wissen seines Berufes mit ihm teilte. Er konnte nur zustimmend mit dem Kopf nicken.

»Und mein Schiff mißt siebenundsechzig Fuß von vorne bis achtern.« Meister Thomas drehte sich herum und lächelte mir zu. »Was sagt die Mathematik von Oxford dazu, gelehrter junger Herr? Wie schnell bewegen wir uns?«

Ohne Rechentabellen sagte meine Mathematik aus Oxford gar nichts dazu. Es dauerte zwölf normale Pulsschläge, bis ein Apfel die Länge des Schiffes zurückgelegt – nein, bis das Schiff selber... Ich zappelte hilflos im Netz meiner Kopfrechenkünste, als Salomon leise sagte: »Meiner Rechnung nach, Meister, legen wir vier und eine halbe Meile in der Stunde zurück, vorausgesetzt, der Wind ändert sich nicht. Richtig?«

»Richtig«, sagte Meister Thomas mit neuem Respekt in der Stimme. »Ihr seid ein kluger Kopf, Doktor, das auszurechnen. Ich brauche dafür eine Tabelle.«

Salomon zuckte mit den Schultern. »Nicht der Rede wert. Aber die Geschwindigkeit ist ordentlich, wie die eines guten Läufers. Wenn wir sicher sein könnten, daß wir sie Tag und Nacht beibehalten, habe ich keinen Grund, mich zu beklagen.«

Ich für mein Teil genoß diese Tage bei schönem warmen Herbstwetter. Thomas erzählte stundenlang von den Häfen zwischen Norwegen und Nordafrika, in denen er schon gewesen war, und von den Wundern, die er gesehen hatte, und von Wundern (da war ich mir sicher), die er nicht gesehen hatte: Phönixe und Salamander, Seeungeheuer mit acht Greifarmen, Stämme von Einbeinigen und so weiter. Er war ein richtiger Märchenerzähler, der Kapitän, aber es vertrieb uns die Zeit auf angenehme Weise.

Während des langen Ritts von Nottingham nach Southampton hatte Salomon angefangen, seinen Kindern Spanisch beizubringen, und ich hatte mich an ihrem Unterricht beteiligt, der jetzt auf See fortgesetzt wurde. David meisterte die neue Sprache mit seiner üblichen Brillanz. Er hatte das Talent seines Volkes für Sprachen, ohne das sie verloren wären auf ihrer gefährlichen Reise durch eine feindliche Welt. Susanna hatte ein gutes Ohr und sprach rasch mit dem richtigen Akzent. Aber sie hatte keine intellektuelle Neugier. Sie bemühte sich nicht, Grammatik zu studieren oder Worte, die sie nicht im täglichen Leben brauchen würde.

Ich war immer schon von fremden Sprachen fasziniert gewesen. Spanisch meisterte ich nicht mit Davids Leichtigkeit, aber doch rasch genug. Es war aus dem Lateinischen entstanden, das ich bereits kannte, hatte aber viele fremde Begriffe, die, wie Salomon sagte, von den Mauren übernommen worden waren. In Spanien gab es offensichtlich eine Vermischung der Sprachen. Viele der Mauren konnten sowohl Arabisch als auch Spanisch, und die vielen Christen, die im Süden unter ihnen lebten – die Mozaraber, wie sie genannt wurden –, benutzten die arabische Schrift, wenn sie Latein oder Spanisch schrieben. Die Juden hatten wie immer ihre eigene Sprache, aber auch sie mußten die ihrer maurischen und christlichen Nachbarn fließend beherrschen.

Salomon hatte als Junge in Sevilla Arabisch gesprochen. Es würde wiederkommen, sagte er, wenn er es brauchte. Ich bewunderte die Fähigkeit, alle diese Sprachen im Kopf auseinanderzuhalten, da ja noch Englisch und Französisch dazukamen. Er erschien mir wie ein Jongleur mit einem halben Dutzend Bälle.

All dies und gelegentlich eine Partie Schach halfen, die ersten Tage gut zu überstehen. Ich bemerkte erleichtert, daß Pierre lieber mit der Mannschaft auf dem Vorderdeck würfelte und wir ihn kaum zu Gesicht bekamen.

Wir umfuhren bei schönem Wetter die vorgelagerte Landzunge der Bretagne, aber als wir südöstlich abdrehten, wurde der Himmel grau, und es gab eine leichte Veränderung in den Bewegungen des Schiffes. Es war nicht stürmisch, nur daß der Ozean einen neuen, gleichmäßigen Rhythmus entwickelte, wie das Atmen eines schuppigen, blaugrauen Monsters.

Mich störte es nicht. Ich empfand eine Art von Macht, wenn ich breitbeinig über das geneigte Deck ging, mich an den Bewegungen des Schiffes orientierte, wie es stampfte, als ob ich einen wilden Hengst reiten würde. Es machte mir Spaß, die felsige Küste von Frankreich immer höher steigen zu sehen, hoch über den schaukelnden Bug des Schiffes, und dann steuerbord verschwinden, wenn die *Dotterblume* wieder in die Wellentäler eintauchte.

Ich beneidete den Mann im Ausguck, hoch oben im Mastkorb, der nach links und rechts schwankte, so daß er von beiden Seiten des Schiffes aus das Meer überblicken konnte. Ich wollte gern zu ihm nach oben klettern, aber ich kannte Meister Thomas zu gut, um es zu riskieren. Unheil würde über jeden Passagier kommen, der die Arbeit seiner Mannschaft störte!

In der folgenden Nacht wurde ich durch etwas geweckt. Es war, als hätte mich jemand in die Rippen gestoßen. Ich mußte mich geirrt haben, denn als ich mich auf den Ellenbogen lehnte, sah ich im Mondlicht, das in die Kabine schien, daß David und Pierre fest schliefen. Ich legte mich wieder hin, war aber hellwach. Das Knacken der Spanten, das Schlagen der Wellen, das ungleichmäßige Heulen des Windes vermischten sich

zu einem Lärm, wie er mir bei Tag noch nicht aufgefallen war.
Schließlich gab ich die Hoffnung auf, wieder einzuschlafen, stand vorsichtig auf und stieg über Pierres Füße.
Es war eine wunderbare Nacht. Der Vollmond stand am Himmel wie eine glänzende Scheibe aus Silber und beleuchtete das dunkle, zerklüftete Land. Die Deckplanken sahen aus wie mit einer Feder gezeichnet.
Eine kleine Gestalt lehnte an der Brüstung. Es war Susanna. Ich ging weiter, meine Beine stemmten sich gegen das Schwanken des Schiffes.
»Susanna«, sagte ich leise, um sie nicht zu erschrecken.
Sie drehte sich nicht um. Ihre Finger umklammerten die Brüstung. Die Knöchel glänzten weiß wie Elfenbein.
»Es tut mir leid«, flüsterte sie.
»Was?«
»Habe ich dich nicht aufgeweckt? Ich bin mit einem Fuß an dich gestoßen.« Ihre Stimme war so schwach, daß ich sie kaum verstehen konnte.
»Macht nichts«, sagte ich fröhlich. »Ich bin froh, diesen Anblick nicht verpaßt zu haben. Schau dir Frankreich an – im Licht des Mondes! Ist das noch die Bretagne oder schon Poitou?«
»Was weiß ich.« Sie schluckte. Ihr Kopf ging nach unten, und sie begann sich zu schütteln, als ob plötzlich ein schreckliches Leiden unerträglich geworden sei.
»Susanna!« sagte ich entsetzt und legte meinen Arm um sie. Da bemerkte ich, daß sie nicht unter einem geheimnisvollen, romantischen Schmerz litt. Ihr war recht unromantisch übel.

Etwa eine Minute lang schüttelten sie die heftigsten Krämpfe, dann fiel sie in meine Arme. Sie stöhnte. »Oh, Robin, ich wollte, ich wäre tot.«

Ich versuchte sie zu trösten. »Gleich wirst du dich besser fühlen. Soll ich deinen Vater wecken? Er hat vielleicht ein Mittel...«

»Nein... nein«, sagte sie schwach. »Laß mich einfach nur hier. Ich gehe dann schon zurück. Es ist so kalt hier.«

Wir standen da, ohne uns zu bewegen oder zu reden. Es ist nicht sehr sinnvoll, mit jemandem ein Gespräch anzufangen, der unter den Qualen der Seekrankheit leidet.

Das nächste, was ich mitbekam, waren zwei wütende Hände, die sich in meinen Hals krallten, an meinen Schultern zerrten, mich nach hinten zogen, so daß ich fast hinfiel. Ich schlug mit der Faust blindlings um mich und hörte dann einen Aufschrei des Schmerzes. Ich wurde losgelassen, als der Angreifer zurücktaumelte.

Ich erwartete, Pierre zu sehen, meinen einzigen Feind an Bord. Aber es war David, der dort stand und stolpernd versuchte, sein Gleichgewicht wiederzufinden. Der Mond schien direkt in sein schmales, feingeformtes Gesicht, und ich sah, wie es von Haß verzerrt war.

»Also hat Pierre sich das nicht nur ausgedacht!« sagte er.

Ich sah den bleichen Schimmer, als seine Hand auf dem Messer an seinem Gürtel lag.

»David«, sagte ich, »sei kein Narr...«

Eine dritte Stimme kam hinzu. Es war die des Kapitäns, tief und drohend, wie ein Grollen vom Himmel.

»Hier wird kein Messer gezogen, junger Mann – oder, ich schwöre es bei allen Heiligen, es wird dein Unglück sein!«

Wir starrten nach oben, wie Jungen, die bei einem dummen Streich ertappt worden sind. Dort stand Meister Thomas hoch oben auf dem Hüttendeck, die großen Pranken fest um das Ruder geklammert. »Ich sage euch«, sprach er weiter, »jeder, der wider das Gesetz sein Messer auf meinem Schiff zieht, Seemann oder Passagier, erleidet dieselbe Strafe. Seine rechte Hand wird mitsamt der eigenen Waffe an den Mast genagelt. Und er steht dort, bis er sich losreißen kann! Ich warne dich. Ich verlange Disziplin!«

David starrte ihn zornig an. »Kann ich nicht die Ehre meiner Schwester verteidigen?« forderte er. Aber das Messer blieb im Gürtel.

Mir war plötzlich alles klargeworden, und ich brach in Gelächter aus, was David fast dazu brachte, sich erneut auf mich zu stürzen. Zu meinem Glück hatte sich Susanna gerade in diesem Moment soweit erholt, um den schmerzenden Kopf zu heben und zu jammern: »David, was hast du für Vorstellungen...« Dann überwältigte sie ein neuer Krampf, und sie lehnte sich über die Schiffswand wie eine verwelkte Blume, und selbst David mußtc nun klar sein, warum ich sie im Arm gehalten hatte.

Er war ganz zerknirscht, aber ich sagte ihm, er solle sich nicht schuldig fühlen, denn ich wüßte, was es für ihn bedeutete, wenn sich zwischen Susanna und einem Nichtjuden ein Verhältnis entwickeln würde.

Als das arme Mädchen in die Kabine zurückgekrochen war, blieben David und ich noch im Mondlicht an Deck und redeten leise miteinander. Wir waren wieder gute Freunde.

»Ich schäme mich, daß ich dich verdächtigt habe«, sagte er. »Ich hätte nicht auf Pierre hören sollen.«

Aha, dachte ich... und sagte laut: »Nein, besser nicht. Der Kerl kann mich nicht leiden.«
»Ich habe mich oft gefragt, warum mein Vater ihn in seinen Diensten hat. In mancher Hinsicht kann mein Vater bei aller Weisheit sehr blind sein.«
Bei Tagesanbruch wurde die See ruhiger und blieb es für den Rest unserer Reise. Susanna benötigte keine weiteren Tröstungen, von keinem von uns. Aber wir waren alle dankbar, als eines Tages bei Sonnenuntergang auf der Steuerbordseite Land gesichtet wurde und Meister Thomas erklärte, das sei die Garonne-Mündung. Bordeaux wäre zwar noch sechzig Meilen stromaufwärts, aber die Wellen des Atlantiks hätten wir hinter uns.
Es war ein langsames Vorwärtskommen, dieses letzte Stück, mit Wind und Flut, die gegen den Lauf des Stroms hielten, aber als wir am nächsten Morgen wach wurden, hatte das Schiff schon angelegt. Unsere lange Reise war vorüber. Die Zöllner des Königs kamen sofort an Bord. Sie schauten mißtrauisch auf die gelben Hüte meiner Freunde, weil es seit über einem Jahr keine Juden mehr in Aquitanien gab, aber sie schienen zufrieden mit den Dokumenten, die Salomon ihnen gab, und seiner Versicherung, daß er mehr oder minder nur auf der Durchreise nach Spanien sei.
Mich schauten sie kaum an. Ich war ja nur ein armer Student mit einem Knappsack. Pierre und ich konnten sofort an Land gehen.
Als ich eine kleine Abschiedsszene mit David und Susanna spielte und versuchte, dabei so ernst wie möglich zu bleiben, flüsterte ihr Vater mir ins Ohr: »Es gibt eine Herberge, sie heißt ›Vin de la Gascogne‹. Irgendwo bei der Kathedrale Saint

André – aber Pierre wird sie kennen. Wartet dort, bis wir auch kommen.«

Pierre aber hatte nicht auf mich gewartet, und als ich den Landungssteg hinunter und auf den gepflasterten Kai gelangt war, war von ihm nichts mehr zu sehen. Das störte mich nicht. Ich war froh, daß ich ihn losgeworden war. Ich spazierte fröhlich am Ufer entlang, an dem andere Schiffe festgemacht hatten, die mit Wein beladen wurden, und fragte mich dann zur Kathedrale durch.

Ich fand die Kirche und die Herberge mit Leichtigkeit. Die Herberge war ein größeres Haus mit vielen Räumen im ersten Stock, die alle auf einen überdachten Gang zeigten, der wie ein Kreuzgang um den Hofraum führte.

Pierre war nicht da. Auch nicht, als eine volle Stunde später Salomon und seine Familie auftauchten. Sie schienen von seiner Abwesenheit nicht überrascht zu sein, selbst als mehrere Stunden vergangen waren. Sie ließen sich ruhig in dem Raum nieder, den sie gemietet hatten, sagten ihre Mittagsgebete und bereiteten ihr Mahl vor. Ich ging in eine Gaststube und aß dort. Danach kehrte ich, wie verabredet, zu den anderen zurück.

Immer noch kein Pierre. Und immer noch kein Zeichen der Überraschung, die offenbar nur ich empfand. Salomon deutete auf meinen Knappsack, den ich in einer Ecke des Raums stehengelassen hatte. »Jetzt, Robin, wenn du so lieb bist. Du hast ein paar Sachen für mich dabei.«

»Natürlich, Herr.« Ich beugte mich hinunter, um auszupakken. Dann legte ich die Kästchen und Flaschen nacheinander vor ihn hin.

»Danke, Robin. David, mein Sohn, stell dich vor die Tür und achte darauf, daß uns keiner stört.«

»Ja, Vater.«
Salomon nahm eine der Flaschen hoch, brach das Siegel und entfernte den Stöpsel. »Diese interessiert mich«, murmelte er.
Ein stechender, übelriechender Kräuterduft strömte mir in die Nase. Er wurde stärker, als Salomon die Flasche kurz umdrehte und die dunkelgrünen Blätter auf ein Handtuch schüttete. Glücklicherweise war nicht viel von dem Zeug in der Flasche. Salomon lächelte über meine zuckenden Nasenflügel, steckte einen Finger in die Flasche und zog einen Pfropfen fest zusammengepreßter Wolle heraus. Dann drehte er die Flasche wieder um und schüttete den restlichen Inhalt auf das andere Ende des Handtuchs.
Ich schluckte, als ich die glitzernden roten und grünen und blauen Tropfen sah. Diese Handvoll Rubine, Saphire und Smaragde mußte einen großen Teil von Salomons Reichtum darstellen.
Er kicherte über mein Erstaunen. »Nun, Robin, wirst du verstehen, warum Pierre nicht mehr bei uns ist. Der arme Kerl hat sich sicher gedacht, daß diese Flasche unter denen ist, die ich ihm anvertraut habe. Du darfst nicht beleidigt sein, Robin. Ich bin Arzt, ein Mann der Wissenschaft, und das ist meine Methode, Versuche solcher Art durchzuführen.«
»Es ist kaum an mir, beleidigt zu sein, Herr! Aber – angenommen, Pierre wäre zur Herberge gekommen, und ich wäre verschwunden? Wie konntet Ihr sicher sein?«
»Auch das macht einen Arzt aus. Was auch immer David, dieser kluge junge Mann, sagt, ich glaube, ich habe gelernt, meine Mitmenschen einzuschätzen.«

Im Haus von Benjamin

»Gut, daß wir ihn los sind«, sagte Susanna. Eine weitere Stunde war vergangen, und es schien klar, daß wir Pierre zum letztenmal gesehen hatten. »Er ist mir immer unheimlich gewesen. Ich habe ihm nie vertraut.«
»Ich hatte meine Zweifel«, stimmte ihr Vater zu, »seit dem Tag, als wir Robin trafen.«
Ich sah ihn erstaunt an. »Ihr meint«, sagte ich, »weil er eifersüchtig auf mich war?«
»Nein, nein. Der ergebenste Diener kann eifersüchtig auf einen Neuankömmling sein – das ist nur natürlich.«
»Was dann...«
»Im nachhinein konnte ich nie ganz verstehen, warum Pierre die falsche Abzweigung genommen hatte – und dann sofort anfing zu zweifeln und mich allein im Wald zurückließ...«
»Ich verstehe«, platzte David heraus. »Und die zwei Männer, die versuchten, dich zu berauben – Pierre hatte das eingefädelt!«
»Alles, bis auf Robins Auftauchen. Damit hatte er nicht gerechnet.«
»Aber Ihr wart oft mit Pierre allein«, sagte ich verwirrt, »Ihr müßt Stunden mit ihm gereist sein – manchmal Tage. Wieso brauchte er Hilfe, um Euch auszurauben?«
Salomon lächelte. »Er mußte seine Spur verwischen. Pierre, vergiß das nicht, ist ein Mann mit zweifelhafter Vergangenheit – er trägt das Brandmal am Daumen –, und er wagte nicht, ein Risiko einzugehen. Darauf habe ich mich verlassen und ihn beschäftigt, weil es schwierig für einen Juden ist, jemand Bes-

seren zu finden, und er arbeitete für mich, weil er nicht viel Auswahl hatte. So, es ist vorbei, und Schaden hat es nicht gegeben. Er ist zu Hause in der Gascogne und wird sicher Freunde finden, die zu ihm passen. Er wird uns keine Sorgen mehr machen.«

»Ich hoffe, du hast recht, Vater« – David klang weniger zuversichtlich –, »und er belästigt uns nicht mehr. Angenommen aber, er findet tatsächlich Freunde hier – und kommt uns dann hinterher! Er wird nicht besonders gut gelaunt sein, nachdem er die Flaschen aufgemacht und nichts Wertvolles in ihnen gefunden hat.«

»Wir müssen auf der Hut sein, mein Sohn. Wir werden nicht einen Tag länger in der Stadt bleiben als notwendig. Aber wir müssen eine Reisegesellschaft anständiger Männer finden, der wir uns anschließen können.«

Wo das Geld seine Stimme erhebt, findet es immer jemanden, der höflich zuhört. Auch wenn niemand von Salomons Volk mehr in Aquitanien lebte und die Leute auf der Straße seinen gelben Hut anstarrten wie eine blühende Blume im Winter, so dauerte es doch nicht lange, bis alle Vorbereitungen getroffen waren. Wir hatten Pferde und Sättel gekauft, und die Straße nach Süden erstreckte sich vor uns zwischen den ausgedörrten Weinfeldern.

Bald wuchsen vor uns die Berge in gewaltige und schreckliche Höhen, und ihre Gipfel waren in Wolken gehüllt. Sie sahen aus wie Riesen in einer Schlachtlinie. Nichts in England ließ sich damit vergleichen. »Da müssen wir doch nicht rüber?« rief Susanna mit vor Schrecken geweiteten Augen. Einer der Kaufleute, die mit uns ritten, hatte nämlich geschworen, daß diese Pyrenäenberge die Heimat der Drachen wären.

»Es wäre möglich«, sagte Salomon, »ist aber nicht notwendig.« Er zeigte nach links. Dort drüben, so meinte er, läge der Paß von Roncesvalles, wo Roland in der Schlacht mit den Sarazenen gestorben war. Aber dort oben würde bald Schnee fallen, und es war zu spät im Jahr, um diesen Weg zu wagen. Es gab einen einfacheren Übergang, dort, wo die Berge ganz nah ans Meer heranreichen. Diesen Paß würden wir überqueren. Wir ritten durch einen versandeten kleinen Fluß, den Bidassoa. Das heisere Krächzen der Seemöwen, die über unseren Köpfen kreisten, war die einzige Begleitmusik bei unserem Eintreffen im Land der Spanier.

Ich sage, ›das Land der Spanier‹, aber natürlich ist es nicht ein einziges Königreich wie England. Kastilien ist nur das größte der verschiedenen Reiche in Spanien. Daneben gibt es Aragonien, durch das wir nie kamen, das zerklüftete Navarra, das wir jetzt durchquerten, und dann noch die maurischen Besitzungen um Granada herum ganz im Süden. Wir mußten viele Meilen ödes, unbewohntes Land durchqueren, bevor wir Kastilien erreichten, das Land der Kindheit von Königin Eleonora. Aber auch wenn wir noch nicht dort waren, im großen Land im Herzen Spaniens, so hatten wir doch endlich das Reich König Edwards verlassen, und ich konnte mir vorstellen, daß meine Freunde sehr erleichtert darüber waren.

Was mich betraf, ich war hauptsächlich froh, die Gascogne verlassen zu haben. Welche bösartigen Gefühle Pierre gegen seinen alten Herrn auch gehabt haben mochte, als er die gestohlenen Behälter geöffnet und nichts Wertvolles gefunden hatte, so würde er uns in seiner Rache gewiß nicht über die Pyrenäen verfolgen.

Dies ist kein Reisebericht über die Wunder ferner Länder, also werde ich nicht viel Tinte vergeuden für die Beschreibung unserer Reise nach Toledo. Wir kämpften uns durch, Meile um Meile. Bei Tag waren wir eingehüllt in dicke Mäntel, bei Nacht wärmten uns Holzkohlenfeuer. Matsch und Schneeregen sind in allen Ländern gleich.

Ich erinnere mich an Kiefernwälder hinter einem Regenschleier, Flüsse, die über malvenfarbenes Gestein schäumten, Hirsche, die über Heideland liefen, das braun war wie sie selber, viereckige Festungen mit Mauern aus Granitsteinen, Kirchen mit mißtönenden Glocken. Und dann bei Nacht, als letztes vor dem Einschlafen, das langgezogene Heulen der Wölfe.

Susanna wurde ärgerlich. Sie vermißte den Sonnenschein und die Orangenbäume.

»Geduld«, sagte Salomon. »Auch in Spanien kann der Winter hart sein. Und dies ist der Norden. Der Süden ist anders.«

Susanna mochte das harte Leben nicht. Ich glaube, daß das Reisen für ihr Volk besonders anstrengend ist, mit den Einschränkungen des Sabbat und dem Problem, sich mit Essen zu versorgen, das den Gesetzen entspricht. In den größeren Städten fanden wir Juden, die in Wohlstand lebten und ein Ansehen genossen, wie es in England undenkbar gewesen wäre. Hier war Salomon willkommen. In kleineren Orten war es viel schwieriger. Während ich mich an Schweinefleisch oder Speck satt essen konnte, an gebratenen Ziegen oder was immer die Gasthäuser bereithielten, mußten meine Freunde manchmal mit Brot und Käse auskommen und ein paar Kleinigkeiten, die nicht gegen die mosaischen Gesetze verstießen.

»Bohnen!« entrüstete sich Susanna. »Ich will in meinem Leben keine Bohne mehr sehen. Oder getrocknete Erbsen! Oder diese bitteren Dinger!«

»Oliven«, sagte ich.
»Egal wie sie heißen, ich habe sie satt!«
Ich mußte über ihre hitzige Entrüstung lachen. Aber sie tat mir leid. Mit ihrem Aussehen und ihrem Witz hätte Susanna zumindest eine Gräfin sein sollen. Ich kann mir vorstellen, daß mehr als ein Graf glücklich gewesen wäre, wenn er sie zur Frau hätte machen können. Aber würde ihr genauso feuriger Bruder jemals einer Heirat mit einem Nichtjuden zustimmen, ob adlig oder nicht?
Ich konnte nur hoffen, daß ihr im Laufe der Zeit Spanien besser gefiel und daß sie ihr Glück dort finden würde. Ich sah, daß Christen und Juden hier unbefangener miteinander lebten als in England. Salomon sagte, dies wäre noch auffallender im Süden, wo Christen und Moslems stark vermischt und die Juden von beiden Gemeinschaften akzeptiert waren.
Es war Dezember, als unser Reiterzug über das eisige Hochland im Herzen Spaniens zog. Unsere armen erschöpften Pferde ließen ihre Köpfe hängen und stemmten sich förmlich gegen den Wind. Mirjam wurde krank und bat uns, ohne sie weiterzureisen. Aber offensichtlich graute ihr bei der Vorstellung, zurückgelassen unter Fremden sterben zu müssen. Wir blieben. Susanna pflegte sie wie eine Tochter, und Salomon durchwühlte seine Tasche nach einem Heilmittel. Wir verloren drei Tage und den Schutz der Gruppe, mit der wir gezogen waren, aber Juden lassen einander nicht im Stich. Als wir weiterritten, war Mirjam so weit erholt, daß sie mitkommen konnte. Tapfer schaukelte sie auf ihrem Esel hin und her und sah mehr noch als früher wie ein Bündel alter Kleider aus, in das zwei Löcher für die Augen geschnitten waren.

So kamen wir nach Toledo, der königlichen Hauptstadt, gerade bevor die weihnachtlichen Feiern begannen.
Wer ein gutes Schwert erkennt, wenn er es in der Hand hält, der kennt auch Toledo und seine berühmten Klingenschmieden. Und in der Zeit von Eleonoras Bruder war es auch ein Ort großer Denker mit scharfem und beweglichem Verstand gewesen. König Alfonso hatte Gelehrte und Übersetzer um sich versammelt, Männer aller Rassen und Religionen. Auf der Suche nach der Weisheit der Antike und neuem Wissen hatte er Toledo zu einem Marktplatz der Gedanken gemacht, ob in Latein, Hebräisch, Arabisch oder Griechisch.
Wie standen die Dinge jetzt? Wie hatte König Sancho das geistige Klima der Hauptstadt verändert? Wir sollten das bald herausbekommen.
Toledo ist eine Stadt mit steilen Straßen und gewundenen Gassen. Sie ist in völligem Wirrwarr auf einem zerklüfteten Berg errichtet worden. Der Tajo mit seinen Biegungen umschließt die Stadt von drei Seiten und brodelt bräunlich in einer Schlucht, die von hohen Brücken überspannt wird. An seinem steinigen Ufer stehen bis ins Wasser hineingebaut einige Wassermühlen. Auf der Höhe des Berges liegt die Kathedrale, deren Bau vor sechzig Jahren begonnen wurde. Salomon erzählte, daß die meisten anderen Kirchen einmal Moscheen gewesen waren, die man umgebaut hatte, damit Christen darin beten konnten. Auch wenn es volle zweihundert Jahre her war, daß die Mauren vertrieben worden waren, die Erinnerung an sie war überall mit Händen zu greifen.
»Genau dieser Platz«, sagte Salomon, als wir im Zentrum der Stadt auf einem dreieckigen Platz nahe der Kathedrale die Pferde anhielten, »genau dieser Platz wird in der Sprache der

Kastilier Zocodover genannt. Das kommt von Suk-ed-dawabb, was auf arabisch ›Pferdemarkt‹ heißt.«
»Sehr interessant, Vater«, sagte Susanna. »Wir verkaufen aber keine Pferde. Was glaubst du, wo entlang müssen wir zum jüdischen Viertel?«
Wir fanden es auf der anderen Seite der Stadt, am Rand der Schlucht. Es bildet den gesamten Südteil von Toledo, hat schöne Häuser mit Innenhöfen und terrassenförmige Gärten. Dank des Wohlwollens des verstorbenen Königs und dessen Vater, Ferdinand des Heiligen, war es den Juden hier gutgegangen. Sie bekleideten hohe Ämter bei Hofe und hatten Reichtum und Macht erworben.
Salomon hatte einen entfernten Vetter, Benjamin Levi, der zu einer der einflußreichsten Familien gehörte. Selbst an diesem düsteren Nachmittag glänzten die Farben seines Hauses. In Toledo bemerkte ich zum erstenmal die fröhlich bemalten Kacheln, die großzügig innen und außen am Haus verwendet worden waren – ein neuer, aber schöner Brauch, den Mauren abgeschaut. Benjamins Haus erstrahlte im Glanz dieser Kacheln, der funkelnden silbernen Lampen und mehrarmigen Leuchter und der in warmen Farben gemusterten Teppiche.
»Oh, dies muß der Himmel sein!« rief Susanna, als Benjamins Frau und Tochter sie mit einem Schwall von Willkommensgrüßen fortführten.
Selbst für mich, den Nichtjuden, gab es einen herzlichen Empfang, besonders nachdem Salomon ein Loblied auf mich gesungen und mich als Student aus Oxford vorgestellt hatte.
Benjamin selbst war ein gelehrter Mann, aber von eigener Art. Er übersetzte arabische Bücher ins Lateinische, war berühmt

als Dichter, der Liebeslieder schrieb. Dabei war er der häßlichste kleine Mann, den ich je gesehen hatte; sein braunes Gesicht war so grotesk wie die geschnitzten Teufel an den Chorstühlen der Mönche. Wenn aber alle Teufel so warmherzig wie Benjamin wären, hätte die Hölle schon die Hälfte ihres Schreckens verloren.

»Oxford!« wiederholte er. »Großartig! Ich glaube, ich habe noch nie einen Gelehrten aus Oxford getroffen. Aus Paris ja, und Cremona, Salerno und Bologna – von überall her kommen die Gelehrten nach Toledo. Oder besser gesagt, sie kamen«, setzte er hinzu, und ein Schatten bedeckte vorübergehend sein Gesicht. Dann wurde er wieder fröhlich und rief mir zu: »Oxford! Du wirst mir viel erzählen müssen!«

Ich lächelte höflich. Es war wenig wahrscheinlich, daß ich, in meinem Alter, etwas gelernt haben sollte, was er noch nicht wußte.

Nachdem wir uns gewaschen hatten und Wein serviert worden war, kam Salomon sofort zum Thema. »Zuerst hoffen wir, daß du uns etwas erzählen kannst.«

»Aber sicher, Vetter! Alles! Wenn ich kann.«

»Du kanntest den verstorbenen König gut?«

»Ein wenig. Er zeichnete viele von uns aus.«

»Aber du hast in Hofkreisen verkehrt...«

»Kann man sagen«, gab Benjamin bescheiden zu.

»Erinnerst du dich an einen Arzt – einen besonderen Freund von Alfonso, den er ›Meine Gute Schlange‹ nannte?«

Der kleine Mann überlegte und schüttelte dann den Kopf. »Ich kann mich nicht erinnern. Ein Jude?«

»Das weiß ich nicht.«

»Gute Schlange? Hm. Der Name ruft keine Erinnerung wach.

Es ist nicht einfach, Vetter. Der König kannte viele Leute deines Berufes. Abgesehen davon«, Benjamin kicherte spitzbübisch, »kommst du sechs Jahre nach seinem Tod. Noch schlimmer aber«, setzte er ernst hinzu, »Toledo ist nicht mehr wie früher. Als König Alfonso noch lebte, strömten die Gebildeten aus allen Ländern hierher.«

Wir alle schauten enttäuscht. Salomon hatte uns von seinem berühmten Verwandten erzählt. Er war sicher gewesen, daß Benjamin uns bei der Suche weiterhelfen könnte.

Der kleine Mann bemerkte unsere bedrückten Gesichter. »Ist die Angelegenheit wichtig?«

Salomon zuckte die Schultern und machte eine Handbewegung. »Einigermaßen.«

»Dann werden wir diese Schlange, wenn es sie gibt, bis in ihr Nest verfolgen. Ich werde herumfragen. Aber es wird ein wenig dauern. Zu Lebzeiten von Alfonso gab es ein dauerndes Kommen und Gehen. Man kann unmöglich jeden kennen.«

»Unsere Schlange kann in Wirklichkeit ein Zugvogel gewesen sein«, warf David ein.

Benjamin lachte. »Sehr wahr, mein Junge! Und er kann davongeflogen sein, als Sancho auf den Thron kam. Viele gute Vögel verlieren ihre Nester, wenn die Krone in andere Hände übergeht.«

Erschöpft von der Reise, sah Salomon ungewöhnlich niedergeschlagen aus. »Ich fürchte«, sagte er, »ich habe meine Frage wirklich sechs Jahre zu spät gestellt.«

»Unsinn, Vetter! Was sind sechs Jahre? Wir Wissenschaftler können die Wahrheit noch nach sechshundert Jahren herausbekommen. Gib mir einige Tage Zeit. Ich werde nachforschen, diskret natürlich, und meine Ohren aufsperren.«

Weihnachten kam, und zum erstenmal seit Monaten gab es ganze Tage, an denen ich kein Wort mit David oder Susanna wechselte. Die ganze Zeit über hatten wir auf dem Meer und an Land auf engstem Raum zusammen verbracht. Jetzt schienen sie von der großen glücklichen Gemeinde ihrer Landsleute verschluckt worden zu sein. Ich hätte mich einsam und ausgeschlossen fühlen können – aber es war Weihnachten.

»Euer Fest der Freude«, rief Benjamin und klopfte mir auf die Schulter. »Und was für ein Pech, daß du es bei uns verbringst, die wir nicht feiern! Keine Sorge, mein Junge, ich habe gute Freunde unter deinen Leuten. Ein Wort hier, ein Wort da, und du wirst nicht vergessen werden. Hier im Haus bist du immer willkommen – aber du sollst jederzeit kommen und gehen, wie es dir gefällt.«

Am Ende verbrachte ich Weihnachten, wie ich es mir nie erträumt hätte. Während der zwölf Tage, an denen gefeiert wurde, war ich in genauso vielen Häusern eingeladen. Solch fette Gänse, fleischige Hühner und zarte Tauben – gar nicht zu reden von dem geschmückten Kopf eines wilden Ebers, bei dessen Anblick Susanna wohl entsetzt die Nase gerümpft hätte! Solche Leckereien – Marzipan, Ingwer, Mandeln und Feigen, und schließlich die so lange ersehnten Orangen, die wohlriechend in meiner Hand lagen. Der Wein floß reichlich wie Wasser, aber um die Wahrheit zu sagen, ich hätte gern ein ganzes Faß davon eingetauscht gegen einen Becher Ale, gebraut von meiner Mutter.

Diese zwölf Tage bestanden nur aus Essen und Trinken, Tanzen und Singen, Messen und Prozessionen, Minnesängern, Jongleuren, Zauberkünstlern und Akrobaten. Ja, die Leute von Toledo wußten, wie man feiert, denn es war eine königliche Hauptstadt, und im Alcazar, seinem Palast, setzte der König das Maß für alle.

»Und du tanzt?« fragte Susanna, die mich im Vorhof von Benjamins Haus aufgehalten hatte, um zu hören, was ich tat.

»Natürlich!«

»Aber es sind doch nicht die Tänze aus deinem englischen Dorf?«

Das war allerdings richtig. Die spanischen Tänze waren langsamer und gemessener als unser lebhaftes Herumwirbeln zu Hause. Es wäre mir aber nicht so fremd vorgekommen, wenn ich als Edelmann aufgewachsen wäre. Zweifellos führte Königin Eleonora genau diese Tänze in der großen Halle in Nottingham an, oder wohin auch immer der königliche Hof über Weihnachten gezogen war.

»Ein Mädchen hat sie mir gezeigt«, sagte ich.

Auch das stimmte. Ein schlankes, dunkles Mädchen, Isabella, hatte mich gelehrt, wann die Hand im Kreis gereicht wurde, wann man wieder losließ, wann man klatschte, sich nach rechts oder links drehte, wann man mit dem Fuß aufstampfte oder den anderen Tänzern folgte. Aber Susanna mußte mich nicht so eifersüchtig anstarren. Ich hatte Isabella nicht wiedergesehen. Auch wenn sie während der Weihnachtsfeiern für eine Weile entspannt und locker werden, so bewachen die Spanier ihre Töchter, als wären sie Staatsgefangene.

Der Tag der Heiligen Drei Könige brachte das Ende der ganzen Aufregung – ich hätte gesagt, er brachte das Alltagsleben zurück, nur war der nächste Tag zufällig der jüdische Sabbat. Ich schlief lange, und das wunderte niemand, der das letzte Aufflackern der Lustbarkeiten am Abend zuvor gesehen hatte. Ich wachte in einem leeren und stillen Haus auf. Dann hörte ich Schritte und gedämpfte Stimmen, als sie alle aus der Synagoge zurückkamen, diesem Bauwerk mit seinen Säulen und dem Balkon, der für die Frauen reserviert war, dem Thoraschrein und den außergewöhnlichen Schnitzereien, die Benjamin mir als den besonderen Stolz der kastilischen Juden vorgeführt hatte.

An diesem Nachmittag schaute er von einem Buch auf und winkte mich zur Seite. Trotz des Sonnenscheins waren wir alle froh, daß wir um den Kamin herum sitzen konnten.

»Robin, würdest du mir einen kleinen Gefallen tun?«

»Mit Freuden, Herr.«

»Ich kann keinen von meinen Dienern schicken. Wie du weißt, ist es uns am Sabbat verboten, zu arbeiten oder Besorgungen zu machen.«

»Ich weiß, Herr. So ist das Gesetz.«

»Ich möchte ein Schriftstück zurückgeben, das mir ein Freund aus dem anderen Teil der Stadt geliehen hat. Don Rodrigo – aber ich glaube, du kennst sein Haus?«

»Ja, Herr. Ich war vor ein paar Tagen dort. Nahe Santo Cristo de la Luz?«

»Das ist es.« Benjamin ging weg und kehrte mit einer sorgfältig in Stoff verpackten Schriftrolle zurück. »Meine Empfehlungen an Don Rodrigo, und allerherzlichsten Dank. Bitte ihn, dieses kleine Geschenk von einem alten Freund anzunehmen.« Benjamin lachte, als er mir ein kleines, weiches Säckchen in die Hand drückte. Es war fest verschnürt und wog nach meiner Schätzung etwa ein Pfund. »Warne ihn, er soll es nicht unvorsichtig aufmachen.«

»Darf ich fragen...«, begann ich und betastete es aufgeregt.

»Natürlich. Du solltest besser wissen, was darin ist, damit es keine Pannen gibt. Es enthält Pfeffer.«
»Pfeffer!«
»Weißen Pfeffer, der eine Seltenheit ist. Also glaube ich, daß Don Rodrigo das Geschenk annehmbar finden wird.«
Das konnte ich mir gut vorstellen. Selbst schwarzer Pfeffer ist in England sehr kostbar. Weißen Pfeffer habe ich nie gesehen, auch wenn der gelehrte Franziskaner, Bruder Bartholomäus, ihn in seiner *Enzyclopaedia* erwähnt, mit einer phantastischen Erklärung (von der ich jetzt glaube, daß sie Unsinn ist), warum das andere Pulver schwarz ist.
Ich konnte mir vorstellen, was passieren würde, wenn ich ihn verschüttete, egal von welcher Farbe er war. Ich steckte ihn sehr vorsichtig in meine Gürteltasche, zwischen Messer und Tintenfaß.
»Das ist lieb von dir«, sagte Benjamin anerkennend.
»Macht Euch keine Sorgen, Herr«, versicherte ich ihm, »ich werde in einer Stunde zurück sein.«
Diese heitere Prophezeiung sollte sich als ein großer Irrtum erweisen.

Die Mühle am Tajo

Susanna sagte später, ich hätte mich benommen wie die Unschuld vom Lande. Aber warum sollte ich auch in Toledo Gefahr vermuten, einer Stadt, die mir zwei Wochen lang nur die herzlichste Gastfreundschaft erwiesen hatte?
Dieser Mann ging auf einmal hinter mir, als ich mich der Kathedrale näherte. Ich hörte das eilige Auftreten seiner Schuhe auf den Pflastersteinen, drehte mich zur Seite und sah ihn. Sein schwarzer flatternder Mantel verlieh ihm das Aussehen eines schwarzen Raben vor dem orangefarbenen Hintergrund des Sonnenuntergangs.
»Einen Moment, junger Meister.«
»Ja?« Ich wartete.
»Entschuldige! Aber ich dachte – bist du nicht der englische Student Robert aus Oxford?«
»Ja doch. Was wollt Ihr?«
»Du wirst dich nicht erinnern. Wir trafen uns in einer großen Menge – am Tag des heiligen Juan, glaube ich, war es. Aber bei den vielen Leuten – bei dem großen Trubel...«
Um ehrlich zu sein, ich konnte mich nicht erinnern. In der schnell einsetzenden Dämmerung konnte ich einen schlanken, ausgezehrten Kastilier erkennen, mit einem kleinen Bart, um die Dreißig, anständig angezogen, aber nicht reich, weder ein Diener noch wirklich ein Edelmann. Ich hatte während der Weihnachtsfeiern so viele neue Bekanntschaften geschlossen, mein Kopf war überfüttert mit Namen und Gesichtern so wie mein Bauch mit Essen und Trinken.
»Ich bedaure, Herr«, begann ich höflich.

Er wischte meine Entschuldigungen beiseite. Er hatte seinen Namen immer noch nicht genannt, und ich wollte nicht danach fragen. Er schien den gleichen Weg zu haben wie ich, denn er lief neben mir, als ich an der Westmauer der Kathedrale vorbeiging.
»Ich glaube, ich kann dir zu Diensten sein«, sagte er, »und auch Doktor Salomon.«
»Ja?«
»Ihr sucht nach einer Schlange? Der Guten Schlange?«
Mein Herz stockte für einen Moment. Wir sprachen spanisch. Ich hatte schon genug aufgeschnappt für die täglichen Unterhaltungen, aber ich sprach stockend und verstand nicht immer, was mit mir geredet wurde. Also bat ich ihn, es zu wiederholen.
»Die Gute Schlange«, sagte er nochmals. »Ich sollte besser nicht mehr sagen auf offener Straße, denn ich glaube, es handelt sich doch um eine vertrauliche Angelegenheit.«
Ich zögerte. »Ich muß diese Schriftrolle bei Don Rodrigo abliefern«, sagte ich. »Dann gehe ich sofort zurück. Ich könnte Euch zu Doktor Salomon bringen – wenn Ihr so freundlich wärt...«
»Es ist eigentlich mein Meister, der...«
»Oh...«
»Wenn Ihr einige Minuten aufbringen könntet, um ihn zu besuchen, auf dem Weg zu Don Rodrigo, das wäre besser. Mein Herr wäre glücklich, Euch alles sagen zu können, was er weiß.«
Es schien so vernünftig – was sonst hätte ich tun können? Der Mann war doppelt so alt wie ich, und er bot an, uns einen Gefallen zu tun, ohne selbst etwas zu erwarten. Was auch im-

mer Susanna sagte, ich weiß nicht, wie ich hätte verlangen können, daß sein Herr (wer auch immer es war) den Weg durch die Stadt zu Salomon hätte machen sollen.
Um ehrlich zu sein, ich erlag auch einer Versuchung. Nur zu gern hätte ich das Gesicht meiner Freunde gesehen, wie ich hereinmarschierte und erzählen könnte, daß ich die Person aufgespürt hätte, nach der wir suchten.
»Es ist nicht weit«, wollte der Spanier mich noch beruhigen.
Wir überquerten die Plaza de Zocodover und schienen abwärts in Richtung der Alcantara-Brücke zu gehen, über die wir nach Toledo hineingeritten waren. Die Nacht senkte ihren Vorhang über die Stadt. Nach den zwei Wochen Feiern erschien der kleine dreieckige Platz menschenleer.
»Hier hinunter«, sagte er und bog in eine Gasse zwischen hohen Mauern.
»Wir könnten eine Laterne gebrauchen«, klagte ich.
Er nahm meinen Arm und stützte mich, wenn ich ausrutschte und stolperte. »Es ist nicht weit«, wiederholte er.
Ich fragte mich, was für eine Residenz am Ende dieser holprigen und stinkenden Gasse sein konnte. Vielleicht war dies nur eine Abkürzung. Jetzt konnte ich ein gleichmäßiges donnerndes Brüllen vor uns hören. Es war der Tajo, der tief unten in seiner Schlucht die Stadt umtoste und das Hochwasser des Winters führte. Es war kalt und windig geworden.
Am Ende der Gasse war der Abgrund zum Fluß. Wir gingen weiter zwischen engen Brüstungen über eine Art Brücke oder Damm. Im Dämmerlicht war es unmöglich, irgendwelche Einzelheiten zu erkennen. Der Lärm machte das Reden schwierig. Ich schaute nach unten und sah die weiße Gischt des Wassers,

das unter uns dahindonnerte, vielleicht über eine Fischreuse.
Ich war verwirrt. Was ging hier vor? Ich begann diese seltsame Geschichte zu verfluchen. Ich wurde unruhig und stolperte, fühlte aber wieder den Griff des Spaniers an meinem Arm.
»Wir sind da«, sagte er.
Ein Gebäude zeichnete sich undeutlich vor uns ab – ein Haus, ein Wachturm oder eine Wassermühle, was immer es war, die Fundamente mußten auf beiden Seiten des Wassers stehen. Hoch über uns war in einem schmalen Fenster ein gelbes Licht zu sehen.
»Vorsicht«, sagte er. Er hielt immer noch meinen Arm fest. »Diese Stufen sind sehr ausgetreten, durch die Gischt werden sie glitschig.«
Er schob mich an sich vorbei nach oben, während seine freie Hand nach vorn griff und gegen die Tür drückte, die krachend aufging. Wir waren im Gebäude. Aus einer Nische verbreitete eine Lampe ein schwaches Licht, eine Treppe führte spiralförmig weiter nach oben. Ich konnte mit viel Mühe einen Mühlstein und eine Antriebswelle erkennen, die aus der Wand ragte, aber nichts bewegte sich. Sicher war hier schon lange kein Korn mehr gemahlen worden.
Der Spanier winkte mich höflich zu der Treppe.
»Nach oben, bitte«, sagte er, »so weit es geht. Mein Herr hat sein Studierzimmer im obersten Geschoß eingerichtet – du verstehst, er muß die Sterne beobachten können.«
Das klang überzeugend. Als ob ich tatsächlich zu einem Mann der Wissenschaft gebracht wurde, der bei unseren Nachforschungen behilflich sein wollte. Gelehrte müssen dort leben, wo es ihnen ihre kargen Mittel erlauben, und eine verlassene

Mühle kann ideal für ruhige Studien sein. Und auch wenn Salomon dazu neigte, über Sternguckerei und Horoskope zu lachen, so stimmten doch viele gebildete Männer darin überein, daß die Sterne unser Leben beeinflussen und daß es schädlich sei, sie zu ignorieren. Im Laufe meines Lebens bin ich von Salomons Ansicht überzeugt worden – ich ziehe es jetzt vor, Theorien zu überprüfen, bevor ich sie glaube –, aber in jener Nacht in Toledo war ich noch ein Junge, der meistens glaubte, was man ihm sagte.

Also stieg ich die Treppe hoch. Der Mann folgte mir, und wir kamen atemlos zu einer mit Nägeln beschlagenen Tür, die neuer und in besserem Zustand war als der Rest dieses vermoderten Gebäudes. Wieder griff mein Führer an mir vorbei, aber diesmal klopfte er nur. Eine Stimme, hoch und scharf, rief: »Wer ist da?«

»Ich bin es, Herr. Pedro. Mit dem englischen Jungen.«

»Gut gemacht! Du kannst hereinkommen. Die Tür ist nicht verriegelt.«

In der Mitte des Raums war unterhalb einer silbernen Lampe, die an einer Kette von einem massiven Balken herabhing, ein blendendheller Lichtkegel, in dessen hellem Kreis ein hohes Pult stand, auf dem ein offenes Buch lag. Daneben war ein primitiver Tisch, vollgestellt mit Apparaturen. Es waren Glasflaschen, die hell funkelten, Glaskolben und Gefäße der verschiedensten Größe und längliche Behälter mit nach unten zeigenden Hälsen, wie Sumpfvögel. Verschiedene Gefäße waren durch Schläuche miteinander verbunden, wie für einen Destillationsprozeß.

Einen Moment lang schien der Raum menschenleer zu sein. Dann bemerkte ich, daß mich zwei Männer aus dem Schatten heraus beobachteten. Sie saßen rechts und links von einer Kohlenpfanne, deren schwache rote Glut vor dem Lampenlicht verblaßte. Einer der beiden Männer trug die schwarze Tracht eines Dominikanermönchs; sie verschwamm im Schatten um ihn herum, so daß nur das blasse Oval seines Gesichts abstach. Er hatte keine Haare an den Schläfen, aber buschige, schwarze Augenbrauen, so dicht und ebenmäßig gebogen wie der Bogen eines Kreuzganges. Der andere Mann war im Gegensatz dazu eine bunte Erscheinung mit einem pelzbesetzten, pflaumenblauen Umhang, und an seinen ruhelosen Händen glitzerten viele Ringe.

»Also«, sagte der Mönch, dessen hohe Stimme ich schon gehört hatte, »hast du nicht lange warten müssen, Pedro.«

Unser Treffen auf der Straße war demzufolge kein Zufall gewesen, dachte ich rasch. Pedro hatte den Auftrag gehabt, auf mich zu warten.

Aber warum? Warum keine direkte Botschaft an Salomon selber?

»Komm näher, mein Sohn. Du bist Robert aus Oxford?«

»Ja, Herr.«

Ich trat ins Licht und verbeugte mich vor beiden.

»Du sprichst Spanisch, merke ich.«

»Ein wenig, Herr.«

»Dann wollen wir spanisch sprechen, Don Fernando mag kein Latein.«

»Es taugt für Schreiber.« Der andere Mann sprach zum erstenmal, ungeduldig, mit einem tiefen Knurren wie ein mißmutiger Hund. Ich konnte ihn jetzt besser sehen. Er war jung – aber auch der Mönch war nicht sehr alt, trotz seiner kahlen, mondförmigen Stirn. Beide Männer machten einen seltsam erregten und unruhigen Eindruck. Sie strahlten eine nervöse Spannung aus wie ein Ofen die Hitze.

»Gib dem Jungen einen Stuhl, Pedro. Und einen Becher Wein. Die Luft ist klamm hier unten beim Fluß.«

In dem oberen Raum konnte ich das nicht spüren. Es war warm, fast stickig, und es roch wie kurz nach einem chemischen Experiment. Ich legte Don Rodrigos Schriftrolle beiseite und nahm den Wein, der mir angeboten wurde. Ich wollte ihn nicht, erinnerte mich aber an meine guten Manieren. Ich hob den Becher, murmelte einen respektvollen Trinkspruch und trank.

»Du bist mit Salomon aus Stamford von England gekommen?«

»Ja, Herr.«

»Weißt du, weshalb er so erpicht darauf ist...« – der Mönch zögerte einen Moment und fuhr dann fort –, »die Gute Schlange zu finden?«

Jetzt war es an mir zu zögern. Wenn es nach mir gegangen wäre, hätte ich offen geantwortet, aber ich erinnerte mich daran, daß David und sein Vater nie bereit waren, ohne Not etwas preiszugeben.

»Ich kenne die privaten Angelegenheiten des Doktors nicht, Herr.«

»Warum reist du mit ihm?« wollte dann Fernando wissen. »Du bist doch ein Christ? Und nicht sein Diener?«

»Wartet.« Der Mönch streckte eine Hand aus, um ihn zurückzuhalten. »Bedrängt unseren jungen Freund nicht. Er ist doch noch ein Knabe.«

»Das meine ich ja, Zapata. Ihr klopft auf den Busch, als ob er ein Botschafter am Hofe wäre. Ich merke doch, daß er lügt. Er weiß sehr gut, warum der Jude auf der Suche nach Ibn al-Razi ist.«

»Und er wird es auch sagen, wenn wir ihn richtig behandeln.« Die Stimme des Mönchs war wie Seide, aber sie hatte die konzentrierte Kraft der Schlinge eines Würgers. Der junge Adlige hatte seinen letzten Satz abgebrochen, als hätte er buchstäblich den Strick um den Hals gespürt. Das Gesicht des Mönchs zeigte für einen Moment seinen nur mühsam beherrschten Zorn. Ich wußte weshalb. Don Fernando hatte den Namen der Guten Schlange ausgeplaudert, und dies gehörte nicht zu Bruder Zapatas Plan. Auch er war wohl ein Mann, der es für falsch hielt, etwas umsonst preiszugeben.

Ibn al-Razi... Ein maurischer Name... Ich durfte ihn nicht vergessen.

»Ich glaube, hier gibt es ein Mißverständnis, Herr«, sagte ich, stand auf und stellte den Weinbecher auf den Tisch. »Ich bin gekommen, weil dieser Mann hier gesagt hat, daß Ihr mir etwas mitteilen wollt. Es gibt aber nichts, was *ich* Euch erzählen kann. Wenn Ihr mich also entschuldigen wollt, Herr...«

»Setz dich!« Diesmal sprach Bruder Zapata mit der seltsam herrischen Kraft seiner Stimme zu mir. Mit zwei ruhigen Worten hatte er mich wieder in den Stuhl gestoßen, ohne auch nur von seinem Platz aufstehen zu müssen. »Es gibt viel, was du uns erzählen kannst. Und es wird sich für dich lohnen. Don Fernando ist ein großer Herr in Kastilien. Er kann viel für dich tun.«

»Gefälligkeiten müssen verdient werden«, brummelte der Edelmann.

»Und du kannst sie dir leicht verdienen«, versicherte mir der Mönch.

»Zuerst einmal, es ist wahr, nicht? Dieser Salomon ist nach Spanien gekommen, weil er etwas gehört hat? Er hat gehört, daß ein anderer Arzt – wir sollten ihn immer noch ›die Gute Schlange‹ nennen – entdeckt hat, wovon alle Gelehrten seit Anbeginn der Schöpfung träumen, das Elixier des Lebens?«
Ich mußte mich anstrengen, um dem Mönch nicht ins Gesicht zu lachen. Woher bloß hatten sie diese verrückte Vorstellung? Salomon hatte mir erzählt, daß er nicht an diese Dinge glaubte, aber, das hatte er zugegeben, viele bedeutende Männer taten es. Er hielt es für einen Jammer, daß sie Zeit und Talent damit vergeudeten, ein Präparat zu finden, das einem Menschen dazu verhilft, ewig zu leben, und einfaches Metall in Gold verwandelt. Es gab keinen Hinweis darauf, daß solch ein Stoff existierte, der eines der beiden Wunder vollbringen konnte, und es schien gegen jede Vernunft, daß dasselbe Zeug zu beiden Zwecken nutzen sollte. »Kluge Männer sollen die Natur beobachten«, sagte Salomon, »alles ausprobieren und aus den Ergebnissen ihre Schlüsse ziehen.« Auf diesem Weg könnten sie hoffen, Schritt für Schritt die Heilkunst zu verbessern. Er war der letzte, der quer durch Europa jagen würde auf der Suche nach diesem Elixier oder dem Stein der Weisen oder sonst einem dieser magischen Geheimnisse.
»Weshalb grinst du?« knurrte Don Fernando.
»Bitte verzeiht mir, Herr. Aber Ihr irrt Euch. Der Doktor kam sicher nicht aus diesem Grund hierher.«
»Lüg uns nicht an«, sagte Zapata, »wir wissen es besser.«
»Dann wißt Ihr mehr als ich, Herr.« Ich stand wieder auf. »Ihr müßt den Doktor selber fragen. Es gibt nichts, was ich Euch erzählen kann, und keinen Grund für mich, länger zu bleiben. Aber wenn Ihr eine Botschaft für ihn habt...«

Es kann sich sicher jeder denken, daß ich in diesem Moment nur den einen Wunsch hatte, so schnell wie möglich aus der Mühle herauszukommen. Mir war deutlich bewußt, daß Pedro schweigend hinter mir saß, mit dem Rücken zur Tür.

»Ich habe keine Botschaft für den Doktor«, sagte Zapata langsam, »aber dir habe ich etwas zu sagen.«

»Herr?«

»Hör gut zu und überlege. Du bist in dieser Angelegenheit auf der falschen Seite. Ja, ›Seite‹. Denn Don Fernando und ich mischen jetzt mit. Wir könnten mehr mit diesem Geheimnis anfangen als dein Doktor Salomon. Du mußt das einsehen. Du bist unseres Glaubens. Allein aus diesem Grund gebe ich dir den feierlichen Rat: Es ist deine Pflicht, uns zu helfen und nicht diesem Ungläubigen.«

»Wir können auch dafür sorgen, daß es sich auszahlt«, sagte der junge Edelmann.

Der Mönch ignorierte diese grobe Einmischung. »Du wirst schwören, bevor du uns verläßt, nichts zu verraten. Du wirst zu Salomon zurückkehren und kein Wort über dieses Treffen sagen. Du wirst bei ihm bleiben und dir alle Informationen einprägen, die du hörst. Dann läßt du sie uns zukommen. Wir werden etwas mit Pedro ausmachen, und er wird dich auch für deine Dienste bezahlen. Verstehst du?«

»Ich verstehe, Herr.«

Ich versuchte Zeit zu gewinnen. Ich hatte jetzt furchtbare Angst. Dies war ein Ort des Bösen. Die zwei Gesichter, die mich anschauten, waren böse. Der düstere Raum war voller Drohungen. »Darf ich ein wenig darüber nachdenken? Vielleicht morgen früh – nach der Messe – vor der Kathedrale...«

»Wir sind keine Kinder«, sagte Zapata. »Du wirst jetzt einen heiligen Eid schwören.«
Ich schluckte. »Dann, Herr, muß ich auf der Stelle entscheiden. Ich kann nicht.«
»Kann nicht?« Don Fernando wollte es nicht glauben.
»Ich kann nicht, Herr! Ich bin Doktor Salomon viel schuldig...«
»Hat er dich bekehrt?«
»Natürlich nicht, Herr! Er hat es nicht einmal versucht. Aber ich kann ihn nicht ausspionieren.«
Don Fernando fluchte fürchterlich und stand auf.
»Dieser kleine Hund meint es ernst«, sagte Zapata.
»Das sehe ich selber!«
»Und was werdet Ihr...«
»Ich werde ihn die Treppe hinunterwerfen, bevor er mich noch mehr verärgert!«
»Nein!« sagte Zapata. »Er darf mit seiner Geschichte nicht zu Salomon laufen.«
»Er wird nirgendwohin laufen!«
»Aber selbst wenn er sich den Hals bricht, wird es Tratsch und Verdächtigungen geben – die ich mir nicht leisten kann, wie Ihr wißt!«
Während dieser unangenehmen Unterhaltung wich ich vorsichtig zurück, aber Pedros Arme umklammerten mich und machten mich hilflos.
»Wir können ihn doch nicht gehen lassen – einfach so«, protestierte Don Fernando.
»Wir können ihn überhaupt nicht gehen lassen«, verbesserte Zapata. »Er weiß zuviel. Dank Eurer Unvorsichtigkeit!«
»Meiner Unvorsichtigkeit?«

»Nicht nur, daß er dem Juden erzählen kann, daß wir Interesse an dieser Sache haben – er kann ihm jetzt auch noch den Namen der Guten Schlange nennen!«
Don Fernando fluchte wieder. »Wie unüberlegt! Ich war so sicher, daß er auf unserer Seite sein würde. Sei's drum. Das ist leicht in Ordnung zu bringen.« Er lachte auf eine Art, die ich überhaupt nicht komisch fand.
»Ja«, sagte Zapata, »aber es muß sorgfältig geplant sein. Dieser Salomon hat mächtige Freunde in Toledo. Es wird Fragen geben. Nichts darf auf unsere Beteiligung in der Angelegenheit hinweisen – oder auf diesen Ort.«
»Der Fluß wird dieses Problem lösen.«
»Sehr wahr.« Zapata wandte sich an Pedro, der seinen Griff geändert hatte und meine Arme jetzt hinter meinem Rücken zusammendrückte.
»Hör zu, Pedro. Du wirst den Jungen in den Raum unten einschließen.«
»Und dann?«
Zapata lächelte. Er hob seine schwarzen Brauen. »Du mußt meine Gedanken lesen. Mein Gewissen wird mir nicht erlauben, mehr zu sagen. Unternimm in den nächsten zwei Stunden nichts – bis du hörst, daß die Klosterglocken zum Nachtgebet rufen. Dann werden Don Fernando und ich uns an anderer Stelle gezeigt haben – ein Alibi geschaffen haben, wie die Rechtsgelehrten sagen. Danach...« Er zuckte mit den Schultern. »Je weniger er und ich wissen, um so besser.«
»Ich werde das nicht tun«, sagte Pedro überraschend. Seine Stimme, heftig und erregt, war dicht an meinem Ohr.
»Nein?« wiederholte Don Fernando.
»Nein! Ich bin wohl arm, aber ich bin ein Edelmann, kein

Mörder! Ich brachte Euch diesen Jungen, wie Ihr verlangt habt, aber ich wußte nicht...«
»Du weißt nicht, was gut für dich ist«, sagte Zapata unfreundlich. »Kein Problem! Wir kommen ohne dich aus – von jetzt an. Hoffen wir, daß *du* ohne uns zurechtkommst.«
»Mit Leichtigkeit!«
Pedro ließ mich mit einem Stoß los. Bevor ich mein Gleichgewicht wiedererlangt hatte, war Don Fernando über mir. Ich kämpfte, griff nach dem Messer in meinem Gürtel, aber meine Finger berührten nur einen leeren Schaft. Pedro mußte mich vorhin schon entwaffnet haben.
Die Tür krachte und schwang zu. Er war jetzt fort. Seine Schritte hallten auf der Treppe.

Elixier des Todes?

Pierre! Ich begann die Zusammenhänge dieser verworrenen Angelegenheit zu begreifen.

Der Mönch hatte von »unserem neuen Gaskogner« gesprochen. Es konnte sich nur um Salomons früheren Diener handeln. Er mußte hier in Toledo sein, nachdem er uns den ganzen Weg von Bordeaux gefolgt war und sicherlich schon lange die Dummheit verfluchte, die ihn verführt hatte, sich mit den wertlosen Flaschen aus dem Staub zu machen.

Hätte er sich damals nicht verraten, wäre er immer noch unser Reisebegleiter und in der Lage, die privaten Angelegenheiten seines Herrn auszuspionieren.

Das hatte er schon in Nottingham getan, soviel wurde mir jetzt klar. Ich erinnerte mich, wie neugierig er wegen unseres Besuches in der Burg gewesen war. Und mir fiel auch nach kurzem Nachdenken ein, wie Salomon und ich in jener Nacht noch miteinander gesprochen hatten, bevor wir ins Bett gingen.

Salomon hatte von dem bemitleidenswerten Glauben der Königin an dieses Goldene Elixier gesprochen. »Sie scheint es als das Elixier des Lebens selber zu betrachten«, hatte er gesagt. Und genau in diesem Moment hatte ich ein schwaches Geräusch auf der Treppe gehört und erwartet, daß entweder David oder Susanna den Vorhang zur Seite ziehen würden. Es war aber niemand gekommen.

Also hatte Pierre unsere Unterhaltung belauscht, aber nur die Hälfte mitbekommen. Er hatte fälschlicherweise den Schluß daraus gezogen, daß wir dem Elixier des Lebens auf

der Spur wären, und der Mann, der solch ein Geheimnis besitzt, würde die Welt zu seinen Füßen haben. Macht und Reichtum wären sein, wie ihn sich Könige, Päpste und Kaiser nicht erträumen könnten. Ein Mann wie Pierre würde sich nicht vormachen, daß er das unbezahlbare Geheimnis allein ausbeuten könnte. Er hatte nicht die chemischen Kenntnisse und auch nicht die Verbindungen zu den Großen der Welt, um den größtmöglichen Nutzen aus solch einem Besitz ziehen zu können.
Soviel war mir jetzt klar. Er hatte uns bis Toledo verfolgt. Hier hatte er ideale Gönner – Komplizen – für sein Unternehmen gefunden. Bruder Zapata war offensichtlich ein begeisterter Alchimist mit einem wohlausgestatteten Laboratorium, Don Fernando ein Grande mit Zugang zum König von Kastilien. Ein gut zusammenpassendes Trio und, wie ich sehen konnte, einander würdig in ihrer Schurkerei, dachte ich wütend.
Und alles war ein Mißverständnis! Pierre führte die zwei Spanier in ein sinnloses Abenteuer. Denn selbst wenn es so etwas gab wie das Elixier des Lebens, so war es doch nicht das, was wir zu erhalten hofften von ... Wie war noch der Name der Guten Schlange? Ibn al-Razi?
Es hätte komisch sein können, war es aber nicht. Wie konnte ich sie davon überzeugen, daß Pierre sich vollständig im Irrtum befand? Ich würde diese Männer nicht wiedersehen – ich sollte nur (wenn ich ihre Abschiedsworte richtig verstanden hatte) Pierre selbst sehen, und das sehr bald. Selbst wenn er mir glauben würde, so würde er doch nicht wollen, daß die beiden anderen die enttäuschende Wahrheit erfuhren.
Das Elixier des Lebens schien sich zumindest für mich als Elixier des Todes zu erweisen.

Im bleichen Licht, das durch die Gitter fiel, durchforschte ich mein Gefängnis. Die Tür ging nach außen auf, aber selbst indem ich mich dagegenwarf, wobei ich mir die Schulter wundschlug, konnte ich nur schwach an ihr rütteln. Der Raum war leer: Es gab nicht einmal einen Stuhl, den ich als Rammbock hätte benutzen können. Mein Messer war verschwunden. Ich hatte nur noch ein Federmesser mit winziger Klinge, zu nichts zu gebrauchen, außer um Gänsekiele zu spitzen. Und bei dem massiven Holz der Tür hätte ich mindestens eine Axt gebraucht.

Ich ging sorgsam die Mauer entlang und forschte, ob es nicht einen anderen Ausgang gab. Es gab einige schmale Fensterschlitze im Mauerwerk, aber nicht einmal ein Hund hätte sich da hindurchzwängen können, und ich konnte mir ausrechnen, daß es auf der anderen Seite tief nach unten ging. Der Klang meiner Schritte veränderte sich plötzlich. Ich bückte mich und untersuchte den Boden. Mein Herz begann wie wild zu schlagen, als ich die Falltür entdeckte, die krachend aufschlug, nachdem ich die verrosteten Riegel zurückgeschoben und die Tür angehoben hatte.

Vergeblich! Unter mir – entsetzlich tief unter mir – waren die eisigen Fluten des Flusses.

»Versuch es nicht«, sagte Pierre. »Die Kirche lehrt, daß Selbstmord eine schwere Sünde ist.«

Ich schaute über meine Schulter. Da war er und grinste mich unverschämt durch die kleine vergitterte Öffnung in der Tür an. Ich ließ die Falltür wieder zufallen und ging zu ihm hinüber.

»Wir treffen uns wieder«, sagte er, »aber ich glaube, es ist das letzte Mal.«

»Laß mich hinaus, Pierre«, flehte ich. »Mord ist auch eine Sünde. Hast du nicht schon genug auf dem Gewissen?«
»Meine Sünden werden mir vergeben.«
»Was habe ich dir denn getan?«
»Ich habe schon manchen Mann getötet, der weniger getan hat«, sagte er lässig. »Und ich muß an die Zukunft denken. Bruder Zapata sagte mir, daß du mehr weißt, als gut für dich ist.«
Ich schaute ihm in die Augen und konnte kein Mitleid entdekken. Einen Moment lang verlor ich die Fassung. »Dann, um Gottes willen, tu es gleich!« brach es aus mir heraus. »Bringen wir es hinter uns! Sonst wird es zur Folter!«
Wenn er nur die Tür öffnen würde! Unbewaffnet, in jeder Hinsicht unterlegen, wußte ich, daß ich nicht die Spur einer Chance besaß. Aber besser ein kurzer heißblütiger Kampf mit raschem Ende als dieses quälende Warten. Er machte keine Anstalten, die Riegel zurückzuschieben. Er kicherte und kostete meine Angst aus.
»Keine Eile«, sagte er. »Wenn wir die Klosterglocken hören, ist es soweit. Vielleicht werden ihre Abendgebete deiner Seele helfen, zum Himmel zu steigen. Deine Leiche wird in die andere Richtung wandern. Sehr praktisch, diese Falltür.«
In der nächsten Stunde erfuhr ich, wie sehr er mich haßte. Pierre war ein seltsamer, verdrehter Mensch. Er haßte Salomon und dessen ganze Familie, so wie Menschen oft diejenigen hassen, die am großzügigsten zu ihnen sind. Aber mich haßte er besonders. Seit dem Tag, als ich in sein Leben getreten war und seinen Plan, Salomon im Wald von Sherwood auszurauben, durchkreuzt hatte, machte er mich für alles verantwortlich, was ihm schiefgegangen war. Auf seine Drohungen und

seinen Spott gab ich keine Antwort. Seine Worte waren zu gemein, um sie zu wiederholen. Sie entstammten der Gossensprache. Wenn er einhielt, um Atem zu holen und in seinem Kopf nach weiteren grauenerregenden, widerlichen Bemerkungen zu wühlen, die er so noch nicht ausgesprochen hatte, war es still bis auf das Dröhnen und Rauschen des reißenden Flusses tief unter mir. Ich verschloß meine Ohren und Gedanken vor ihm. Ich betete und bereitete mich auf den Tod vor, der unvermeidlich schien.
Pierre hatte einen prächtigen neuen Dolch aus den berühmten Toledaner Schmieden. Er hatte nicht versäumt, auf ihn hinzuweisen und auf die Gelegenheit, bei der er gleich benutzt würde. Ich hatte nur meinen Gürtel, ein leichtes Lederband ohne Metallbeschlag oder sonst etwas, was ihn zur Waffe machen könnte.
Aber halt! Als meine Finger den Gürtel verzweifelt untersuchten, wurde ich plötzlich an den Beutel erinnert, der dort – ungewöhnlich schwer – herunterhing. Schwer... Aber nicht schwer genug. Selbst von hinten auf den Schädel eines unvorbereiteten Gegners geschwungen, würde er nicht mehr als einen leichten Schlag verursachen. Und Pierre war alles andere als unvorbereitet.
Was er aber nicht erwarten würde, war der Inhalt des Beutels. Ein gutes Pfund Pfeffer! Zum Glück stand ich weit weg von der Tür, so daß Pierre die Freude in meinen Augen nicht sehen konnte. Ich hatte jetzt eine gute Chance, am Leben zu bleiben.
Die verbleibende Zeit, die wir warteten, war fast schlimmer als das, was vorher gewesen war. Unter allen Umständen mußte ich meine neue Hoffnung geheimhalten. Ich mußte so tun, als

wäre ich das hilflose Kaninchen, gelähmt vom Anblick des Wiesels, das es beobachtet. Ich hatte die höhnischen Bemerkungen des Gaskogners nicht beantwortet. Er sah mich nur als düstere Gestalt, die an der entferntesten Wand kauerte.
Ich glaube, mein Schweigen verwirrte ihn. Ich gab ihm nicht die Befriedigung, die er erwartet hatte. Die einseitige Unterhaltung begann ihn zu langweilen, und er war wohl so froh wie ich, als in der Ferne die Glocke des Klosters über dem tiefen Rumoren des Flusses erklang.
»Ich hoffe, du hast deine Gebete gesprochen«, sagte er und schob die Riegel zur Seite.
Ich hatte bereits überlegt, wie ich ihm am besten beikommen konnte. Ich konnte mich wild auf ihn stürzen – er würde das fast erwarten – und hoffen, ihm den Pfeffer in die Augen geschüttet zu haben, bevor er zu nahe war. Oder ich konnte in den Schatten zurückweichen, ein anderer, natürlicher Weg, wie ein dem Tode geweihtes Opfer sich verhält.
So entschied ich mich. Ich hatte mich an der entferntesten Stelle hinter der Falltür aufgestellt. Als Pierre in den Raum trat, langsam und bedächtig, den gezogenen Dolch in der Hand, öffnete ich die Falltür.
Dadurch entstand zwischen uns eine Kluft, die etwa halb so breit war wie die Länge eines Menschen, und die offenstehende Falltür machte das Hindernis noch unüberwindbarer. Das bedeutete, daß Pierre sich nicht auf mich stürzen konnte. Er mußte entweder rechts oder links herum kommen oder über das Hindernis springen. Was auch immer er tat, ich hatte einen Augenblick Zeit zum Reagieren. Glücklicherweise hatte er nicht die geringste Befürchtung und ahnte nicht, daß ich etwas zu meiner Verteidigung besaß. Die Knie gebeugt, den

Kopf nach vorn geneigt, kam er mit ausgebreiteten Armen wie eine Scherenschnittfigur durch die erleuchtete Tür. Nur der Toledaner Dolch stach funkelnd ab. Er bewegte sich unaufhaltsam auf mich zu. Ich war froh, daß ich sein Gesicht nicht sehen konnte. Bei all meiner neugewonnenen Hoffnung hätte mir das die Nerven geraubt.
»Komm zu Onkelchen!« Seine Stimme war sanft und einschmeichelnd. »Oder muß der Onkel dich holen?«
Er war sich seiner sehr sicher. Ich sollte nicht an ihm vorbeikommen, was für Haken ich auch schlagen würde. Ich bezweifle, ob ich unter normalen Umständen auch nur eine kleine Chance gehabt hätte. Pierre war erstaunlich flink, und seine langen Arme schwangen durch die Luft wie Enterhaken.
Er näherte sich dem Rand der Öffnung. Er sah die armselige, kurze Klinge meines Federmessers. Er hob den Kopf und lachte brüllend auf. Er dachte, ich würde mich damit gegen seinen Dolch verteidigen wollen.
»So! Du bist also bewaffnet! Na los! Wir wollen fechten!« Als er so dastand, die Füße gespreizt, sich vor Vergnügen schüttelnd, darauf vertrauend, daß die Falltür ihn so gut beschützte wie mich, war meine Gelegenheit gekommen.
Ich schnitt den Beutel auf und warf ihn. Pierre bekam das Pfund Pfeffer voll ins Gesicht.
Ich war auch erst einmal blind. Aber ich hatte mir meinen Fluchtweg gemerkt und zwang mich, vorwärts zu gehen. Meine Augen tränten, ich hustete und mußte ununterbrochen niesen. Der Gaskogner brüllte und krümmte sich wie ein Dämon.
Ich tastete mich die Wand entlang, wußte, daß ich sicher an der Falltür vorbei war, und rannte zur Tür. Ich war draußen! Die

Tränen strömten meine Wangen herab, spuckend und keuchend schlug ich die Tür zu. Wie wild krallte ich nach den Riegeln und schob sie in ihre Fassungen. Ich konnte Pierre immer noch auf der anderen Seite jammern hören.
Als ich wieder klar sehen konnte, war mein erster Gedanke, so schnell wie möglich die Treppe nach unten zu laufen. Dann erinnerte ich mich an Don Rodrigos Schriftrolle. Auch wenn ich sie am Abend nicht mehr abliefern würde, warum sollte ich sie auf Zapatas Tisch liegenlassen? Meine Augen brannten, aber ich bewahrte einen kühlen Kopf. Ich wußte, daß keine Gefahr drohte. Der Mönch würde nicht so bald zurückkommen. Er und Don Fernando waren zu sehr damit beschäftigt, sich ein Alibi zu verschaffen.
Ich nahm die Lampe von ihrem Platz und ging die Treppe nach oben. Die Schriftrolle lag, wo ich sie gelassen hatte. Ich steckte sie in meinen Kittel. Dann, nachdem ich die Lampe vorsichtig abgesetzt hatte, machte ich mich ans Werk, als wäre der Teufel in mich gefahren. Vielleicht war es auch so.
Ich zertrümmerte alles, was in Sichtweite war – bis auf die Bücher. Kein Gelehrter hätte das tun können, obwohl ich mich jetzt frage, ob nicht alle Apparate Werkzeuge des Teufels gewesen waren und besser verbrannt worden wären. Ich schlug die Flaschen und Glaskolben mit ihren Pulvern und Kristallen und Flüssigkeiten in Stücke, bis der Boden ein vielfarbiger Fleck war, eine knirschende Fläche zertrampelter Scherben.
Dann war mein Zorn vorüber. Keuchend und stöhnend nahm ich die Lampe und flog die Treppe hinab. Pierre brüllte mich durch die Türöffnung an – ich konnte sein blutunterlaufenes Auge sehen, als der Lichtstrahl im Vorüberlaufen auf die Tür

fiel. Eine Minute später war ich aus dem Gebäude und in der klaren Dunkelheit der Januarnacht. Ich lief den Berg hoch, auf die Lichter von Toledo und die Sterne zu, die über der Stadt standen.

»Zapata?« sagte Benjamin, und sein freundliches, häßliches Gesicht sah betroffen aus. »Gut, daß du seinen Klauen entkommen bist, mein Junge.«
Leicht vorstellbar, daß wir in dieser Nacht lange aufblieben. Ich erzählte von meinen Abenteuern in der Mühle, und wir besprachen ausführlich die Konsequenzen.
»Es klingt«, sagte Salomon, »als hätte dieser Mönch einen ganz besonderen Ruf.«
»Den hat er«, sagte der kleine Gelehrte grimmig. Er schaute mich an. »Es ist nicht meine Art, Christen vor anderen Christen zu kritisieren, aber ich glaube, in diesem Fall wird Robin nicht beleidigt sein! Wenn er es nicht schon wußte, so hat er heute gelernt, daß nicht jeder Mann gleich heilig wird, wenn er ein Priestergewand überstreift.«
»Ich bin kein Kind«, sagte ich. »Ich traue Zapata alles zu.«
»Er ist bei den kirchlichen Würdenträgern in Ungnade gefallen und wurde vom Dominikanerorden gerügt. Sie mögen manche seiner wissenschaftlichen Untersuchungen nicht.«
»Das kann ich mir vorstellen!« Einen Moment lang fühlte ich fast so etwas wie Sympathie für Zapata, trotz meines gerade verrauchten Zorns gegen ihn. »Es gibt einen alten Franziskaner in Oxford«, erklärte ich. »Man sagt, er sei der wunderbarste Wissenschaftler, aber er ist sein Leben lang verfolgt worden und praktisch immer noch ein Gefangener, mit fast achtzig Jahren...«
»Wir haben hier von deinem gelehrten Bruder Bacon gehört«, unterbrach Benjamin lächelnd, »aber ich bezweifle, daß seine

ungewöhnlichen Vorstellungen so aufrührerisch und bedenklich sind wie Zapatas Machenschaften.«

»Was macht dieser Zapata?« fragte Susanna.

Das Lächeln verschwand aus dem Gesicht unseres Gastgebers. »Vor einigen Jahren beschäftigte er sich mit dem Studium der Medizin. Er wollte die Struktur und innere Ordnung des menschlichen Körpers verstehen lernen. Aber wie ihr alle sicher wißt, ist die Kirche gegen die Chirurgie und verbietet es, Leichen für medizinische Studien zu verwenden.«

»Die Kirche ist da im Irrtum!« rief ich impulsiv aus. In diesem Hause konnte ich sagen, was ich dachte.

»Sehr wohl möglich«, sagte Benjamin in höflichem und sachlichem Ton. »Aber man erzählt sich in Toledo, daß Zapata entschieden weiter gegangen ist und nicht nur heimlich tote Körper geöffnet hat. Er meinte mehr lernen zu können, wenn er seine anatomischen Untersuchungen beginnt, während der Körper noch lebt und funktioniert...«

»Nein!« schrie Susanna entsetzt.

Eine Welle des Ekels stieg in mir auf. Das also war der Mann, dem ich gerade noch entflohen war!

»Es kann Gerede sein«, sagte Benjamin, »aber sicher steht der Mönch unter Verdacht. Ihr könnt jetzt verstehen, warum er es nicht wagte, mit dem Verschwinden Robins in Zusammenhang gebracht zu werden. Und noch etwas. Er ist ein Mann von großem Ehrgeiz. Jetzt ist er vom Hof verbannt und für immer verstoßen. Stellt euch vor, was die Geschichte für ihn bedeutet, die Pierre ihm zugetragen hat! Er glaubt an das Elixier des Lebens, er glaubt, daß ihr ihm auf der Spur seid. Welche Versuchung für ihn! Und für diesen eingebildeten jungen Schuft, Don Fernando!«

»Eins verstehe ich nicht«, sagte Susanna. »Wenn sie glauben, daß der maurische Doktor dieses Elixier des Lebens bereits besitzt, was, glauben sie, macht er damit? Warum hat er sich dann noch nicht zum Herrscher der Welt gemacht?«
Benjamin mußte laut lachen.
»Mein Kind! Wenn du Ibn al-Razi getroffen hättest! Ich kannte ihn nur wenig, damals, als er hier lebte, nicht einmal gut genug, um den Kosenamen zu wissen, den der alte König ihm gegeben hatte. Aber er *war* eine ›Gute Schlange‹, leise, klug und unauffällig. Auf Männer wie Zapata und Fernando muß er wie ein weltfremder alter Mann gewirkt haben, ein Mann, der möglicherweise eine unbezahlbare Entdeckung machte, ohne daran zu denken, sie in Profit umzumünzen.«
»Und du glaubst, daß er jetzt in Córdoba lebt?« fragte Salomon.
»So habe ich gehört. Ich nehme an, das bedeutet, daß ihr euch bald auf den Weg macht?«
»Wir dürfen nicht einen Tag versäumen.« Bei dem heftigen Tonfall des Doktors schauten wir alle erstaunt auf. »Seht ihr denn nicht«, fuhr er sehr ernst fort, »daß die Sache jetzt dringender ist als je zuvor? Es geht nicht mehr nur um die Medizin der Königin. Ibn al-Razi muß gewarnt werden – er ist in großer Gefahr. Diese Männer haben es nicht geschafft, Robin auf ihre Seite zu ziehen. Jetzt werden sie ihr Glück auf die eine oder andere Weise bei Ibn al-Razi selbst versuchen.«
»Aber wenn er das Elixier nicht hat...«, begann ich und brach ab. Ich verstand, was Salomon befürchtete. »Natürlich«, fügte ich matt hinzu, »was immer er ihnen sagt, sie werden es nicht glauben.«
»Du müßtest es wissen«, sagte David. »Diese Männer werden

unangenehm, wenn sie vermuten, daß man ihnen Informationen vorenthält. Natürlich erreichen sie nichts, wenn sie ihn umbringen. Aber es gibt schlimmere Dinge, als getötet zu werden.«

»Wie weit ist es nach Córdoba?« fragte Salomon. »Hundert Meilen? Hundertfünfzig?«

Benjamin schüttelte den Kopf. »Eher zweihundert, würde ich sagen. Und wir haben die schlimmste Zeit des Jahres. Die Sierras sind tief verschneit. Die Reise wird viele Tage dauern.«

»Ein Grund mehr, sofort aufzubrechen! Wenn möglich bei Tagesanbruch, sobald die Stadttore geöffnet werden. Kannst du uns helfen, alter Freund? Es tut mir leid, dich so Hals über Kopf zu verlassen, aber du verstehst mich?«

»Natürlich! Natürlich! Ibn al-Razi ist in Gefahr. Und ihr alle auch.«

»Besonders Robin«, sagte David, »wenn Zapata erst einmal gesehen hat, was in seinem Studierzimmer passiert ist.«

»Das«, sagte sein Vater, »ist der zweite Grund, gleich in der Frühe aus Toledo abzureisen. Wenn wir Glück haben, wird Zapata nicht vor morgen zur Mühle gehen. Das wäre eigentlich anzunehmen, da er sich so große Mühe mit seinem Alibi gemacht hat.«

»Und Pierre wird bis dahin warten müssen«, bemerkte Susanna mit großer Befriedigung. »Geschieht ihm recht!«

Benjamin gab seinen Dienern die notwendigen Anweisungen. Pferde und Begleiter mußten bei Tagesanbruch bereitstehen.

Es war klar, daß die alte Mirjam nicht mit uns weiterreiten würde, sondern mit allgemeiner Zustimmung Unterkunft im

Hause von Benjamin finden sollte. Susanna erhielt die gleiche Einladung, weigerte sich aber strikt.
»Aber ein Mädchen hält uns auf!« protestierte ihr Bruder.
»Ich kann so schnell reiten wie Vater!«
»Aber...«
»Glaubst du, ich bleibe allein in Toledo, wo all diese fürchterlichen Dinge passiert sind?«
Susanna klang nicht wie ein ängstliches Mädchen, aber sie war bereit, jedes passende Argument zu gebrauchen. Und das, was sie sagte, war plausibel genug, um ihren Vater unschlüssig zu machen. Es stimmte, Benjamin war ein einflußreicher Mann, und sie sollte eigentlich sicher sein unter seinem Dach. Genauso stimmte es, daß weder Zapata noch Fernando in der Gunst König Sanchos standen und deswegen auf ihre Schritte achten mußten. Sie konnten nicht offen die Gesetze Kastiliens brechen. Nichtsdestoweniger war der Mönch sicher raffiniert genug, Mittel zu finden, um an Susanna heranzukommen. In Toledo wurde sie, selbst in dem nicht zu unterschätzenden Schutz des jüdischen Viertels, womöglich doch eine Geisel der Feinde. Ich merkte, daß ihrem Vater nicht wohl dabei war, sie zurückzulassen. Also entschied er in ihrem Sinne.
Die Glockentürme von Toledo erzitterten. In ihrem Rücken zeigte sich das freundliche Rot der Morgendämmerung. Die ersten verschlafenen Kirchgänger schlurften zur Messe, als wir an diesem Sonntagmorgen über die San Martin-Brücke ritten, um auf frostigen Straßen nach Süden zu reisen. Wir waren zu sechst. Benjamin hatte uns zwei seiner kräftigen Diener mitgegeben, Aaron und Isaak. Sie waren Führer, Diener und Leibwächter für uns. David, sein Vater und ich hatten auch Schwerter und Dolche. Wir sollten wohl in der Lage sein, uns

gegen Wegelagerer und Verfolger, die von Zapata nachgeschickt wurden, zu verteidigen.
Wir konnten keine Zeit damit verlieren, auf eine Reisegruppe zu warten, die mit Sicherheit nicht vor Montag aufbrechen würde. Schnelligkeit war unser bester Schutz.
Zuerst erschien es mir merkwürdig, daß unsere Reise eine neue Dringlichkeit erhalten hatte – als ob das Leben eines unbekannten maurischen Arztes wichtiger sei als das der Königin. Natürlich war es das nicht, nur war die Gefahr für Ibn al-Razi unmittelbarer. In seinem Fall konnte ein Tag alles bedeuten. Wir hatten nie erwartet, der Königin das Goldene Elixier vor dem nächsten Frühling bringen zu können. Jetzt wußten wir, daß sie es möglicherweise nie bekommen würde, falls Zapata und seine Freunde Ibn al-Razi vor uns erreichten.
Maure, Jude, Christ... Was tat das zur Sache?
»Er ist ein Mensch«, sagte Salomon, »ein guter Mensch, ein Mann der Wissenschaft und Gelehrsamkeit. Zählt sein Leben nicht vor Gott?«
Vor Monaten, im Ghetto von Nottingham, hatte ich begonnen, Salomon und seine Familie als echte Freunde zu begreifen, ihre Gebräuche, die anders als unsere waren, zu verstehen und zu entdecken, daß es in vieler Hinsicht keine Unterschiede zwischen uns gab. Sollte dasselbe jetzt auch für die Mauren zutreffen – Leute, von denen ich von Kindesbeinen an geglaubt hatte, daß sie fremdländische Ungläubige waren, verwandt mit den Sarazenen, die König Edward auf dem Kreuzzug bekämpft hatte? Sicherlich, die Spanier sprachen oft mit Bewunderung von ihnen, und ich ahnte, daß für Benjamin und die meisten anderen Juden in Toledo die Mauren zivili-

siertere Leute waren als die Christen, auch wenn es nicht laut gesagt wurde.
Während wir nach Süden ritten, hatte ich Zeit, Überlegungen anzustellen. Was in ein paar Zeilen erzählt ist, waren in Wirklichkeit viele Tage und anstrengendes Reiten. Aber auch wenn wir immer daran dachten, daß uns Zapatas Schatten im Nakken saß, hieß das nicht, daß es nichts anderes in unseren Köpfen gab oder daß wir diese zweihundert Meilen wie die Teufel galoppierten und mit nach hinten gewandten Köpfen Ausschau nach unseren Verfolgern hielten. Das gibt es in Heldensagen, in der Wirklichkeit aber würde man auf den spanischen Straßen den Pferden den Hals brechen, und seinen eigenen dazu.
Nein, wir kamen beharrlich voran, hielten unsere Augen offen, ritten so schnell es ging, sprachen selten von der Gefahr, die uns auf den Fersen war und die wir doch nicht vergessen konnten. Statt dessen scherzten wir wie üblich, stritten uns und neckten Susanna. Wenn eine Pause unvermeidlich war, vertrieben wir uns die Zeit mit Gesprächen über alle möglichen Themen, die den menschlichen Geist bewegen können.
Es war ein ödes, hochgelegenes Land. Wir kamen selten durch größere Städte, bis auf Villa Real, die »königliche Stadt«, die der gebildete König Alfonso vor fünfzig Jahren gegründet hatte. Überall lag Schnee. Wir hielten an, um zu schlafen und unsere Reittiere beschlagen zu lassen. Aber immer drängten wir voran, ohne einen Tag Pause.
»Aber morgen ist doch Sabbat«, erinnerte ich David.
»Ja, aber es geht um Leben und Tod. Also erlaubt uns das Gesetz zu reisen.«
Bevor der zweite Sabbat begann, schauten wir von einem Hü-

gel hinab auf die große Stadt Córdoba am Ufer des mächtigen Guadalquivir. Salomons Augen glänzten. »Dort«, sagte er, »der Stolz von Andalusien!«

»Ich habe vom Leder aus Córdoba gehört«, sagte ich, »es ist sogar in England berühmt.«

Salomon seufzte spöttisch. »Die Bemerkung eines echten Engländers! Córdoba: Lederwaren, Toledo: Stahlklingen, Bordeaux: Wein! Ihr bewundert einen Ausländer, wenn der nur etwas herstellt, was ihr gebrauchen könnt. Mein lieber Robin, Córdoba ist für ein bißchen mehr berühmt als nur für Schuhe und Sättel!«

Als wir weiterritten, erzählte er mir mit Bedauern in der Stimme von der Größe der Stadt unter den Mauren vor fünfzig Jahren.

»Es war das Bagdad der westlichen Welt! Mein Vater erzählte mir immer von den Wundern Córdobas – vergiß nicht, unser Sevilla liegt nur siebzig Meilen flußabwärts. Sevilla war großartig in jenen Tagen, aber Córdoba – ja, Córdoba! Es war die Stadt der Paläste. Der Palast der Blumen, der Palast des Vergnügens, der Palast der Liebenden, der Palast von Damaskus ...«

Ich warf Susanna, die neben mir auf einem weißen Maultier ritt, einen verstohlenen Blick zu. Sie war gefangen von den Bildern der Vergangenheit – und beruhigte sich zweifellos mit dem Gedanken, daß etwas von dieser alten Pracht geblieben sein mußte.

Jetzt, da wir die Ausläufer der Sierra und Kastilien hinter uns gelassen hatten und in Andalusien waren, begann Spanien mehr ihren Erwartungen zu entsprechen. Salomon hatte ihr versprochen, daß der Frühling bald kommen würde. Und so war es. In der Luft war eine Lieblichkeit, die rosa Blüten der Mandelbäume stachen von dem Hintergrund des seidig blauen Himmels ab, grüne Blätter sprossen, und jeder Baum war ein Sammelplatz für Vögel, die wie Minnesänger zwitscherten. Ich hörte Susannas Vater kaum zu, der von dem Glanz Córdobas erzählte, damals, bevor die Christen es eingenommen hatten.

»Dreitausend Moscheen! Dreihundert öffentliche Bäder – wie wir sind die Moslems ein reinliches Volk. Du bezweifelst die Zahl? Dann sage ich dir die Bevölkerungszahl der Stadt: damals eine halbe Million! Gibt es nur ein Zehntel davon in London?«

»Schau, Vater!« Susanna unterbrach ihn. »Orangenbäume!«

Wir schauten, und die Wunder der Gegenwart ließen mich die vergangenen Schätze vergessen. Der Baum glänzte und leuchtete in der Sonne – weiße Blüten, helle, unreife Früchte, daneben aber schon die goldenen reifen Orangen, geheimnisvoll zwischen den glänzenden, immergrünen Blättern aufleuchtend.

»Oh, dieser Duft!« rief Susanna und ritt auf ihrem Maultier direkt in die Pflanzung. Ihre Augen waren geschlossen. Sie hob ihr Gesicht, um die Blätter zu streifen. Ich machte es auch so und ließ den Duft tief in meine Lungen strömen.

Von der Straße her rief ihr Vater ungeduldig: »Ihr werdet überall welche sehen! Wartet, bis ich euch die große Moschee des Kalifen gezeigt habe und den Hof der Orangenbäume! Hunderte stehen dort in Reihen wie die Marmorsäulen in der Moschee.«

Wir kehrten zu ihm zurück und setzten mit ein wenig Bedauern unseren Weg fort.

Salomon versicherte uns, daß die christliche Eroberung der Ruin Andalusiens gewesen sei. Städte und Länder waren unter der Herrschaft der kastilischen Könige zerfallen. Es sei im Sommer ein trockenes Land, sagte er, obwohl es jetzt nach Schnee und Regen schwer für uns zu glauben sei. Nur die Mauren, die sich an die afrikanischen Wüsten erinnerten, aus denen sie gekommen waren, würden wissen, wie kostbar Wasser war. Mit Zisternen und Dämmen, Schleusen und Kanälen hätten sie gelernt, es zu stauen und zu speichern, um es dann in den sengenden Sommertagen sparsam auszuteilen. Sie hätten Andalusien in einen riesigen Obst- und Blumengarten verwandelt. Würden wir auf unserem Weg nach rechts und links schauen, dann könnten wir jetzt sehen, wie das Land unter den neuen Herrschern gelitten habe. Die Kastilier verstünden nichts von Bewässerung.
Ich hörte höflich zu. Wenn man jung ist, muß man den Alten zuhören. Das gehört zum Preis, den das Leben verlangt.
Aber was, zum Teufel, dachte ich rebellisch, hatte das alles mit mir zu tun? Wie konnte man von mir erwarten, daß ich mich für die Wasserregulierung interessierte, wenn Córdoba vor uns lag und damit das Ende unserer Suche? Morgen vielleicht schon würden wir Ibn al-Razi finden. Ich könnte mich dann auf den Weg zurück nach England machen und hätte eine Flasche mit dem Goldenen Elixier für die Königin bei mir.
Ich war vorbereitet auf zukünftige Abenteuer und hatte mich mit dem Gedanken vertraut gemacht, daß es, wenn alles nach Plan verlief, den Abschied von Salomon, David und Susanna bedeuten würde. Ich war mir ganz sicher, daß, selbst wenn die Dankbarkeit der Königin einen Wandel im Herzen von König Edward bewirken könnte (was einem Wunder gleichkäme), sie

nicht nach England zurückkehren wollten. Susanna am allerwenigsten.

Die helle, reine Luft Andalusiens täuscht das Auge. Obwohl die weiße Stadt mit ihren vielen Bäumen so nah zu sein schien, waren noch Meilen zu reiten. Wir erreichten Córdoba erst, als die Tore geschlossen werden sollten und die untergehende Sonne das Wasser des Guadalquivir rot färbte.

Wie üblich ritten wir sofort zum jüdischen Viertel, das im entferntesten Teil der Stadt lag, zwischen dem königlichen Palast und der ehemaligen Moschee des Kalifen, nahe am Fluß. Es hatte einmal eine Zeit gegeben, so erzählte Salomon, in der die Juden praktisch die Geschäfte unter der Herrschaft der Mauren in Córdoba geführt hatten. Die Könige von Kastilien hatten ihren Einfluß gestützt. Immer noch mächtig und wohlhabend – und immer noch unersetzlich –, waren sie in ein Ghetto gezwungen worden. Benjamin hatte uns ein Einführungsschreiben für Samuel Scharada mitgegeben, einen ihrer führenden Kaufleute.

Ich muß sagen, daß es mir nach der unangenehmen Episode in Toledo ganz recht war, hinter dem zusätzlichen Schutz der Ghettomauern zu schlafen. Es war richtig, daß wir auf unserer Reise keine Zeichen einer Verfolgung gesehen hatten, und selbst wenn unsere Feinde uns dicht auf den Fersen waren, konnten sie uns doch nicht vor dem nächsten Tag einholen. Trotzdem fand ich das Ghetto beruhigend. Es war wie eine Festung.

Scharada war über Ibn al-Razi gut informiert. Der Doktor lebte zurückgezogen mit einer Enkeltochter auf der Nordseite von Córdoba. »Morgen früh«, versprach Scharada, »wird euch einer meiner Diener zu seinem Haus führen.«

Salomon sah ruhiger aus als in den letzten Tagen. Es war nicht überraschend. Der Ritt von Toledo hatte seine Kräfte strapaziert, und er war (so sagte er) zu alt für solche Abenteuer. Er war dankbar, daß jetzt ein Ende in Sicht war. Wenn er erst einmal mit Ibn al-Razi gesprochen hatte und der bereit war, die Medizin für die Königin zu liefern, dann hatte er sein Teil getan.

»Du wirst es nicht mißverstehen, Robin«, flüsterte er mir in einem ruhigen Moment zu, »wenn ich allein zu al-Razi gehe?«

»Natürlich nicht, Herr!« Ich versuchte, meine Enttäuschung nicht hörbar werden zu lassen. »Warum sollte ich?«

»Weil du von Anfang an ein getreuer Begleiter in dieser Angelegenheit gewesen bist – und weil du sie für mich vollenden wirst. Aber dieser erste Besuch bei dem Mauren ist ein wenig heikel.«

Ich mußte lachen. »Weil ein Arzt einen anderen um seine ganz eigene Medizin bittet?«

»Ach, al-Razi ist überhaupt nicht so! Ich bin sicher, er wird einverstanden sein. Aber, wie du sagst, es ist eine Angelegenheit zwischen uns beiden. Ich werde auch David nicht mitnehmen. Wenn alles erledigt ist, werdet ihr beide die Gute Schlange kennenlernen, die wir so lange gesucht haben! Vielleicht muß er dir mit der Medizin Anweisungen mitgeben.«

»Ich hoffe nur...«, begann ich und verstummte.

»Ja, Robin?«

»Daß es kein Risiko sein wird, wenn Ihr allein geht.«

»Unser freundlicher Gastgeber wird mir einen seiner Männer geben, der mir den Weg zeigen kann. Aaron kann auch mitkommen. Diener kann man vor der Tür stehenlassen, David und dich nicht. Ich weiß, was du denkst.«

»Es tut mir leid, Herr. Aber seit Toledo bin ich mißtrauisch geworden. Nicht wegen Pierre, es ist dieser Mönch Zapata. Irgend etwas Unheimliches ... Wenn man ihn einmal von nahem gesehen hat, wird man das Gefühl nicht los, daß alles möglich ist.«
»Ich werde vorsichtig sein. Und ich werde al-Razi ernsthaft warnen. Kein Zweifel, daß er von Zapata schon gehört hat und nicht überzeugt werden muß. Fühlst du dich jetzt besser?«
»Ja, Herr. Aber während Ihr zu ihm geht, werde ich zur Messe gehen – ich bin in letzter Zeit nachlässig geworden. Und ich werde der Jungfrau eine Kerze stiften und zu ihr beten, daß sie uns weiterhin beschützt.«
»Mach das«, sagte Salomon freundlich.
Und so stand ich am Morgen des nächsten Tages mit Susanna und David in dem berühmten Hof der Orangenbäume. Der große viereckige Innenhof mit den geraden Reihen schattenspendender blühender Orangenbäume lag vor dem Eingang zur früheren Moschee des Kalifen. Ich war auf dem Weg zur Kirche »Maria Himmelfahrt«, die jetzt den mittleren Teil des riesigen Gebäudes einnimmt. David und Susanna kamen nur als Besucher, und dafür gab es Grund genug, denn der Ort gehörte sicher zu den Wundern dieser Welt.
In den Zeiten der Moslems waren die unbemalten Wände der Moschee von Torbögen durchbrochen gewesen. Hinter ihnen wurden die Reihen der Orangenbäume durch Säulen fortgesetzt. Aber die Christen hatten die Bögen zugemauert, so daß die Wirkung verlorengegangen war. Doch auch so ist es ein Wunder geblieben. Man tritt aus dem sonnenüberfluteten viereckigen Hof mit seinen Alleen aus lebendem Grün und Gold in einen dunklen, geheimnisvollen Wald aus Säulen. Es sollen

Tausende sein, und wie die Bäume gleicht keine Säule der anderen. Es gibt rosafarbenen und grünen Marmor, Jaspis und Granit und rötlichen Porphyr. Manche Säulen sind glatt, andere spiralförmig gewunden. Anstelle des Laubes verzweigen sie sich in ihren Spitzen zu Bögen aus weißem Stein oder rötlichbraunen, hellen Ziegeln. Vor Generationen haben die Ungläubigen die Welt geplündert und diese Säulen in der Moschee gesammelt. Wer sich ein paar Schritte in das Gebäude wagt, der sieht die endlosen Reihen in jeder Richtung. Es ist leicht, sich vorzustellen, man hätte sich in einen echten Wald verirrt.

Im Herzen dieses Labyrinths kamen wir zu der kleinen Kirche. Sie war dunkel bis auf das Flackern der Kerzen, und ein Priester las die Messe für ein Häufchen kniender Schatten.

»Hier müssen wir uns trennen«, sagte ich leise. David und seine Schwester verabschiedeten sich flüsternd und stahlen sich davon. Ich ging vorbei an der hölzernen Trennwand, die mit Schnitzereien verziert war, in das flackernde Kerzenlicht und den Weihrauchduft, und gesellte mich zu den Betenden.

Bald war die Messe vorbei. »Ite, missa est«, verkündete der Priester. Diese Worte hatten in meinen Ohren eine doppelte Bedeutung. »Gehet hin, ihr seid entlassen.« Und in diesem Moment sprach Salomon mit Ibn al-Razi. Mit Gottes Hilfe war auch unsere Mission jetzt beendet, und bald würde es Zeit für mich sein, mich auf die lange Reise nach England zu begeben.

Ich blieb auf den Knien, während der Priester die heiligen Gefäße wegräumte und die winzige Gemeinde an mir vorüberging. Ich betete für den Erfolg des letzten Teils unseres Abenteuers und um den Schutz der Jungfrau Maria auf meinem Weg nach Hause. Ich gelobte, eine Kerze in der ersten Kirche zu stiften, die ich nach meiner glücklichen Rückkehr auf englischem Boden betreten würde.

Als ich meine Augen wieder öffnete, sah ich, daß ich jetzt ganz allein war. Selbst der Priester hatte seinen Ornat ausgezogen und war gegangen. Ich stand auf, bekreuzigte mich nochmals und ging zurück in das Zwielicht der leerstehenden Moschee. Ich zögerte einen Moment, versuchte mich zu erinnern, von welcher Seite ich mich diesem christlichen Hort genähert hatte. Wie ich schon sagte, man konnte sich in diesem Wald aus Marmor leicht verirren. Diese nicht endenden Alleen sahen alle beunruhigend gleich aus, und ich fühlte eine kindliche Furcht in mir hochkriechen, die ich mit zusammengebissenen Zähnen bekämpfen mußte.

»Sei kein Narr!« flüsterte ich mir tonlos zu. »Erinnere dich, woher die Sonnenstrahlen in den Hof der Orangenbäume fielen! Also kamst du von der Nordseite des Gebäudes. Und du weißt, wo Osten ist, wegen des Altars. Also...«

Ich ging in die Richtung, von der ich sicher annahm, daß dort der Ausgang war. Ich hatte den überwältigenden Drang, schnell zu gehen und auf Zehenspitzen zu laufen, obwohl kein Gottesdienst gestört werden konnte und ich in diesem Labyrinth der überbauten Alleen allein zu sein schien. War ich allein? Spielte es eine Rolle, welche Richtung ich einschlug? Ich warf rasch verstohlene Blicke nach rechts und links, während ich weiterging. Ich weiß nicht mehr, ob ich jemanden treffen wollte oder eher eine seltsame Angst verspürte.

Zweimal glaubte ich, Schritte neben mir zu hören. Zweimal stellte ich mir vor, als ich auf eine neue Reihe von Säulen blickte, daß ein Schatten hinter den hochaufragenden Marmor huschte. War es nur Einbildung? Die menschenleere Moschee spielte mir Streiche mit dem Echo und den blassen Spiegelbildern in den glänzenden, durch Generationen abgewetzten Steinen. Und – diese unangenehme Erkenntnis kam mir plötzlich – dieser Ort war zwar geweiht worden, aber ursprünglich war er das Werk der Ungläubigen, die dafür Säulen von den heidnischen Tempeln der gottlosen Griechen und Römer geraubt hatten. Gott allein wußte, welche Dämonen hier noch hausten!

Plötzlich stand ein Mann in Priesterkleidung in dem Gang, den ich entlanghastete. Er zumindest war keine Einbildung. Völlig unvernünftigerweise war ich dankbar. Ich rannte vorwärts, um zu ihm zu kommen. Sicher war er einer der Priester, die in der Kirche tätig waren. Wir waren noch zehn Schritte voneinander entfernt, da erkannte ich die Tracht der Dominikaner und das bleiche Gesicht darüber. Zapata!

Ich hörte auf zu laufen.

Er sagte nichts, sondern blieb auch stehen. Seine rechte Hand fuhr mit großem Schwung aus dem weiten Ärmel. Er schnippte mit den Fingern. Es war wie ein Signal, und in der bedrükkenden Stille des Ortes mußte es weit zu hören sein.

Ich drehte mich nach links und rannte los. Aber im Nu war mir der freie Ausblick verstellt. Mit gezogenem Schwert versperrte mir Pierres gedrungene Figur den Weg.

Ich bog nach rechts. Es war wie einer dieser Alpträume. Zuerst liegt ein Fluchtweg vor dir, frei und einladend. Aber gleich darauf – was du auch schon geahnt hast – ist er versperrt.

Jetzt war es Don Fernando, der zwischen zwei Marmorsäulen herausgeschlüpft war und mit weitgeöffneten Armen auf mich wartete. Auch er trug ein Schwert.

Ich zückte meinen Dolch, eine echte Toledaner Waffe, den Benjamin mir als Ersatz für meinen alten gegeben hatte. Aber ich wäre verrückt gewesen, seine kurze Klinge an der Waffe eines Edelmanns zu messen, also drehte ich mich auf der Stelle um und rannte in eine andere dieser glitzernden Alleen aus Stein.

Es nützte nichts. Von dort kam ein weiterer Mann auf mich zu. Ich kannte ihn nicht, aber seiner lauernden Haltung und dem Schwert in seiner Hand nach zu urteilen, gehörte er zu Zapatas Leuten.

Ich rannte wie wild zwischen den Säulen hin und her, blieb manchmal stehen, um mich mit angehaltenem Atem gegen die kalten Rundungen zu drücken. Dann wagte ich mich langsam und zögernd vorwärts, um zu sehen, ob es einen Fluchtweg gab.

Einmal war es Pierre, dann wieder Fernando, dann dieser andere Mann, dann die geflüsterten Drohungen des versteckten Mönchs, der nur ein paar Schritte entfernt sein konnte: »Hier entlang, ihr Idioten! Hier ist er gelaufen!«

Ich fühlte mich wehrlos wie ein König im Schachspiel. Von allen Seiten angegriffen, hetzte ich von Feld zu Feld, um das Matt zu vermeiden, das doch unvermeidlich schien.

Es waren zu viele von ihnen. Ich konnte nicht hoffen, zum Eingangstor zu kommen. Mittlerweile wußte ich schon gar nicht mehr, in welcher Richtung es lag.

Es gab aber eine andere Hoffnung, eine sehr ungewisse allerdings. Könnte ich zu der Mitte dieses unheimlichen Labyrinths

zurückkommen und Zuflucht im Schutz des Altars suchen? Bruder Zapata und seine Freunde würden es sich gut überlegen, bevor sie ein derartiges Sakrileg begingen und mich an dem höchsten christlichen Heiligtum in Córdoba ermordeten. Ich könnte dort bleiben, bis der Priester zum nächsten Gottesdienst erschien, und dann endete dieses mörderische Spiel, wie eine gewöhnliche Partie Schach, mit einem Remis.
Konnte ich mich auf solche Skrupel meiner Feinde verlassen? Schon oft waren Menschen von den Stufen eines Altars geschleppt und dann abgestochen worden wie Tiere... Aber in meiner Verzweiflung fiel mir kein anderer Ausweg ein.
Weit entfernt zwischen den engstehenden Säulen sah ich die Lichtpunkte, die mir zeigten, wo die Kirche war, in der ich die Messe gehört hatte. Die Lichter wirkten auf mich wie Sterne, die mir den Weg zeigten. Ich rannte. Um mich herum in der alten Moschee waren überall Schritte zu hören, echte und widerhallende, meine und die von anderen, als ob der Marmorwald im Regen rauschte.
Zapata mußte mein Vorhaben erkannt haben.
Er war vor mir dort, stand mit ausgebreiteten Armen zwischen mir und dem heiligen Ort und versperrte mir so den Weg. Wenn er bewaffnet war – und damit seinen heiligen Eid brechen würde –, so machte er doch keine Anstalten, seine Waffe zu ziehen. Er war unbestritten ein mutiger Mann. Er rechnete damit, daß ich es nicht wagen würde, meinen Dolch gegen einen waffenlosen Mönch zu benutzen. Ich könnte versuchen, ihn zur Seite zu stoßen, aber während wir miteinander kämpften, würden uns seine Kumpane längst erreicht haben.
»Aus dem Weg!«

Meine Stimme überschlug sich vor Verzweiflung und hallte aus allen Richtungen wider. Ich erkannte sie kaum.
Zapata blieb stehen. Seine Augen unter den buschigen Brauen waren weit aufgerissen. Er starrte mir ins Gesicht, als wollte er mich damit zwingen, langsamer zu werden und den Dolch zu senken.
Aus einer anderen Richtung kam eine Antwort, die so willkommen wie unerwartet war.
»Robin, wo bist du?«
Es war David.
»Hier!« brüllte ich und hörte auf zu laufen. Mit dem Rücken gegen eine der Säulen gelehnt, bereitete ich mich darauf vor, mich zu verteidigen.
»Paß auf!« warnte ich ihn. »Zapata ist hier – und Pierre – und...«
»Es ist gut. Wir kommen.«
So war es, und zu meiner Erleichterung waren sie eine ganze Gruppe, nicht nur David und Susanna, sondern auch Scharadas gutaussehender Neffe Daniel und Isaak, der Diener, der von Toledo mit uns gekommen war. Sie alle hatten ihre Waffen gezogen und kamen den Gang entlang, eine geschlossene kleine Gruppe. Susanna war in ihrer Mitte.
Ich schaute mich zu Zapata um, oder besser gesagt dorthin, wo er eben noch gestanden hatte. Jetzt war er verschwunden, genauso wie seine Freunde. Vielleicht standen sie auch hinter diesen gewundenen Säulen und überlegten, daß es wohl besser für sie sei, diese Geschichte nicht zu einem offenen Kampf werden zu lassen.
»Ich hatte so eine Ahnung«, sagte David.
»Aber...«, begann ich.

»Erst nach Hause«, sagte Daniel Scharada. »Rede lieber, wo man uns nicht belauschen kann.«
Ungewöhnlich leise entfernten wir uns. Von den Angreifern war immer noch keine Spur zu sehen. Erst als wir im Ghetto waren, begann David mit seinen Erklärungen.
»Mein Vater kam wohl zurück und bat Daniel, uns zu holen. Al-Razi ist nicht mehr in Córdoba.«
»Oh!« sagte ich. Die Enttäuschung drückte meine Stimmung nieder. Würde diese Irrfahrt nie ein Ende finden? »Aber Zapata ist da«, sagte ich verbittert.
»Offensichtlich.«
Als wir das Haus betraten, war Salomon dabei, sich mit unserem Gastgeber zu beraten. Susanna unterbrach sie und beschrieb ganz aufgeregt, wie sie mich gerettet hatten. »Daniel war wunderbar!« meinte sie. Ich konnte nicht so recht erkennen, wie sie darauf kam, aber es gab jetzt weit Wichtigeres zu besprechen.
Ibn al-Razi war vor einigen Wochen nach Granada gezogen.
»Ich wußte nichts davon. Es tut mir leid.« Scharada spreizte entschuldigend seine olivbraunen Hände. »Córdoba ist eine große Stadt. Und er lebte so zurückgezogen.«
Scharadas Informationsdienst funktionierte gut, wenn er wußte, wonach es zu forschen galt. Während der letzten Stunde hatte er herausgefunden, daß Zapata und sein Freund Don Fernando einen Tag vor uns angekommen waren. Wahrscheinlich hatten sie einen anderen Weg von Toledo genommen. Sie mußten wie die Teufel geritten sein.
»Sie fanden uns schnell«, schimpfte ich.
»Kein Problem, wenn ein Reisender im Ghetto absteigt«,

sagte Daniel, »man braucht nur einen Bettler, der das Ghettotor bewacht – und einen Bettlerjungen, der die Nachricht rasch überbringt.«
»Ich könnte schwören, daß man mir zu al-Razis Haus gefolgt ist«, sagte Salomon, »aber ich hatte meine Begleitung. Sie wagten nicht, mich bei Tageslicht auf offener Straße anzugreifen.«
»Und was jetzt?« fragte Scharada.
»Granada!« David kam seinem Vater zuvor. Salomon seufzte tief und nickte.
»So ist es. Ja, natürlich, Granada.«
»Es wird dich noch umbringen, Vater!« Susanna war heftig dagegen. »Du kannst doch nicht bis ans Ende der Welt jagen – weder für die Königin noch für diesen maurischen Doktor. Was bist du den beiden schuldig?«
Er lächelte schwach. »Auch ich bin ein Doktor, und es ist meine Pflicht, Leben zu retten.«
»Aber nicht so«, sagte Scharada. »Deine Tochter hat recht, mein lieber Salomon. Du bist nicht mehr jung genug für diesen Unsinn. Du bist erschöpft nach dem Ritt von Toledo hierher, da kannst du doch nicht gleich wieder hundert Meilen und mehr reisen.«
»Laß mich gehen, Vater.« David drehte sich um und schaute zu mir. Ich nickte begeistert. »Robin kommt mit. Gib uns einen Brief für al-Razi mit.«
»So ist es am besten, Vater«, meinte auch seine Schwester. »Du und ich, wir beide bleiben in Córdoba.«
Das sah der abenteuerlustigen Susanna so wenig ähnlich, daß ich sie rasch anschaute, um zu sehen, ob sie von der Reise erschöpft war. Ganz im Gegenteil! Dann wanderte mein Blick

zu Daniel Scharada mit seinen leuchtenden Augen und der gebogenen Nase, der ebensogut aussah wie Susannas Bruder.

Ich sah, daß Susanna bereit war, die Suche nach dem Goldenen Elixier aufzugeben und etwas Einfacheres und Näherliegendes zu erjagen. Und ich konnte nicht verhindern, daß ich eifersüchtig war.

Salomon ließ sich von uns allen überreden. Schnelligkeit war entscheidend. Er konnte es mit den entschlossenen Männern, die gegen uns standen, in dieser Hinsicht nicht aufnehmen.

»Aber warum sind sie überhaupt noch in Córdoba? Angenommen, sie wissen auch, daß al-Razi nach Granada gezogen ist, warum haben sie sich nicht längst auf den Weg dorthin gemacht?« fragte ich.

Scharada lächelte. »Du vergißt eines, junger Engländer.«

»Was denn, Herr?«

»Granada ist eine maurische Stadt. In Frieden mit Kastilien – mehr oder minder! Aber diese Herren aus Toledo können nicht einfach nach Granada reisen und so tun, als wären sie dort zu Hause. *Sie* sind dort die Fremden, die Ungläubigen. Selbst der gewiefte Bruder Zapata muß sich erst einmal etwas ausdenken, wenn er bis zu Ibn al-Razi kommen will.«

»Ich verstehe. Also war es für ihn am vernünftigsten, hier auf uns zu warten und uns aus dem Weg zu räumen.«

»Genau. Nachdem das erst einmal erledigt wäre, könnte er sich Zeit lassen und alle Möglichkeiten durchdenken.«

»Dann sollten wir uns gleich auf den Weg machen«, sagte David, »bevor er wieder etwas ausheckt.«

Keiner widersprach.

Scharada sagte, daß er einen vertrauenswürdigen Mauren kenne, einen jungen Mann namens Yussuf, mit dem er oft Geschäfte machte und der gerade in Córdoba sei und für ihn alles tun würde.

»Yussuf wird auf deinen Sohn aufpassen«, versicherte er Salomon. »Es kann ihm nichts Besseres passieren, als Yussufs Begleitung zu haben. Das ist ein großer Vorteil gegenüber diesen Christen aus Kastilien.«

»Wie schnell können wir ihn finden?« wollte David wissen.

»Ich schicke sofort nach ihm. Mit ein bißchen Glück seid ihr schon heute nachmittag unterwegs.«

In diesem Moment kam einer von Scharadas Dienern herein. Ganz nervös entschuldigte er sich für die Störung.

»Was gibt es, Migasch?«

»Da ist ein Offizier am Tor. Vom Alkalden.« Ich wußte, daß der Alkalde der oberste Stadtverwalter war. Die meisten christlichen Nationen würden ihn Bürgermeister nennen, aber hier hatten die Spanier, wie bei vielen anderen Dingen, den maurischen Namen beibehalten.

»Was will er?«

»Es ist eine Klage vorgebracht worden. Einige Eurer Gäste aus England haben einen Frevel in der Kirche ›Maria Himmelfahrt‹ begangen, indem sie eine bewaffnete Schlägerei anzettelten...«

»Das ist absurd!« rief Scharada und brach in Gelächter aus. »Und was erwartet man von mir?«

»Man fordert Euch auf, heute abend vor dem Alkalden zu erscheinen und die beiden jungen Herren mitzubringen, damit sie sich den Vorwürfen stellen können. Meister David ben Salomon und Meister Robert aus Oxford.«

Zapata hatte keine Zeit verloren und sich nicht einmal die

Mühe gemacht, die Namen unserer Begleiter in der Moschee herauszubekommen. Ihn interessierte Daniel Scharada nicht. Sein Plan bestand einfach darin, uns mit langwierigen Gerichtsverhandlungen aufzuhalten.

Unser Gastgeber begriff das so schnell wie ich. »Meinen Respekt dem Herrn Alkalden«, sagte er zu seinem Diener. »Erkläre dem Offizier, daß ich zur gewohnten Zeit beim Alkalden sein werde. Und« – jetzt schaute er Migasch direkt in die Augen und betonte jedes einzelne Wort –, »daß ich mit den beiden jungen Männern sprechen werde, sobald ich sie sehe.«

Der Diener zuckte nicht mit der Wimper, verbeugte sich und ging. Scharada stand auf. »Jetzt ist keine Minute zu verlieren«, sagte er kurz. »Ihr beiden müßt sofort gehen.«

»Aber – der Alkade?« Salomon sah besorgt aus. »Es kann großen Ärger für dich geben, wenn sie nicht mit dir kommen.«

»Mach dir um mich keine Sorgen. Migasch hat mich verstanden. Außerhalb dieser vier Wände wird niemand erfahren, daß dein Sohn und Robin noch nicht abgereist sind. Die Anklage ist lächerlich. Daniels Aussage wird reichen. Der Alkalde wird uns keine Schwierigkeiten machen.« Scharada kicherte. »Er schuldet mir zuviel Geld. Trotzdem würden die Formalitäten kostbare Zeit in Anspruch nehmen – verlaßt euch darauf, dieser Zapata kennt das Gesetz. Der Alkalde muß einen Dominikanermönch anhören, der sich in einer religiösen Angelegenheit über einen Juden beschwert. Nein, wenn sie nach Granada wollen, müssen sie sich sofort auf den Weg machen.«

»So wie wir Zapata kennen«, sagte David, »wird er nichts außer acht gelassen haben. Jemand wird das Ghettotor bewachen.«

»Natürlich.«
»Dann werden wir angesprochen und aufgehalten werden, wenn...«
Scharada lächelte. »Es gibt geheime Wege, das Ghetto zu betreten und es wieder zu verlassen – mein junger Neffe wird sie euch besser zeigen können als ich. Die Behörden erklären uns immer, daß diese Mauer zu unserem eigenen Schutz sei, nicht dazu, uns wie Gefangene darin zu halten.«
»Drei Wege kenne ich, um rein- und rauszuschlüpfen«, sagte Daniel mit einem Grinsen, und Susanna schaute ihn bewundernd an.
»Aber es ist noch ein weiter Weg nach Granada.« Salomon war immer noch besorgt, und die Eile, mit der alles geschah, verwirrte ihn sehr. »Sie werden frische Pferde brauchen – und ich muß ihnen Geld geben und einen Brief an al-Razi entwerfen...«
»Nicht jetzt«, sagte Scharada entschieden. »All das kann noch erledigt werden – hinterher.«
»Hinterher?«
»Ja«, der Kaufmann wandte sich an uns. »Erst müßt ihr zwei aus der Stadt sein. Zu Fuß. So wie ihr seid. Yussuf wird nachkommen, wenn ich alles erledigt habe. Er kann euch Pferde bringen und was ihr sonst braucht. Paßt jetzt gut auf. Ihr geht über die Brücke – sie ist genau unterhalb der Moschee – und folgt der Straße etwa drei Meilen.«
»Drei Meilen«, wiederholte David und nickte.
»Ihr werdet zu einem Zypressenhain kommen, auf der linken Seite. Sucht nach einem alten Stein am Wegrand, in den lateinische Zeichen und Zahlen eingraviert sind. Er ist noch aus der Zeit, als die Römer in Spanien regierten – sie nannten ihn

einen Meilenstein, und er gab die Entfernung von einer Stadt zur nächsten an. Wartet dort, und laßt euch nicht blicken. Die Bäume werden euch schützen. Es kann einige Stunden dauern, bis Yussuf bei euch ist.«
»Wie werden wir ihn erkennen?«
»Oh, er ist jung, groß, hat einen schwarzen Bart und einen Turban auf dem Kopf. Er reitet normalerweise ein graues Pferd, einen dieser Berberhengste, die in dieser Gegend sehr häufig sind. Und er wird Pferde für euch führen. Wenn ihr seht, daß jemand näher kommt, der so aussieht, zeigt euch neben dem Meilenstein. Yussuf wird sich zu erkennen geben.«
Unsere Verabschiedung ging rasch. Scharada gab uns eine Flasche Wein, einen Laib Brot und getrocknete Feigen, die uns die verpaßte Mahlzeit ersetzen mußten. Dann sagte Daniel, er würde uns jetzt zeigen, wo wir über die Ghettomauer schlüpfen sollten.
Susanna drückte ihren Bruder heftig. Ihr Abschied von mir war viel weniger gefühlsbetont, ohne einen dieser herzlichen Küsse, mit denen die Engländer so freigebig sind, mehr als Angehörige jeder anderen Nation, denen ich begegnet bin. Es war sicher nicht ihre Schüchternheit, sie hätte sich auch nicht sehr um die Mißbilligung ihres Bruders gekümmert. Ich glaube, in den letzten vierundzwanzig Stunden hatte ihr Interesse an mir entschieden nachgelassen.
»Paßt gut auf euch auf«, wies sie uns an, »und kommt heil zurück. Vater und ich werden hier auf euch warten.«
Wenn die Entscheidung bei ihr lag, so würde es auch so sein, da war ich ganz sicher.
Salomon umarmte kurz seinen Sohn, küßte ihn auf die Stirn

und murmelte einen Segensspruch. Von mir verabschiedete er sich in gleicher Weise.
Wir verließen das Ghetto so einfach wie unbemerkt. In einem der vielen ruhigen Corrales, diesen kleinen Viehhöfen, die an mehrere Häuser grenzten, stand ein alter Baum. Seine knorrigen grauen Äste hingen über die Mauer. Daniel zeigte uns den Ast, der für unsere Zwecke am geeignetsten war, und wir stiegen hoch. Es war nur eine kurze Kletterpartie zwischen dem Blattwerk, das uns verdeckte, ein Sprung, und dann rutschten wir in einige Lilien auf der anderen Seite.
Wir spazierten ganz lässig zum Fluß hinunter und genauso lässig über die Brücke. Sie war endlos lang und wirkte durch die stärker werdende andalusische Sonne, die uns ins Gesicht schien, und die Augen der unsichtbaren Beobachter, die sich (in meiner ängstlichen Einbildung) in unsere Schultern bohrten, noch länger. Sechzehn Bögen. Ich zählte sie, um mich abzulenken. Der Guadalquivir ist ein großer Fluß, vielleicht zwei- oder dreihundert Yards breit.
Niemand versuchte, unsere Abreise zu verhindern. David hatte seinen gelben Hut abgenommen. Sehr bald, sagte er, würden wir die maurischen Gebiete erreichen. Dort wäre er nicht gezwungen, Rasse und Religion durch seine Kleidung auszuweisen. Wir sahen wie gewöhnliche junge Männer aus, die über Land gingen. Nach den wochenlangen Reisen durch Spanien bei Wind und Wetter war ich braun gebrannt wie ein Spanier.
Wir erreichten den Zypressenhain, bevor die Mittagshitze einsetzte. Da stand der römische Meilenstein, eine kurze Säule, auf der die Namen der Straßen und die Entfernungen standen.

Cordvba, Hispalis und *Illeberis*, wie in der Antike Sevilla und Granada genannt worden waren.

»Eine gute Idee«, sagte David, »wir könnten heute auch Meilensteine gebrauchen.«

Wir streckten uns im Schatten dieser sonderbaren spitzen, dunklen Bäume aus, die aussahen wie eingerollte Banner. Wir aßen Feigen, spuckten die Kerne auf den Boden und ließen die kleine Flasche hin und her wandern. Jetzt war es wirklich heiß. Dieser andalusische Frühling war wie ein englischer Sommer. Wir mußten uns alle Mühe geben, nicht einzuschlafen.

Plötzlich fühlte ich, wie David mich am Arm schüttelte.

»Das sieht nach unserem Mann aus! Ein Turban, ein graues Pferd, und er führt zwei weitere Pferde... Los, komm!«

Ich stand mühsam auf, blinzelte in das grelle Licht und folgte ihm zu dem Meilenstein.

Der junge Reiter zog am Zügel und lächelte zu uns herab.

»Salam«, sagte er.

»Salam«, erwiderten wir.

»Ich bin Yussuf. Wählt euer Pferd und steigt auf. Wir müssen heute noch so viele Meilen wie möglich zurücklegen.«

Wir waren bereit. Wir nahmen uns nicht einmal die Zeit, um die Steigbügel länger zu machen, sondern ritten mit angezogenen Knien wie der Maure. So machten wir uns auf den Weg nach Granada, ein Christ, ein Jude und ein Ungläubiger, doch die besten Freunde vom ersten Moment an.

Die Stadt ohne Glocken

»Wir müssen heute und morgen scharf reiten«, rief Yussuf aus einer Staubwolke heraus, »dann wird die Gefahr – mit Allahs Hilfe – vorüber sein.«

Die Berberpferde waren ideal für unseren Zweck. Sie waren klein und leicht gebaut, sehr ausdauernd und schnell, ungeeignet für Ritter in Rüstungen, aber perfekt für David und mich, die wir beide noch nicht ganz ausgewachsen waren.

David ritt einen Grauen namens Hamama, »die Taube«. Für mich blieb Mansour, »der Siegreiche«, ein brauner Wallach mit weißen Tupfen und einer schwarzen Mähne, die wie eine kleine Fahne im Wind flatterte. Ein schönes Tier... Ich habe nie, weder vorher noch nachher, ein schöneres Pferd geritten.

Yussuf sprach fließend Spanisch, aber wir hatten kaum Zeit, uns zu unterhalten. Wir donnerten voran, meist einer hinter dem anderen, und hatten uns zum Schutz gegen den erstikkenden Staub Tücher vor den Mund gebunden. Wir machten selten Rast, und wenn, dann nur für ein paar Minuten. Yussuf erlaubte den Pferden nur einen kleinen Schluck Wasser und achtete streng darauf, daß sie nicht zuviel tranken. Er lächelte, als David und ich bei der ersten Gelegenheit unsere Steigbügel anpaßten.

Die Mauren können sich nicht vorstellen, warum wir nördlichen Völker mit gerade herunterhängenden Beinen reiten und nicht mit hochgezogenen Knien, wie sie es tun. Aber beide Seiten sind davon überzeugt, daß nur sie wissen, wie man richtig auf einem Pferd sitzt, und keiner wird je den anderen

überzeugen. Ich habe aber – und nicht nur hierin – meine Zweifel, ob die Mauren nicht klüger sind als wir.
Yussuf kannte den Weg gut, auch den Namen jeder Burg auf den Bergen und von jedem Fluß, der sich unterhalb davon entlangschlängelte. Sein Vater war Kaufmann in Granada und schickte ihn oft der Geschäfte wegen nach Córdoba. Samuel Scharada war ein sehr wichtiger Kunde, und Yussuf war ohne Zögern bereit gewesen zu helfen.
Wir verbrachten die erste Nacht als Gäste des Vorstehers eines kleinen Dorfes mit weißgetünchten Häusern, das auf einem Hügel lag. Alle Bewohner waren Mauren, obwohl wir noch weit innerhalb des Gebiets waren, das Kastilien vor fünfzig Jahren erobert hatte. Sie zahlten ihre Steuern und Abgaben an die neuen christlichen Herren, aber ansonsten ging das Leben seinen gewohnten Gang.
»Tausende unserer Leute strömten nach Granada, als Córdoba und Sevilla von den Spaniern eingenommen wurden«, erklärte Yussuf, »aber es gab nicht genug Land für alle. Der Rest mußte sich entscheiden. Sie konnten nach Afrika fliehen – oder ihr Haupt vor dem König von Kastilien beugen und auf bessere Zeiten hoffen. Wer weiß?« Seine dunklen Augen funkelten. »Wenn es Allahs Wille ist, werden wir dieses Land zurückerobern. Dann wird es wieder Kalifen in Córdoba geben!«
Wir aßen mit den Männern der Familie zu Abend. Alle saßen auf Ziegenfellen und griffen mit der rechten Hand in eine große Schüssel. David, stellte ich fest, aß nach kurzem Zögern mit. Wie er später zugab, nahm er es nicht bis ins kleinste so genau mit dem Gesetz. Er bemühte sich, von den gemischten Speisen, die uns angeboten wurden, das Fleisch nicht zu essen, und wußte auch, daß kein Schweinefleisch dabeisein konnte,

weil für Moslems wie für Juden Schweine unreine Tiere sind.
Einige ihrer Bräuche, so schimpfte er später, seien weniger annehmbar. Wir tranken einfaches Wasser, denn der Prophet Mohammed hatte Wein verboten, und wir sahen die Tochter unseres Gastgebers nur für einen flüchtigen Augenblick. Häßliche alte Frauen servierten das Essen. Keine Frau setzte sich, um mit den Männern zu speisen oder um sich an der Unterhaltung zu beteiligen.
Wir schliefen auf Teppichen, die für uns auf dem schrägen Boden einer Nische im Hauptzimmer des Hauses ausgebreitet wurden. Wir entdeckten, daß Susanna unsere Satteltaschen mit viel Verstand gepackt hatte (dafür sei sie gepriesen). Sie enthielten extra Kleidung und alles Notwendige für ein, zwei Wochen.
»Und der gelehrte Arzt Salomon bat mich, euch dies zu geben«, sagte Yussuf und reichte David ein Bündel mit Briefen und einen prall gefüllten Geldbeutel.
Die klirrenden Münzen beruhigten uns sehr. Wir waren mit fast leeren Händen davongelaufen. Sosehr wir uns auch auf Yussuf verlassen konnten – es war doch gut zu wissen, daß wir jetzt eigenes Geld hatten.
David starrte im schwachen Licht der Lampe auf die Briefe.
»Dieser hier ist für dich, Robin.«
Ich nahm den Brief und öffnete ihn. Salomon hatte in großer Eile geschrieben, auf einem Papier, wie es allgemein in Spanien benutzt wird. Die Mauren fertigen es aus Pflanzenfasern, und es ist billiger als Pergament. Das ist einer der Gründe, warum sie so viele Bücher und Bibliotheken haben.

Es tat mir gut, von Salomon einen Brief zu bekommen. Ich konnte ihn vor mir sehen, wie er gegen die Zeit anschrieb – einen Brief an Ibn al-Razi, einen für seinen Sohn, einen dritten an einen jüdischen Kaufmann in Granada, der – falls notwendig – David weiteres Geld leihen würde. Und währenddessen war Susanna mit Packen beschäftigt, und die Diener suchten in der Stadt nach Yussuf.

Ich bin traurig, daß wir in solcher Hetze auseinandergehen mußten – Salomon hatte auf lateinisch geschrieben –, *denn Du weißt, daß Du für mich seit dem Tag, als wir uns in Sherwood trafen, wie ein eigener Sohn gewesen bist. Doch – wenn Gott es so will, daß Du al-Razi findest und die Medizin für die Königin bekommst – ist es das beste, keine Zeit zu verlieren und kein weiteres Risiko einzugehen. Komm also nicht nach Córdoba zurück. Vielleicht ist es am klügsten, das Gebiet von Kastilien ganz zu meiden. Don Samuel sagt, Du könntest sicher von einem der maurischen Seehäfen, etwa Gibraltar, ein Schiff nach Lissabon in Portugal nehmen und dann ein anderes direkt nach England. Entscheide selber, was richtig ist. Wenn Du die Königin siehst, entbiete ihr meinen untertänigen Gruß. Bitte sie, den König zu fragen, warum weder David noch ich selber diesen Auftrag zu Ende bringen können. Keine Zeit weiterzuschreiben. David wird Dir Reisegeld geben. Gott segne Dich, Salomon.*

Ich gab David den Brief. »Es scheint«, sagte ich und spürte ein seltsames Zittern in meiner Stimme, »daß ich deinen Vater nicht wiedersehen werde – und Susanna auch nicht.«

»Es ist aber am besten so.«

»Zweifellos.«

Ich schaute auf meinen Freund, konnte aber keine Regung

erkennen, denn im Licht der Lampe konnte ich sein Gesicht kaum sehen. Meinte er, es wäre das beste, nicht nach Córdoba zurückzukommen, weil ich so möglichen Ärger mit Zapata vermeiden konnte oder damit ich seine Schwester nicht wiedersah?

Er hätte sich keine Sorgen zu machen brauchen.

»Du wirst rasch nach Córdoba zurück müssen«, sagte ich spitz, »oder du verpaßt Susannas Hochzeit.«

Er lachte, sagte aber nicht, ich solle aufhören, Unsinn zu reden.

»Ich glaube, nicht einmal meine durchsetzungsfähige kleine Schwester wird so schnell bekommen, was sie will. Aber ich weiß, was du meinst. Ich bin nicht blind. Und es wäre am klügsten, wenn mein Vater und Scharada zu einer klaren und vernünftigen Vereinbarung kämen. Aber wenn es nicht Daniel ist, dann ein anderer. Es gibt so viele von unserem Volk in Córdoba. Hauptsache, sie heiratet jemanden von uns.«

»Ich bin sehr müde«, sagte ich und schob ein Kissen unter meinen Kopf. »Ich werde jetzt schlafen.«

Ich lag zwar noch lange wach, hatte aber wenigstens meine Ruhe.

Mit dem ersten Tageslicht ritten wir los, direkt in den Sonnenaufgang hinein, der vor uns über einem schwarzen welligen Bergkamm aufflammte. Wir waren jetzt im Grenzland zwischen den christlichen Besitzungen und dem Königreich Granada. Hier hatte die Flut der kastilischen Eroberung Einhalt gefunden. Ein unsicherer Frieden brütete über dem Grenzgebiet, oft von kleinen Feldzügen und Aufruhr unterbrochen, so wie es auch in den umstrittenen Gegenden zwischen Schottland und England passiert.

Alle Burgen und Wachtürme hatten das gleiche maurische Aussehen, aber während der ersten Meilen erklärte Yussuf, daß sie in der Hand der Christen wären. Endlich, nachdem wir durch einen steinigen Fluß gewatet waren und wieder auf den Pferden saßen, die den Hügel emporkletterten, sagte er mit einem Lächeln: »Gut, jetzt können wir ein wenig ausruhen.«

»Sind wir jetzt in deinem Land?« wollte David wissen.

Yussuf drehte sich im Sattel um, und sein Lächeln war verschwunden. Seine Augen funkelten zornig. »Es ist alles unser Land. Eines Tages werden wir es – mit Allahs Hilfe – zurückerobern. Aber ich weiß, was du meinst – ja, wir haben den Teil verlassen, der uns gestohlen wurde.«

»Ich wollte dich nicht beleidigen«, sagte David mit der Sanftmut seines Vaters. »Mein Volk hat seit tausend Jahren kein Land, das es sein eigen nennen kann.«

Yussuf machte eine Handbewegung, die zeigte, daß die Angelegenheit im Geist der Freundschaft erledigt sei. Auf der Anhöhe zügelte er sein Pferd und schaute zurück, wie er es schon viele Male getan hatte. Der Weg hinter uns, der in Windungen zum Fluß hinabführte, war menschenleer.

»Gut«, sagte er und tätschelte den Hals seines Hengstes. »Gut gemacht, Aatik.«

»Alle deine prächtigen Pferde haben es gut gemacht«, sagte ich. Yussufs weiße Zähne wurden sichtbar, und ich wußte, daß ich das Richtige gesagt hatte.

Als wir weiterritten, wurde klar, warum die Mauren ihr Königreich Granada als den Garten Spaniens bezeichnen. Wäre es das nicht schon gewesen, dann hätten sie es dazu gemacht, nachdem die christlichen Ritter sie in diese letzte und lieblichste Ecke der spanischen Halbinsel verdrängt hatten. Jedes Stückchen Erde mußte bestellt werden, um die bestmögliche Ernte hervorzubringen, und durch die vielen Flüchtlinge aus den anderen Teilen Andalusiens fehlte es nicht an willigen Arbeitern.

An diesem Tag ritten wir nur durch gepflegte Weinfelder und Obstgärten mit Orangen- und Zitronenbäumen. In der roten Erde schimmerten in schwachem Grün die Maisblätter und silbergrau die Sprosse der Olivenbäume. Yussuf zeigte auf Pflanzungen von Maulbeerbäumen, die aufgezogen wurden, weil der Seidenwurm sich von deren Blättern ernährt, und auf die hohen Zuckerrohrstengel, deren Saft honigsüß ist und zu Zucker verkocht wird, den wir für teures Geld nach England einführen. Dann gab es noch Feigenbäume, Granatapfelbäume, um die herum leuchtendrote Blumen wuchsen, und noch vieles andere, an das ich mich nicht mehr erinnern kann.

Gegen Abend, als wir uns eine Steigung hinaufkämpften, hielt Yussuf an und ließ uns neben sich halten.

»Schaut«, sagte er liebevoll, »der ewige Schnee.«

Er zeigte in die Ferne auf die Erhebungen des Gebirges, das in Spanien Sierra Nevada genannt wird, das »Schneebedeckte Gebirge«. Meile um Meile spiegelten seine Gipfel die untergehende Sonne wider.

»Immer, immer – selbst im heißesten Sommer – liegt Schnee dort oben!«

Ich wunderte mich, daß er so zufrieden dabei klang. Für einen Engländer ist Schnee kein Anlaß zu Jubel, und je höher ein Gebirge, um so fürchterlicher ist es für uns. Aber, wie ich bald verstand, hängen die Mauren von der Sierra Nevada ab, die in den regenlosen Monaten die Flüsse bewässert. Die fruchtbare

Ebene von Granada – die Vega, wie sie sie nennen – bleibt grün nur durch unermüdliche Arbeit, die das Wasser durch künstliche Bäche fließen läßt, quer durch die staubige Erde. Geduldige Ochsen und Pferde trotten pausenlos im Kreis und bewegen die Eimer, die für das Fließen des Wassers sorgen. Mögen die Mauren das Land lange behalten, das sie so gut pflegen, auch wenn sie Ungläubige sind und bleiben!
»Morgen werden wir die Stadt erreichen«, versprach uns Yussuf, »und wir werden nicht zu spät kommen.«
Wir mußten das mörderische Tempo der ersten vierundzwanzig Stunden verringern. Selbst diese zähen, kleinen arabischen Pferde konnten nicht immer so weiterlaufen, und Yussuf sah keinen Grund, seine geliebten Tiere bis zur Erschöpfung anzutreiben. Ich glaube, er war amüsiert über meine Befürchtungen, die ich nie ganz loswerden konnte.
»Dieser Zapata – und dieser Pierre«, sagte er, »sie sind doch nur Menschen?«
»Natürlich, aber...«
»Du redest, als wären sie böse Geister, die durch die Luft fliegen und ihre Gestalt verändern können.«
Ich antwortete ziemlich eingeschnappt: »Ich weiß nur, daß sie entgegen jeder Erwartung vor uns in Córdoba waren!«
»Das ist verständlich«, mischte sich David ein. »Es gab einen anderen Weg von Toledo. Und wir mußten uns nach der Geschwindigkeit meines Vaters richten.«
»Ich schwöre euch«, sagte Yussuf, »dies ist die kürzeste Strecke nach Granada. Zeigt mir Pferde, die es mit diesen aufnehmen können! Vergiß deine Furcht, Robin. Morgen werden wir nach Granada kommen, und wenn diese bösen Männer uns dorthin folgen, dann wehe ihnen! Dies ist nicht das

Land des Königs von Kastilien, hier ist das Reich König Mohammeds.«
Er hatte natürlich recht. Ich sagte mir das auch. Aber er hatte nicht den panischen Schrecken dieses unglaublichen Versteckspiels zwischen den Säulenreihen von Córdoba erlebt. Und auch nicht auf den Tod in der zerfallenen Mühle über dem donnernden Tajo gewartet.
Obwohl ich erschöpft von der Reise war, schlief ich in dieser zweiten Nacht unruhig und hatte beklemmende Träume. Dankbar wachte ich in der grauen Dämmerung auf und hörte den schrillen Gesang des Muezzins vom Minarett, der die Leute zum Gebet rief. Yussuf kauerte in Richtung Mekka, David zog ein Kettchen an und begann ein wenig abseits seine eigenen Gebete. Ich kniete nieder und betete ein rasches Vaterunser. Dann war es Zeit, unsere Pferde zu satteln und uns auf den Weg zu machen.
Einige Stunden später konnten wir den ersten atemberaubenden Blick auf die maurische Hauptstadt werfen. Ihre riesigen viereckigen roten Türme schienen in der dunstigen Hitze über dem Grün der Vega zu schweben.
»Schaut!« rief Yussuf. »Habe ich es nicht versprochen? Granada!«
Die Stadt erstreckte sich über zwei Hügel, zwischen denen in einer tiefen Schlucht der Darro floß, der sich mit einem anderen Fluß vereinigte, dem größeren Genil, der die schneekalten Wasser von der Sierra Nevada führte, die sich überall sichtbar im Hintergrund erhob.
Die Stadt ist kleiner als Córdoba – aber immer noch viermal größer als London –, doch sie profitiert von der majestätischen Lage auf den rötlichen Felsen vor dem Blau des andalusischen

Himmels. So erinnere ich mich an Granada – kühne, helle Farben, blauer Himmel, weißer Schnee, grüne Gärten und das warme Rot der Felsen, Mauern und riesigen Türme.

Die Stadt war voller Minarette und verschieden geformter Kuppeln. Etwas war eigenartig, aber als ich darüber nachdachte, doch nicht mehr: Wohin ich auch schaute, ich konnte keinen Kirchturm entdecken.

»Ist es nicht wunderschön?« wollte Yussuf immer wieder wissen, als wir die Randgebiete der Stadt erreicht hatten. Die königliche Festung – die Alhambra oder »Rote Burg« – schien, zusammen mit den höhergelegenen Stadtteilen, vor uns in der Luft zu schweben. »Du sagst nichts, Robin! Woran denkst du?«

»Es ist merkwürdig«, sagte ich langsam. »Diese Stille.«

»Diese Stille?«

»Mir ist gerade eingefallen, daß für uns heute ein Feiertag ist, zu Ehren eines unserer größten Heiligen. Es scheint so sonderbar. Diese herrliche Stadt, aber keine einzige Glocke ist zu hören!«

Yussuf sah entsetzt aus.

»Bei Allah, so soll es auch sein! Der Koran verbietet Glocken. Du wirst in ganz Granada keine einzige finden.«

»Wollen wir hoffen, daß wir al-Razi finden«, sagte David ein wenig ungeduldig und brachte uns so zu den naheliegenden Dingen zurück.

»Amen!« murmelte ich. Und wir ritten durch das äußere Tor in die Stadt ohne Glocken, dann den Berg hinauf zu den roten Türmen von Granada.

Das Mädchen in Hosen

David und ich waren entschlossen, keine Sekunde zu verlieren. Wir schlugen Yussufs Einladung in sein Haus aus. Das mußte mit größtmöglichem Takt geschehen und beanspruchte unser spanisches Vokabular aufs äußerste, denn wie die meisten Mauren war er empfindlich und stolz. Aber ich glaube, er verstand, warum wir nicht ruhen konnten, bis wir al-Razi gefunden hatten.

Es war Nachmittag. Obwohl es noch früh im Jahr war – zu Hause in England würde der Boden noch gefroren sein und der Frühling erst seine ersten Spuren zeigen –, schlummerte diese südliche Stadt in der Hitze. In den Basaren war kaum ein Wort zu hören. Die Waren baumelten gleichgültig in den Türrahmen: Teppiche und Felle, Töpfe und Pfannen, Rundschilde und gebogene Schwerter mit herrlichen emaillierten Griffen und andere feine Waren jeder Art, denn Granada ist bekannt für seine Handwerkskunst. Aber zu dieser Stunde wurden keine Geschäfte gemacht. Die Händler hatten sich in die schattigen Eingänge zurückgezogen und öffneten kaum ein Auge, als wir die gewundenen Straßen entlangliefen.

»Der Jennat al-Arif ist oben auf dem Berg«, erzählte uns Yussuf. »Ein wenig oberhalb der Alhambra.«

Wir hatten von Salomon noch die Information bekommen, daß al-Razi von einem maurischen Edelmann, der eine hohe Stellung am Hofe hatte, dort ein Haus eingerichtet worden war.

Yussuf sagte, dies könne gut sein. Der Jennat al-Arif war ein kleiner Sommerpalast, inmitten eines herrlichen Gartens erbaut. Der Herrscher war während der heißen Monate lieber dort als in der Roten Burg. Verschiedene Gebäude standen um den Palast herum und wurden von Hofleuten bewohnt, die in der Gunst des Herrschers standen. Was wäre natürlicher oder hochherziger, als dort für einen gebildeten und ehrenwerten Arzt wie Ibn al-Razi eine Unterkunft zu schaffen, damit er seinen Lebensabend friedlich bei den Anhängern des Propheten Mohammed verbringen konnte und nicht unter christlicher Herrschaft.

Und wie vernünftig, das Geschenk anzunehmen, dachte ich, während wir uns mit dem steilen Weg abmühten, der zu unserem Ziel führte.

Weit unter uns breitete sich die Ebene wie ein grüner, buschiger Teppich aus. Noch mehr Grün war über uns, Grün in jeder Schattierung, von fast schwarz bis silbergrau oder gold – Eiben und Zypressen, Fliederbäume, Hecken und gestutzte Myrten und gruppenweise stachlige Kakteen. Und überall war Wasser, es spritzte in winzige Zierbrunnen, platschte in fliesenbelegte Becken und strömte dann kristallklar den Berg hinunter. Die Mauren lieben Gärten, und Wasser fasziniert sie besonders, weil sie nicht vergessen können, daß ihre Vorfahren aus der Wüste kamen. Auf dem stufenförmigen Hang über ihrer Stadt haben sie einen Garten Eden geschaffen, um den Adam sie beneiden würde.

Ich sah und bewunderte all das nur mit halber Aufmerksamkeit. Es ist leicht vorstellbar, daß andere Gedanken sich auf diesem allerletzten Teil unserer Reise in den Vordergrund drängten.

War das wirklich das Ende der Suche? Ich wagte nicht daran zu glauben, bis ich die »Gute Schlange« mit eigenen Augen gesehen hatte. – Ein Gärtner zeigte uns die Richtung. Ein verschlafener Türhüter ließ uns in einen Hof, der im Schatten von Feigenbäumen lag. Er zeigte auf ein kleines Haus in der entferntesten Ecke. Wir stiegen ab. Yussuf ging vor uns die Stufen hinauf.

Ein Schwarzer kam an die Tür. Er war ein Riese von einem Mann, nackt bis hinab zu seiner purpurnen Schärpe und den weiten weißen Hosen. Sein Brustkorb glänzte wie eine schwarze Rüstung.

»Hakim Ibn al-Razi? Ja.« Wie mein Herz bei diesem einen Wort schlug! »Aber der Meister ruht um diese Stunde. Ist es dringend?«

»Das ist es«, sagte David und bewegte sich vorwärts.

Der Sklave blieb an seinem Platz und füllte die Türöffnung bis zum hufeisenförmigen Bogen aus. »Es gibt andere Ärzte«, sagte er stur. »Mein Meister behandelt nur noch wenige Patienten; er ist alt, er hat sich von der Arbeit zurückgezogen...«

»Du irrst dich«, unterbrach ihn Yussuf scharf. »Wir sind nicht krank. Aber diese jungen Herren bringen deinem Meister einen wichtigen Brief. Aus Córdoba.«

»Aus Córdoba?« wiederholte die Stimme eines Mädchens. »Was gibt es, Kafur? Was wollen sie?«

Der Schwarze trat zur Seite, und das Mädchen kam heraus. Ich glaube, wir waren alle verblüfft. Yussuf muß entsetzt gewesen sein, denn sie war nicht verschleiert, wie es anständige moslemische Frauen sind, obwohl sie etwa fünfzehn war und wissen sollte, was sich gehört. Für mich war der fehlende Schleier kein Grund zur Klage. Wenn ich blinzelte, dann deshalb, weil sie ganz anders als alle Mädchen aussah, die ich auf meiner Reise gesehen hatte.

Sie hatte langes schwarzes Haar, wie es bei Mauren üblich ist, aber ihre Haut war sehr hell, und ihre Augen – aufregend strahlend – waren so blau, wie sie bei englischen Mädchen nicht blauer hätten sein können. Ich weiß jetzt, daß über Jahrhunderte hinweg Mischehen dafür gesorgt haben, daß helle Haut und blaue Augen bei den Mauren in Spanien nicht ungewöhnlich sind; damals wußte ich es nicht.

Sie war fast so groß wie ich und schlank. Ihre fröhlich bestickte kleine Jacke zeigte es, auch wenn der Rest von ihr in ähnlich weite Hosen wie die des Schwarzen gehüllt war. Die Hose – aus zartem Musselin – endete an kleinen bloßen Knöcheln und goldfarbenen Pantoffeln, die an der Spitze nach oben gebogen waren wie ihre Nase.

Yussufs Lippen bogen sich in gleicher Richtung. Er war von ihrer Schönheit nicht geblendet und machte kein Geheimnis aus seiner Mißbilligung. Er sagte knapp: »Junge Frau, wir haben Geschäfte mit dem erlauchten Hakim Ibn al-Razi zu erledigen. Sie dulden keinen Aufschub.«

»Sie müssen warten«, erwiderte sie. »Ich kann meinen Großvater nicht belästigen, während er ruht. Er ist sehr alt und bei schlechter Gesundheit. Ich muß auf ihn achtgeben.« Sie lachte. »Aber ihr könnt hereinkommen und warten, bis die Stunde vorüber ist.«

Der Schwarze führte unsere Pferde weg. Wir folgten dem Mädchen in den Hauptraum des Hauses. Dort war ein rundes Becken, und ein einziger Wasserstrahl schoß in die Höhe. Sie winkte uns zu den Kissen, die auf dem Boden verstreut lagen. Sie zeigte auf die Sanduhr und sagte: »Seht ihr? Die Hälfte vom Sand muß noch nach unten fließen. Es tut mir leid, aber ich muß auf die Regeln achten.« Der Schwarze war zurückgekommen. Sie rief ihn leise. »Kafur, bringe unseren Gästen einige Erfrischungen.«

»Sofort, Herrin!«

David und ich hatten uns dankbar auf den Kissen ausgestreckt. Yussuf blieb stehen.

»Du redest von Regeln, junge Frau! Ich muß sagen, was ich denke, bevor ich die Gastfreundschaft in diesem Haus annehme. Schämst du dich nicht, dein Gesicht zu zeigen? Schamlos auf den Kissen zu lümmeln und mit fremden Männern zu schwatzen? Ist das die Art einer wahren Gläubigen?«

Sie unterbrach ihn. Sie lachte, aber es war nicht beleidigend.

»Es tut mir leid. Ich muß das erklären. Nach euren Gesetzen bin ich keine ›wahre Gläubige‹. Meine Mutter war eine Mozaraberin – eine Christin, wie ich auch.«

Yussufs Verhalten änderte sich abrupt. »Tausendmal Verzeihung!« Er ließ sich neben uns fallen. »Ich habe nicht gewußt«, erklärte er mir, »daß die junge Dame von gemischtem Blut ist, aber deines Glaubens. Jetzt ist alles in Ordnung.«

»In Ordnung«, sagte das Mädchen trocken, »schamlos auf den Kissen zu lümmeln und mit fremden Männern zu schwatzen?«

Sie blieb sehr sittsam auf ihren Fersen sitzen und servierte uns von dem Tablett, das Kafur gebracht hatte. Da ihr Großvater Moslem war, gab es natürlich keinen Wein, dafür aber sprudelnde Getränke und frischen Fruchtsaft, verdünnt mit kaltem Wasser. Dazu noch Nüsse und kandierte Leckereien aus einem verzierten Elfenbeinkästchen.

Ich brachte zum erstenmal etwas heraus.

»Dürfen wir deinen Namen wissen?«

»Natürlich. Soraya.«
»Ein guter Name«, sagte Yussuf, »er bedeutet ›Morgenstern‹.«
»Getauft wurde ich Clara«, erzählte sie, »aber ich mag meinen maurischen Namen lieber.«
Dann mußten wir unsere Namen sagen und unsere Geschichte erzählen. Wir sprachen Spanisch, die einzige gemeinsame Sprache; Yussuf und Soraya sprachen es fast so fließend wie Arabisch. David hatte in den letzten zwei oder drei Monaten große Fortschritte gemacht, und ich hinkte hinterher, bekam zwar das meiste mit, was sie sagten, blieb aber eher still.
Es war angenehm, in dem kühlen Raum auszuruhen. Wieder einmal fiel mir auf, wie klug die Mauren mit dem Wasser umgingen. Der winzige Springbrunnen erfrischte die Luft, und das Becken spiegelte die kunstvollen farbigen Muster der Zimmerdecke wider. So konnte man bequem wie in einem Spiegel ihre Schönheit bewundern, ohne den Hals verrenken zu müssen, um nach oben zu starren. Genauso angenehm war es, den Blick durch den Türbogen wandern zu lassen, an einem schmalen Streifen Seelilien entlang zu einem Pavillon mit Kuppeldach und zwei Zypressenbäumen. Nicht weniger angenehm war es, gelegentlich einen Blick auf Soraya zu werfen, die sich schüttelte vor Lachen, wenn David ihr etwas Amüsantes erzählte.
David konnte in jeder Sprache amüsant sein. Ich könnte schwören, er würde es selbst dann schaffen, wenn er nicht mehr als ein Dutzend Wörter zur Verfügung hätte. Das ist eine Frage des Selbstvertrauens, und daran mangelte es ihm nie.
»Nanu«, rief sie plötzlich aus. »Der Sand ist durchgelaufen,

und wir haben es nicht bemerkt! Ich muß meinem Großvater sagen, daß ihr hier seid.«
Einige Minuten vergingen. Wir nippten an unserem sprudelnden Saft und wechselten kaum ein Wort. Ich fühlte wieder die alte Spannung, die von der Gegenwart des Mädchens für kurze Zeit verbannt worden war. Der Springbrunnen machte sich mit seinem endlosen Plätschern über uns lustig.
David schaute mich an und flüsterte in englisch mit gespielter komischer Verzweiflung: »Ich wette mit dir um zehn Pfund, Robin, unsere ›Gute Schlange‹ hat diesen Nachmittag ausgesucht, um im Schlaf zu sterben!«
Ich konnte nicht darüber lachen. Es wäre nur unser übliches Pech gewesen. »Keinen Penny setze ich dagegen«, brummelte ich, »ich glaube, daß wir diese Reise unter einem Unstern begonnen haben.«
»Nun, beenden werden wir sie unter einem günstigen Stern.« Er erhob sich anmutig von seinen Kissen. »Der alte Herr scheint aufgestanden zu sein.«
Yussuf und ich sprangen auf, als Soraya langsam ins Zimmer zurückkam. Ihr Großvater lehnte sich schwer auf ihren geschmückten Arm.
Ich hatte so viel von al-Razis stiller Art und Bescheidenheit gehört, daß ich nicht erwartet hatte, eine so eindrucksvolle Erscheinung anzutreffen. Selbst jetzt, in ungewöhnlich hohem Alter, gebeugt und schlurfend, machte er einen imponierenden Eindruck. Er trug ein langes, weites Gewand aus gestreifter Baumwolle, sehr sauber und frisch. Sein rasierter Schädel war unbedeckt, bis Soraya ihm eine Kappe brachte. Er nahm sie mit einer Hand, die wie eine Klaue aussah. Mit der Hakennase, den Augen unter den schweren Lidern und dem

sehnigen Hals sah er wie ein alter Falke aus, ein Falke, der immer noch wachsam ist, auch wenn ihn seine Flügel nicht mehr in die Luft tragen.
Er begrüßte uns mit ernster Höflichkeit, ließ sich steif in einer Nische auf den Kissen nieder und drängte uns, wir sollten uns wieder setzen. Seine Stimme zitterte leicht.
»Ihr verzeiht, meine jungen Freunde, ich studierte, und dieser weibliche Drache, der meine Höhle bewacht, erlaubt nicht, daß ich dabei gestört werde.«
Ich sah Sorayas blaue Augen. Sie forderte mich auf, für einen Moment zu vergessen, daß ich wußte, daß er in Wirklichkeit seinen Mittagsschlaf gehalten hatte.
Er nahm Salomons Brief und brach das Siegel. Beim Lesen hielt er ihn fast an die Nasenspitze. Er nahm sich Zeit, starrte grimmig auf das Papier und wischte sich zwischendurch über die Augen. Dann sprach er wieder.
»Ich erinnere mich genau. Man vergißt nichts, wenn es sich um eine Königin handelt. Und noch dazu die Schwester von König Alfonso. Ein gerechter Mann, König Alfonso, und gebildet; ein guter Freund für Männer, die noch gebildeter waren als er. Ein großer Verlust.«
Wir warteten. Alte Männer sind redselig. Aber Ibn al-Razi kam schnell zur Sache.
»Es klingt nach einem Rückfall der alten Krankheit. Dagegen kenne ich nichts Besseres als mein Goldenes Elixier.« Er betrachtete uns. »Du bist Robin? Du sollst meine Medizin nach England bringen?«
»Ja, Doktor, wenn Ihr so freundlich wärt...«
»Aber selbstverständlich! Es kann eine Weile dauern. Ich behandle nur noch wenige Patienten, und wie ihr mitbekommen

habt, sind wir gerade aus Córdoba hierhergezogen. Manches ist vielleicht noch nicht ausgepackt...«

»Du weißt sehr wohl, Großvater, daß ich auf alles geachtet habe«, tadelte ihn das Mädchen sanft. »Alles ist an seinem Platz, nichts ist verlorengegangen, nichts ist schlecht geworden oder zerbrochen.«

»Gut, meine Liebe, gut. Aber es ist einige Jahre her, seit ich Gelegenheit hatte, dieses Mittel zu verschreiben. Du wirst die eine oder andere Ingredienz besorgen müssen.«

»Was brauchst du, Großvater?«

Er begann die Substanzen und die benötigte Menge herunterzurasseln, aber ich konnte den arabischen Namen nicht folgen. Soraya nickte, sie verstand alles. Seine Augen wurden schmal wie Schlitze, als er sich bemühte, an alles zu denken. Dann öffnete er die Augen wieder und sagte: »Warte, meine Liebe. Nur ein Narr vertraut in der Pharmazie seiner Erinnerung. Du wirst die Eintragungen in meinem Rezeptbuch finden.«

»Gut. Ich gehe und schaue nach, ob wir alles haben.«

Der Höflichkeit wegen stand ich wieder auf. Al-Razi wandte sich an David und begann eine Unterhaltung. »Dein Vater ist also auch Arzt? Und aus England? Erzähle...«

Ich verließ David, der erzählte. Mit einem undeutlich gemurmelten Angebot, ihr zu helfen, folgte ich Soraya in das kleine Nebenzimmer. Es war vollgestellt mit Regalen und diente als Apothekenlager. Nach einem Blick über die Schulter beachtete sie mich nicht weiter. Sie nahm ein abgegriffenes Buch, das in wunderbar geprägtem Leder gebunden war, und blätterte es durch, bis sie die Eintragung fand, die sie gesucht hatte. Die Schrift war arabisch, lauter fließende Schleifen und Punkte. Sie tippte mit einem ihrer rosa Fingernägel auf ihre

geöffneten Lippen und suchte dann die Reihe von Gläsern nach den benötigten Stoffen ab.
Ich stand in der Tür und verlagerte mein Gewicht von einem Bein auf das andere. Dieses kleine Apothekenlager – sonnig, warm und erfüllt vom Duft getrockneter Heilkräuter – war ein Ort der Schönheit und des Geheimnisses. Die Behälter selber waren schön, denn die maurischen Töpferwaren sind unübertroffen: hübsch geformt und in verschiedenen Farben schimmernd, von Rubinrot bis Perlmutt und einem metallgrünen Gold. Schönheit lag auch in den Namen der Stoffe, die Soraya murmelte: Tamarinde und Galangawurzeln, Kassiarinde und Drachenblut, Sandelholz und Moschus, Zimt, Veilchenzucker und Rosenöl.
Heute weiß ich, daß zwei Dinge in diesen wenigen ruhigen Minuten entschieden wurden – zwei Dinge, die den Lauf meines Lebens seitdem bestimmten. Zum einen wollte ich, selbst wenn ich kein Arzt wie Salomon oder Ibn al-Razi werden konnte, zumindest Apotheker oder Gewürzmischer werden und mit diesen geheimnisvoll klingenden Elementen Handel treiben. Das andere liegt auf der Hand.
Soraya drehte sich plötzlich und überraschend um. Mein Gesicht errötete bis zu den Haarwurzeln.
»Ich kann es machen«, sagte sie mit einem Lächeln, »aber es wird drei Tage dauern.«
»Drei Tage für ein Fläschchen Medizin?«
»Es ist ein Extrakt, verstehst du? Das bedeutet destillieren, eine Angelegenheit, die lange dauert.«
»Kannst du nicht schneller arbeiten?«
Sie lächelte wieder. »Nicht einmal für die Königin. Ich arbeite nicht mit Nadel und Faden, vergiß das nicht, sondern mit den

Elementen selber – Feuer, Wasser und so weiter. Die Natur kann man nicht drängen.«

»Das verstehe ich.«

Wir gingen zu den anderen zurück, und sie berichtete ihrem Großvater.

»Sehr gut«, sagte er, »drei Tage. Bis dahin werden die zwei jungen Herren Gäste in unserem Hause sein. Sorge für alles.«

»Wie du es befiehlst, Großvater.« Sie schlug die Augen nieder und wandte sich ab. Sie ging so schnell hinaus, daß ich keinen Blick auf ihr Gesicht werfen konnte.

»Sie ist mein Auge und meine Hand, jetzt, im Alter«, sagte al-Razi zärtlich. »Ich habe viele Söhne und Töchter gehabt – drei Frauen hatte ich, und meine Enkel sind über viele Städte verstreut. Aber Soraya, die Ungläubige, das Kind einer Ungläubigen, ist die Treueste und Liebevollste von allen.«

Sie mußten über Zapata gesprochen haben, während wir in der Kammer gewesen waren, denn David lenkte das Gespräch jetzt wieder auf ihn, und ich bemerkte, wie verzweifelt er sich bemühte, dem alten Mann die mögliche Gefahr bewußt zu machen.

Al-Razi nickte. »Ich habe von diesem Mönch gehört. Er war ein ehrgeiziger junger Mann in Toledo, der am Rande des Hofes verkehrte. Er verstand etwas von Wissenschaft, wollte aber nicht auf geradem Weg weiterarbeiten. Wenn man das Studium mit der Gier nach Macht und Gold vermischt, kann nichts Gutes dabei herauskommen.« Er gab ein leises, verächtliches Schnauben von sich. »Einer von der Sorte, die alles hinwerfen und sich auf die Suche nach einem Irrlicht wie dem ›Elixier des Lebens‹ begeben.«

»Aber es ist Euch bewußt, Herr – daß er annimmt, daß Ihr dieses Elixier besitzt? Er kann jederzeit mit seiner Begleitung ankommen ...«
»Um was zu tun, mein Sohn?« Al-Razi saß aufrecht in seiner Nische und schaute gelassen zu uns herüber. Er sah aus wie das in Stein gehauene Bild eines Propheten in einer Kathedrale. »Wir sind in Granada. Dieses Haus steht auf dem Gebiet des königlichen Sommerpalastes. Es gibt hier Wächter und Türhüter. Und meinen tüchtigen Kafur, den ihr gesehen habt – er würde mit seinen bloßen Händen jedem Eindringling den Hals brechen. Und für die nächsten drei Tage werde ich auch noch den Schutz von dir und deinem englischen Freund haben«, setzte er hinzu.
Unsere Furcht wirkte vor ihm sehr närrisch, und welcher junge Mann möchte in den Augen eines so viel älteren unsicher erscheinen? Oder in den Augen eines Mädchens? Denn Soraya kam gerade zurück und wollte wissen, welches unsere Satteltaschen wären, damit der Diener sie hereintragen könne.
Yussuf verabschiedete sich, um nach Hause in die Stadt hinunterzugehen. Wir dankten ihm herzlich für alles, was er getan hatte. Er lächelte und sagte, es sei nicht der Rede wert. Er teilte eindeutig al-Razis Ansicht, daß jetzt alle Gefahr vorüber sei.
Soraya bereitete uns an diesem Abend ein echtes Fest. Es gab junges Zicklein gefüllt mit Walnüssen, Mandeln und Pistazien, verschiedene Berge von Reis, perlweiß oder braun und hellgelb mit Safran, danach Datteln, Feigen, Orangen und Äpfel.
David erhielt extra ein koscheres Essen, für das sie Fleisch aus

dem jüdischen Viertel unten in der Stadt besorgt hatte. Eigentlich wäre es viel unkomplizierter für David gewesen, seinen Brief im Ghetto vorzuweisen, um dort – mit Freuden – aufgenommen zu werden. Aber er zog es vor, al-Razis Gastfreundschaft anzunehmen.

Ob er das tat, um, wie er sagte, »die Garnison zu verstärken« oder um mir in den letzten Tagen Gesellschaft zu leisten – oder aus einem anderen Grund –, ich war mir nicht sicher. Auf jeden Fall belebte seine Anwesenheit das Haus. Wenn ich mit Soraya allein blieb, wußte ich nicht, was ich sagen sollte, und wenn David mit dabei war, hatte ich kaum Gelegenheit, den Mund aufzumachen.

So verging der nächste Tag. In der Kühle des Morgens bestand der alte Doktor darauf, mit uns bis zur Alhambra zu humpeln und uns in die Festung zu führen. Sie war herrlich, überall Innenhöfe voller Blumen und Brunnen, aber trotzdem fand ich den Abend schöner. David blieb in al-Razis Gesellschaft, und Soraya spazierte mit mir durch die Gärten von Jennat al-Arif. Wir beobachteten, wie die Sonne hinter der Ebene unterging, wie ihre letzten Strahlen zwischen den weißen Gipfeln der Sierra Nevada blitzten.

»Sieh mal, der Abendstern«, sagte sie, »wie ein Edelstein!«

David hätte gelacht und etwas Witziges gesagt, wie etwa, er würde den Morgenstern vorziehen. Aber ich hatte keine besonderen Fähigkeiten, Komplimente zu verteilen. Die Rhetorik eines Schreiberstudiums in Oxford nützt sehr wenig, wenn man mit Mädchen zu tun hat.

»Abendessen«, sagte Soraya schnell. »Großvater möchte immer gleich nach Sonnenuntergang essen!«

Ein weiterer Abend verging und eine Nacht und ein weiterer

Tag. In der Apothekenkammer blubberten leise die Destillierkolben, und der Duft der Orangenschalen drang in das Wohnzimmer. Tropfen um Tropfen rann die goldene Flüssigkeit langsam den langen Glashals hinab in die festgeklemmte Flasche. Soraya ging jede Stunde hinein und schaute nach. Jede Stunde brachte den Augenblick meiner Abreise näher.

Es war schon alles geplant. Yussuf war heraufgekommen und half bei den Vorbereitungen. Er mußte für seinen Vater in Málaga Geschäfte erledigen. Dort war der Haupthafen von Granada, und er war leicht zu erreichen. Er würde mich dorthin begleiten und mich auf ein Schiff in Richtung Lissabon bringen.

David benutzte den Kreditbrief seines Vaters, um weiteres Geld für seine und meine Ausgaben zu bekommen. Er gab mir genug Golddinare für alle vorhersehbaren Ausgaben auf der Heimreise. Über etwas anderes konnten wir uns schnell einigen: Falls die Königin als Belohnung für unsere Anstrengungen noch etwas zahlen sollte, würde ich alle Anstrengungen unternehmen, damit die Hälfte davon nach Córdoba zu David gelangte.

Es blieb nur wenig zu tun, außer Briefe an Salomon und Susanna zu schreiben. Der zweite Brief schrieb sich einfacher, als ich erwartet hatte. Ich verstand jetzt, daß ich nie in Susanna verliebt gewesen war – ich hatte nicht einmal gewußt, was Liebe ist. Es war einfach nur so gewesen: Ein hübsches Mädchen ist immer eine Herausforderung, besonders wenn ihr Bruder dauernd darauf hinweist, daß sie unerreichbar ist!

Ich hoffte, sie würde glücklich werden. Ich schrieb nicht »mit Daniel Scharada«, war aber ziemlich sicher, daß sie ihren Willen durchsetzen würde. Weniger genau wußte ich, was mir die

Zukunft bringen würde – sie lag vor mir wie ein ungelöstes Rätsel.
Nach dem Abendessen lächelte der alte Doktor und sagte zu mir: »Also bleibt uns nur noch morgen, junger Freund. Und am Tag darauf mußt du uns verlassen?«
Ich schaute ihn überrascht an. »Nein, Herr. Ich muß schon morgen abreisen.«
Er schüttelte den Kopf. »Das ist nicht möglich. Soraya sagt, daß noch nicht genug von der Goldenen Essenz in der Flasche ist. Du kannst deiner Königin nicht eine halbvolle Flasche anbieten. Und nachdem sie schon so lange gewartet hat, kann sie sicher noch einen Tag warten.«
»Ich habe es Yussuf bereits gesagt«, meinte das Mädchen, »und er sagte, es passe ihm besser so. Er muß einen Zug Maultiere zusammenstellen, um seine Ware nach Málaga zu bringen.« Sie beugte sich über ihren Teller. Das Gesicht war hinter ihrem langen schwarzen Haar verborgen.
»Gut«, sagte ich, »dann übermorgen.«
In diesem Moment bemerkte ich eine seltsame und furchterregende Erscheinung. Ich habe beschrieben, wie wir uns auf dem gekachelten Boden um das flache Becken niedergelassen hatten und wie das Wasser, kaum gekräuselt durch den einen kleinen Strahl, als Spiegel für die kunstvollen Verzierungen an der Decke hoch über uns diente. Es hatte noch eine andere Eigenschaft, wenn man auf seiner rechten Seite lag. Man konnte, mit dem Becken als Spiegel, durch den offenen Türbogen den langen Garten entlangschauen, ohne den Kopf zu drehen. Die Mauren sind große Künstler in solchen Vorrichtungen.
Die helle Mondsichel war am entfernten Ende des langge-

streckten Teichs zwischen den Zypressen aufgestiegen. Sie spiegelte sich auf der schwarzen Oberfläche zwischen den schlafenden Seelilien. Während ich so in das Marmorbecken vor meinem Ellbogen starrte, um zu sehen, wieviel von dieser Gartenszene reflektiert wurde, stieß ich einen unterdrückten Schrei aus.

»Was ist?« rief Soraya erschrocken.

Ich sprang auf und schaute in den Garten hinaus. Ich zitterte. »Ich hätte schwören können...«

»Was?«

»Dieser Pierre – der Gaskogner, von dem ich erzählt habe –, er war dort und hat uns beobachtet! Dort oben! Auf dem kleinen Balkon unterhalb der Kuppel...« Ich zeigte dorthin.

»Hast du ihn gesehen? Aber...«

»Hier im Becken – sein Spiegelbild!«

»Dort ist aber niemand«, sagte David beruhigend.

»Reflexionen spielen einem merkwürdige Streiche«, sagte al-Razi mit zitternder Stimme.

In diesem Moment gab es einen mächtigen Lärm an der Haustür. Kafur kam rückwärts ins Zimmer und protestierte lautstark. Plötzlich war der Raum voller Männer. Gezogene Krummschwerter blitzten wie Monde im Lampenlicht. Eine respektvolle Stimme wandte sich auf arabisch entschuldigend an al-Razi. Dann schnappte ich die spanischen Worte auf: »Da sind die zwei jungen Männer. Ich kenne sie!«

Ich kannte diese hohe Stimme nur zu gut. Zapata hatte seine Kutte gegen das Kleid eines Edelmanns getauscht, aber das Gesicht, das mich triumphierend anstarrte, war unverkennbar.

Die Entscheidung

Zwei kräftige Mauren umklammerten meine Arme, und unter meinem Kinn schwebte entmutigend ein messerscharfes Schwert.

Ich konnte sehen, daß David ebenso hilflos war wie ich. Al-Razi stieß in aufgeregtem Arabisch Fragen und Klagen hervor. Soraya stand da mit vor Schrecken weitaufgerissenen Augen.

Einer der maurischen Offiziere bemühte sich, sie zu beruhigen. Er drehte sich um und winkte. Zapata trat vor, verbeugte sich, und Don Fernando folgte ihm. Der Offizier stellte sich vor und sprach dabei höflicherweise Spanisch. Das Gespräch wurde in dieser Sprache fortgesetzt, so daß ich nun mitbekommen konnte, worum es ging.

»Gelehrter Hakim«, sagte der Offizier, »diese edlen Herren sind gerade aus Córdoba angekommen. Sie sagen, daß die beiden Jungen dort mit den Behörden Ärger gehabt haben und daß es Gründe gibt, die es möglich erscheinen lassen, daß sie hierhergekommen sind, um Euch zu beschwindeln.«

»Absurd! Sie sind meine Gäste!«

»Schon manch guter Mann hat unwissentlich Schurken beherbergt – und ist für seine Gutgläubigkeit schwer bestraft worden!«

Al-Razi antwortete atemlos, und Soraya legte ihre Hand besänftigend auf seinen Arm. Offensichtlich fürchtete sie, er könnte sich zu sehr aufregen, aber er schob ihre Hand unwirsch zur Seite. »Diese ... *Edelmänner* – sie sind die Schurken! Ich wurde vor ihnen gewarnt.«

»Selbstverständlich«, sagte Zapata in sanftem Ton, »die jungen Männer kamen mit einer gut vorbereiteten Geschichte an. Sie wußten, daß Don Fernando und ich Kenntnis von ihren Absichten haben. Also taten sie ihr möglichstes, um uns zu verleumden. Wir verstehen das und entschuldigen Eure Unhöflichkeit.«
»Wir üben Nachsicht mit einem alten Mann«, setzte Don Fernando gnädig hinzu. »Als ein Grande von Kastilien bin ich es nicht gewöhnt, Schurke genannt zu werden. Aber ich verstehe, daß Ibn al-Razi getäuscht worden ist. Diese Burschen sind sehr gewandt.«
»Das ist aufs höchste verabscheuungswürdig«, sagte David. »Es gibt noch andere angesehene Leute in Granada, die für uns sprechen können – Mauren und Juden. Wir haben Briefe...«
»Gefälscht«, sagte Zapata.
»Und Don Samuel Scharada wird in Córdoba für uns bürgen. Laßt dort nachfragen – ihr werdet feststellen, daß die Anschuldigungen gegen uns falsch und erfunden sind...«
»Aber Ihr gebt zu, daß es Anschuldigungen gegeben hat?« wollte der Offizier rasch wissen. Er hatte sehr verlegen und unglücklich ausgesehen und stürzte sich sofort auf Davids letzten Satz. Er wandte sich an al-Razi. »Die Lage ist ungewöhnlich schwierig, gelehrter Hakim. Heute abend kann sie nicht geklärt werden. Am Morgen müssen die beiden jungen Männer vor den Richter gebracht werden. Dann könnt Ihr für sie sprechen, wenn Ihr es wünscht, und sie können andere Zeugen aufrufen und versuchen, ihre Unschuld zu beweisen.«
»Das werden wir, Herr. Macht Euch da keine Sorgen!« versicherte ihm David.

»Am Morgen?« wandte Zapata ein. »Und wenn die Vögel bis dahin ausgeflogen sind? Was, wenn Ihr diesen gutgläubigen alten Mann dann mit durchschnittener Kehle findet?«
»Ich bin kein Narr«, sagte der Offizier scharf und sprach dann zu al-Razi: »Ich bedaure das, gelehrter Hakim, aber ich kann nicht verantworten, sie hier über Nacht zu lassen. Ich muß sie in Gewahrsam nehmen.« Al-Razi begann wieder zu protestieren und regte sich so auf, daß er sich setzen mußte.
Soraya brachte ihm etwas in einer Tasse und führte sie an seine Lippen. Der Offizier nutzte die Gelegenheit, um sich zurückzuziehen.
»Euer Großvater braucht sich keine Sorgen zu machen«, versicherte er ihr freundlich. »Wenn unser Verdacht sich als falsch herausstellt, wird sich morgen alles aufklären, und niemand wird Schaden nehmen. Sollte es sich aber anders erweisen, dann wird er uns dankbar sein.«
»Nun gut«, sagte sie. »Aber – behandelt sie gut.« Sie schaute ihn über die Schulter an, und ich sah den flehenden Ausdruck in ihren Augen. »Wenn Kosten anfallen – ich meine für ihr Essen, Trinken, was auch immer –, so wird mein Großvater dafür zahlen.«
»Fürchtet nichts, junge Dame.«
Und dann schleppten sie uns davon. Das letzte, was ich hörte, waren Sorayas aufmunternde Worte, die sie uns nachrief, und dann das Krachen der schweren äußeren Tür, als Kafur sie zuwarf und die Riegel vorschob.
Irgendwo auf der Straße den Berg hinab wünschten Zapata und Don Fernando dem Offizier eine gute Nacht. Er salutierte respektvoll und sagte ihnen, wann und wo sie morgen zu erscheinen hätten, um ihre Beschuldigungen vorzubringen.

Dann gingen sie weg.
Zu dieser Zeit herrschte gerade Frieden zwischen Granada und Kastilien, und ich konnte dem kleinen Offizier nicht böse sein, weil er einen kastilischen Ehrenmann mit Respekt behandelte.
Ich hatte keine Möglichkeit, mit David zu reden, bis wir einige Minuten später das Gefängnis erreichten. Ich glaube, es war der Ort, wo sie kleine Gauner und aufrührerische Personen in Gewahrsam hielten, bis man sich mit ihnen beschäftigte. Es war nicht mehr als ein Turm mit vergitterten Fenstern und einem einsamen Wächter, der verschlafen schimpfte, als er uns in Empfang nahm.
Es war ein trostloses Gebäude, kahl und muffig. Eine billige Öllampe brannte auf einer Ablage und beleuchtete die Matte, auf der der Mann gedöst hatte, die Reste seines Abendessens und einen Krug, der, nach dem Atem des Kerls zu schließen, mit etwas gefüllt war, was nicht den Gesetzen des Propheten Mohammed entsprach.
Der Rest des Erdgeschosses war in zwei Zellen unterteilt, mit einer Ziegelmauer dazwischen. Nach vorn hin waren sie einsehbar wie Tierkäfige. Durch die Gitter des einen sah ich verschiedene zusammengekauerte Gestalten, die begannen, sich zu bewegen. Unter ungekämmtem Haar starrten uns neugierige Augen an.
Der Gefängniswärter wollte diese Tür aufschließen und uns dorthinein stecken, aber der Offizier flüsterte ihm etwas zu, und wir wurden statt dessen in die leere Zelle gestoßen.
»Ich habe Ali gesagt, ihr sollt gut behandelt werden«, sagte er uns. »Wenn ihr wirklich unschuldig seid, habt ihr nichts zu befürchten. In Granada gibt es Gerechtigkeit.«

Er wünschte uns eine gute Nacht und verschwand. Der Gefängniswärter verriegelte hinter ihm die Tür und legte sich wieder auf die Matte.
»Und jetzt?« sagte ich verzweifelt.
»Das wird noch Ärger geben«, versprach David und inspizierte unser Quartier mit Abscheu. Er war ungehalten, aber nicht so betroffen, wie ich es erwartet hätte. »Mach dir keine Sorgen«, fuhr er fort, »al-Razi wird sich morgen früh mit Yussuf in Verbindung setzen – und mit Scharadas Freunden im jüdischen Viertel – und...«
Ich unterbrach ihn. »Ja! Morgen! Aber, was stellst du dir vor, wird heute nacht passieren?«
Er schaute mich verständnislos an. »Wir werden es beklagenswert ungemütlich haben in diesem Loch, wir können Flöhe bekommen oder Schlimmeres, aber...«
»Ich denke nicht an *uns*. Al-Razi! Und Soraya! Sie sind mit Kafur allein in dem Haus.«
»Ich weiß. Aber sie sind jetzt auf der Hut. Sie werden heute nacht niemandem die Tür öffnen. Und denk daran – wir haben uns selbst überzeugt, daß es keinen anderen Weg gibt, um in das Haus zu kommen.«
Das stimmte allerdings. Am ersten Tag hatten wir in aller Stille das Gelände überprüft. Es war ein typisch maurisches Haus mit glatten Mauern. Ohne einen Rammbock, der die ganze Nachbarschaft aufgeweckt hätte, konnte man nicht in das Haus hineinkommen, wenn nicht die Tür von innen geöffnet wurde. Wir hatten auch nicht versäumt, den Garten hinter dem Haus zu inspizieren. Die Mauern sahen niedrig aus, aber als wir hochgeklettert waren und auf die andere Seite sahen, merkten wir, daß es wegen des Berges steil nach unten ging.

»Ja«, sagte ich, »aber wir waren einer Meinung, daß, wenn ein Komplize von innen eine Strickleiter hinunterwirft...«
»Kafur würde so etwas nie tun. Er verehrt alle beide!«
»Ich denke nicht an Kafur. Hast du gesehen, ob Pierre das Haus mit uns verlassen hat?«
»Ich habe Pierre überhaupt nicht gesehen. Er war nicht da.«
»Ich sage aber, er war da«, beharrte ich verzweifelt. »Ich schwöre es. Er war am anderen Ende des Lilienteiches und beobachtete uns, kurz bevor die anderen hereingestürmt kamen. Frag mich nicht, wie er dorthin gekommen ist. Vielleicht schlüpfte er durch die Tür, während Kafur mit dem Offizier stritt. Auf jeden Fall ging er nicht mit Zapata und Don Fernando weg.«
David stöhnte entsetzt auf. »Wenn du recht hast, dann ist er immer noch dort! Und wenn die anderen zwei zurückkommen, wird er einen Weg finden, sie hereinzulassen!«
Diese Gedanken hatten mich gequält. Wenn Pierre den Diener erledigen konnte, wären Soraya und der alte Mann vollkommen schutzlos. Bis zum Morgen würde alles mögliche geschehen können, und hier saßen David und ich, nicht einmal eine halbe Meile entfernt, aber unfähig zu helfen.
Das war die einzig vernünftige Erklärung für Zapatas Verhalten. David und mir eine unangenehme Nacht in einem Stadtgefängnis zu verschaffen war ein zu geringes Ziel. Er wußte wohl, daß wir unsere Entlassung am nächsten Morgen erreichen würden.
Nein, sein Plan war, uns aus dem Weg zu räumen, so daß er zu al-Razi gelangen konnte und – wie er dachte – an das geheime Elixier.

David begann auf und ab zu laufen. »Wir müssen hier raus!«
»Aber wie? Kannst du Wunder vollbringen?« Ich griff nach den kalten Eisenstangen und rüttelte daran, bis meine Hände wund waren. Ich hätte es seinlassen sollen. Gefängnisgitter sind nicht so gebaut, daß Halbwüchsige sie verbiegen können.
»Wir bieten diesem Kerl Geld an. Bete zu Gott, daß er außer Arabisch noch etwas versteht. Ali!« rief er leise. Schimpfend stand der Wärter von seiner Matte auf und kam herüber.
Er verstand genug Spanisch, um mitzubekommen, wie viele Golddinare David ihm für unsere Freilassung versprach. Sein lädiertes, unverständiges Gesicht spiegelte eine Mischung aus Unglauben und Gier. Der bloße Gedanke an soviel Geld ließ ihn geifern – aber wie konnte er uns vertrauen? Und wie konnte er, wenn er uns gehen ließ, der schrecklichen Bestrafung entgehen?
David hatte manchmal zynisch erzählt, daß man mit Geld alles und jeden kaufen kann, wenn man genug davon hat. An diesem Abend fand er heraus, daß er im Unrecht war.
Ali spuckte geringschätzig aus und sagte uns, wir sollten still sein. Dann ging er zu seiner Matte zurück, wo er zur Beruhigung einen Schluck aus seinem Krug nahm.
»Besoffener Affe!« brummte David. »Ich wollte, ich hätte den Medizinkoffer von meinem Vater – da kenne ich ein paar Sachen, die ich ihm in seinen Wein schütten würde.«
Ich auch. Aber es hätte uns nicht geholfen, egal, ob der Mann besoffen, berauscht oder tot war, solange die Schlüssel noch an seinem Gürtel hingen und wir eingeschlossen hinter Gittern waren. Selbst ein Pfund Pfeffer hätte hier nichts genutzt.

»Ach, wenn dein Vater hier wäre«, sagte ich ohne besondere Absicht, »ich nehme an, er hätte ihn ohne ein Betäubungsmittel in tiefen Schlaf versetzen können – wie damals bei mir, als er den schmerzenden Zahn zog und ich nichts mitbekam –, wenn er den Kerl nicht sogar verzaubern und ihn dazu bringen könnte, die Tür aufzumachen...«

»Halt!« zischte David. Sein Gesicht war selbst im schwachen Licht sichtbar verändert. »Laß mich nachdenken... laß mich nachdenken... du hast mich auf eine Idee gebracht.« Er stand da, angespannt und konzentriert. Es war, als wäre sein Gedanke ein gefangener Vogel, der flatterte und darum kämpfte zu entkommen. Ich wagte es nicht, ihn zu stören. Nach einigen Minuten zog er mich neben sich auf die Bank, die an der Mauer stand. Er begann zu erklären.

»Es kann sein, daß es nicht funktioniert«, flüsterte er, »aber ein Versuch kann nicht schaden. Erinnerst du dich, wie Vater deinen Zahn zog? Gut, ich kann keine Zähne ziehen oder Knochen richten, aber manchmal kann ich, wie Vater, Leute in Schlaf versetzen.«

»Du...?«

»Ich habe es ein paarmal gemacht – nur so zum Spaß. Und nur mit Susanna. Eine Art Spiel. Ich habe keinen anderen Sinn darin gesehen. Man kann keinen Menschen einschlafen lassen, der sich bewußt sperrt. Aber – das ist der Punkt – *wenn* er nachgibt, kannst du ihm Anweisungen geben, die er ohne nachzudenken erfüllt, nachdem er wieder aufgewacht ist.«

»Du meinst, du kannst dem Wärter sagen, er soll uns freilassen?« Meine Stimme war ganz belegt vor Aufregung und Ehrfurcht.

David schüttelte den Kopf. »Es ist nicht so einfach. Der Schlafende gehorcht nicht allen Anweisungen. Nicht denen, die seinem Gefühl für Recht und Unrecht widersprechen. Als ich das Spiel mit Susanna spielte, konnte ich sie eines der Bücher meines Vaters aufnehmen und eine bestimmte Seite aufschlagen lassen – aber wenn ich ihr gesagt hätte, sie solle es aus dem Fenster werfen, so hätte sie es nicht getan. Vater sagt, die göttliche Gerechtigkeit wache über solche Schlafende, wenn sie aufwachen, so daß sie nicht dazu verhext werden können, etwas Sündiges zu tun. Sonst könnte man unschuldige Menschen als Mörder mißbrauchen.«

Mein Mut sank. »Wie soll uns das helfen? Wie kannst du den Mann in Schlaf versetzen, wenn er nicht will? Und selbst danach kannst du ihn nicht etwas machen lassen, was er für falsch hält...« Ich lachte bitter. »Er hat uns doch gezeigt, daß er es für falsch erachtet, uns freizulassen.«

»Wir sollten es versuchen«, beharrte David, »aber es muß sehr vorsichtig geschehen. Glücklicherweise versteht Ali Spanisch. Und ich glaube, wir haben auch genug Licht.«

»Licht?«

»Ohne Licht kann ich es nicht. Erinnere dich, wie es bei dir war. Es hilft, wenn es etwas gibt, auf das man das Auge fixieren kann. Ich werde ihn jetzt wieder rufen. Bleib im Hintergrund und sag kein Wort. Er darf nicht abgelenkt werden.«

Nach unserem vorherigen Bestechungsversuch rührte sich Ali nur widerwillig, doch endlich brachten ihn Davids geflüsterte Bitten zum Gitter. Aber er hielt noch Abstand. Ein Gefängniswärter muß rasch lernen, sich nicht zu nahe zu den Gefangenen zu stellen.

David sprach mit drängender, aber sanfter, leiser Stimme. Er hielt eine Münze hoch und drehte sie in diese und jene Richtung. Alis Augen folgten ihr gierig, gegen seinen Willen. Aber ich hörte ihn murren.

»Ich sage dir, es ist zwecklos. Ich riskiere mein Leben. Warum gehst du nicht schlafen – und läßt mich in Ruhe?«

»Du wirst gleich schlafen, Ali. Du wirst schlafen, wenn ich bis zehn gezählt habe. Aber sage mir erst, wie viele von diesen Dinaren würdest du als Geschenk annehmen? Einen? Zwei? Drei?«

Ich erinnerte mich an Salomons Stimme vor vielen, vielen Monaten in Nottingham. Sein Zählen war meine letzte Erinnerung gewesen, bevor ich aufwachte und der Zahnschmerz vergangen war.

Bei »zehn« stand der Maure aufrecht da mit glasigen Augen, fest eingeschlafen. David sprach immer noch. Es war unheimlich. Ich wollte mich bekreuzigen. Aber es hätte den Zauber brechen können. Und auch wenn David gottlose Mächte anrief, wollte ich ihn nicht stören.

»Du schläfst jetzt«, sagte David mit seltsam eindringlicher Stimme zu ihm. »Du verstehst alles, was ich sage, aber wenn du aufwachst, wirst du dich an nichts erinnern. Es wird Morgen sein – du wirst verschlafen haben –, der Offizier wird draußen warten, ärgerlich und ungeduldig. Jemand wird sagen: ›Du kommst zu spät, Ali.‹ Dann wirst du keine Zeit verlieren. Du wirst die Tür öffnen, dann diese Zelle, und hereinkommen. Die Gefangenen müssen für den Offizier immer bereit sein.«

Ich konnte den Schweiß auf Davids Schläfen sehen, den schwachen Schimmer, der sein Profil betonte. Er konzentrierte all seine Willenskraft darauf, Macht über den schlafenden Wärter zu gewinnen. »Ich werde bis fünf zählen. Bei fünf wirst du aufwachen. Du wirst dich an nichts erinnern. Aber du wirst tun, was ich dir gesagt habe. Eins, zwei...«

Und so geschah es. Bei fünf zuckte Ali zusammen, bewegte die Füße und schaute sich mit verwirrtem Gesicht um. Ich hielt den Atem an.

»Du kommst zu spät, Ali«, sagte David.

Sofort brach der Mann in panische Geschäftigkeit aus. Er eilte zur Tür, entriegelte sie und zog sie auf, als hätte er wütendes Klopfen von draußen gehört. Dann, ohne sich umzuschauen, stammelte er Entschuldigungen und nestelte an seinen Schlüsseln herum. Er rannte geradewegs auf unsere Zelle zu. Das Schloß klickte, die Tür ächzte, als er sie zur Seite schob.

Ich hatte meine Arme erhoben, aber David machte eine warnende Handbewegung. Gewalt war nicht nötig. Als der aufgeregte Maure hereinkam, schlüpften wir neben ihm hinaus. Einige Augenblicke später standen wir im Mondlicht.

»Es wäre grausam gewesen, ihn einzuschließen«, sagte David. »Wenn er klug ist, verschwindet er, bevor die Wachen kommen. Ich mag nicht an die Bestrafungen denken, die sonst auf ihn warten. Da ist etwas, was er nicht erklären kann!«

»Kannst du es?«

»Nein! Ich hatte kaum zu hoffen gewagt, daß es funktioniert, obwohl ich mich an alles erinnerte, was Vater mir erzählt hat, und mir große Mühe gegeben habe.«

Es hatte geklappt, das war die Hauptsache. Jetzt waren wir frei. Wir konnten zurück zu al-Razis Haus gehen – aber (das waren die Zweifel, die uns peinigten) würden wir rechtzeitig kommen?

Es war immer noch mitten in der Nacht. Wir waren unbewaffnet – aber wohin konnten wir uns um Hilfe wenden? Wir wagten es nicht, entscheidende Zeit zu opfern und Leute im jüdischen Viertel aus dem Schlaf zu klopfen oder den Versuch zu machen herauszufinden, wo Yussuf wohnte. Wir hetzten in der hellen, silbrigen Nacht den Berg hoch und beteten, daß kein patrouillierender Wächter uns in die Quere kam. Zu unserer Erleichterung sahen wir nur einen Hund, der, auf der Suche nach etwas Freßbarem, aus dem Schatten heraus seine Zähne fletschte.

»Das äußere Tor...«, stotterte ich. »Wir werden den Türhüter wecken müssen – und wenn er weiß, daß wir verhaftet wurden...«

»Wir müssen uns erst umschauen. Vielleicht haben wir Glück. Aber wenn wir den Türhüter wecken müssen, dann müssen wir es eben wagen.«

Ich merkte bald, was David im Sinn hatte. Wenn Pierre für seine Herren eine Strickleiter herabgelassen hatte, konnte sie immer noch dort sein, hängengelassen für den Rückweg.

Glücklicherweise hatten wir die Gegend sorgfältig bei Tageslicht untersucht. David ging sicher einen unkrautüberwachsenen Pfad zwischen stinkendem Abfall voran. Ein anderer streunender Hund knurrte uns an und suchte dann weiter nach Futter. Wir befanden uns in der mit Büschen bewachsenen Schlucht, auf die wir von al-Razis Gartenterrasse herabgeschaut hatten.

»Ja«, sagte David leise. Es war eine Erleichterung, aber gleichzeitig auch erschreckend, eine Leiter aus dünner Schnur zu finden, die über einem weichen Rankenpolster und nachgiebigen Farnen herunterhing, etwa dort, wo wir sie erwartet hatten.

David stieg als erster hinauf. Ich folgte. Wir zogen uns über die

Brüstung und ließen uns leise auf den Ziegelsteinweg neben dem Lilienteich herab. Eine Lampe brannte im Hauptraum des Hauses. Pierre war deutlich zu erkennen. Er stand mit dem Rücken zu uns, breitschultrig, gedrungen, die Hände in den Hüften, und füllte den Türbogen fast aus. Aus dem Raum kamen leise Stimmen.

David drückte meinen Arm. »Können wir unsere Schwerter holen?« flüsterte er mir ins Ohr.

»Wir können es versuchen. Wir müssen.«

Sie würden noch dort sein, wo wir sie zusammen mit dem Rest unseres Gepäcks gelassen hatten. In einem kleinen Gästezimmer, das zum Garten hin in dem einen Flügel des Hauses lag. Im anderen Flügel waren die Apothekenkammer und die Zimmer, in denen al-Razi und Soraya schliefen. Jetzt waren sie ganz sicher wach.

Als wir vorwärtsschlichen, setzten wir unsere lautlosen Schritte mit größtmöglicher Vorsicht.

»Rührt ihn nicht an! Er ist alt!« Sorayas Schrei war deutlich zwischen den anderen Stimmen zu hören. Das war genau, was ich brauchte. Ich vergaß die Furcht und gab es auf, die Kräfte zu berechnen, die gegen uns standen. Wieder drückte David meinen Arm und hielt mich so von übereilten Bewegungen zurück.

Als wir näher kamen, konnten wir an Pierres Ellbogen vorbeisehen. Soraya wurde von Don Fernando festgehalten. Al-Razi lag der Länge nach auf den Kissen, als wäre er grob niedergeworfen worden. Zapata beugte sich mit drohender Miene über ihn. Von Kafur war nichts zu sehen. Zweifellos hatte ihn Pierre schon lange zum Schweigen gebracht.

Wir erreichten die Tür unserer Schlafkammer. David hielt den

Perlenschnurvorhang zur Seite, damit kein Rascheln uns verraten konnte. Erleichtert schlüpften wir in die schützende Dunkelheit. Wir griffen nach unseren Schwertern und lösten sie leise und vorsichtig aus ihrer Scheide. Es war gut, mit den schwitzenden Fingern wieder etwas Solides greifen zu können.

»Pierre zuerst.« Davids Flüstern war fast lautlos. »Überlaß ihn mir. Beweg dich nicht vorher.«

Wieder die vorsichtige Bewegung des Vorhangs... Erneut die geflieste Terrasse unter den Füßen, der allzu helle Mond, das kindische Blubbern des winzigen Springbrunnens, zu leise, um den Fußtritt einer Ameise zu verschlucken, schon gar nicht den eines Menschen...

Pierre durfte uns nicht hören. Und seine Kumpane sollten uns nicht sehen, wie wir uns hinter ihm aus der Nacht heranstahlen.

Sie schienen mit dem beschäftigt zu sein, was im Zimmer geschah.

»Hört auf zu lügen!« Das war Zapata, der mißmutig auf al-Razi herabschaute. »Wir wissen, daß Ihr das Elixier habt. Habt Ihr diesen jungen Männern das Rezept gegeben?«

»Wie könnte ich?« Auch wenn er schwach war, so hatte die Stimme des Doktors nichts von ihrer Würde verloren. »Ich sage euch, es gibt so etwas wie das Elixier des Lebens nicht. Es ist der Traum eines Dummkopfs...«

»Natürlich sagt Ihr das! Aber bedenkt, es sind noch Stunden bis Tagesanbruch, Stunden, bevor wir gestört werden. Ihr könnt genausogut jetzt reden. Wir werden nicht ohne das Rezept gehen.«

»Tötet mich, wenn ihr wollt.«

»Was würde das nutzen?« sagte Zapata grob. »Aber vielleicht ist es bei dem Mädchen etwas anderes. Um sie zu retten, könntet Ihr Eure Entscheidung noch einmal überdenken, glaube ich!«

»Seid ihr Gelehrte oder Tiere?« Al-Razis ruhige Festigkeit war dahin. Er versuchte sich aufzurichten. Zapata warf ihn wieder in die Kissen. Soraya schrie, Pierre und Don Fernando lachten.

Das war unser Augenblick. David richtete sich auf und lief mit erhobenem Schwert vorwärts. Ich folgte ihm.

Weder David noch ich hatten je den Umgang mit Waffen geübt. Er hätte einen Dolch besser gebrauchen können. So aber taumelte Pierre von dem Schlag, keuchte vor Schmerzen und Überraschung. Der Boden war mit Blut beschmiert, aber die Wunde war nicht tödlich. Nach kurzer Zeit torkelte er wieder in den Kampf, fluchend und heulend wie ein Dämon.

Zapata sah uns an. Seine Kinnlade fiel herunter. Für einen Moment verlor er sogar das Gleichgewicht.

»Bei allen Teufeln, wie ...«, begann er. Dann schlüpfte er gewandt hinter al-Razis ausgestreckten Körper und schwang ein kurzes Schwert. »Auch gut«, sagte er zwischen den Zähnen. »Dann können wir alle Vögel auf einen Streich umbringen.«

Don Fernando hielt Soraya nicht länger fest. Sie floh aus dem Zimmer. Das sah ihr nicht ähnlich, aber was hätte sie tun können, um uns oder ihrem Großvater zu helfen?

Also galt es zwei gegen drei, und Pierre war um so gefährlicher, weil er verwundet war. Selbst wenn der Mönch mit dem Schwert so ungeübt war wie wir, so waren unsere beiden anderen Gegner mit Waffen wohl vertraut. Zum Glück bleibt einem in solchen Momenten keine Zeit, um Erfolgsaussichten zu berechnen.

»Tötet sie«, sagte Zapata ruhig, als würde er ein Essen bestellen. Er stand abseits, während Pierre vorwärts torkelte, um David anzugreifen, und der junge Edelmann näher kam, um sich meiner anzunehmen.

Unsere Schwerter krachten aneinander. Ich fühlte, wie mein ganzer Arm unter dem Aufprall brannte, und wußte, daß Don Fernandos Kraft bald meine Verteidigung brechen würde. Ich ging zurück, um hinter den runden Rand des Brunnens auszuweichen. Auch David wurde von dem mörderischen Angriff des Gaskogners zurückgetrieben. Aus den Augenwinkeln sah ich Zapata herumstehen, bereit, jeden von uns niederzustechen.

Aber dazu kam er nicht mehr.

Plötzlich kam Kafur aus der Küche gerannt. Ich habe den verwundeten Pierre mit einem heulenden Dämon verglichen, aber es gibt keine Worte, den wütenden Diener zu beschreiben. Sein borstiges Haar war blutverschmiert, von den Handgelenken und Fußknöcheln hingen noch die flatternden Schnüre, sein Gesicht war das lebende Abbild rasenden Zorns. Soraya war ihm auf den Fersen, fuchtelte mit einem schweren Stock, der al-Razi gehörte. Sie wurde nicht gebraucht, genausowenig wie David und ich.

Kafur griff Zapata mit bloßen Händen. Bevor einer von uns noch ein Wort sagen konnte, hatte er ihn zerschmettert – es gibt kein anderes Wort dafür. Ich hörte das fürchterliche Krachen der Knochen. Zapata fiel hin und blieb liegen, wie von einem Ochsen niedergeworfen, der ovale Kopf saß unnatürlich verrenkt auf den Schultern.

Fernando brach seinen Angriff auf mich ab, drehte sich um und rannte um sein Leben in den Garten. Pierre, der wie ein Geschäftsmann nur im Rahmen des Bezahlten Gefahren auf sich nahm, folgte ihm sofort. Aber nicht schnell genug. David schlug nach ihm, und er schien zu stolpern, als er den Lilienteich erreichte. Dann fiel er hinein und zerstörte das Spiegelbild des Mondes.

Kafur verfolgte Don Fernando und erreichte die Strickleiter, als der Edelmann noch auf halbem Weg die Mauer hinabschwankte. Er löste sie. Ich hörte hinterher, daß Fernando entfliehen konnte – mit gebrochenem Knöchel und jeder Menge blauer Flecken.

Soraya und ich fielen neben al-Razi auf die Knie. Sie hielt seinen Kopf. Seine Augen waren geschlossen.

Hinter uns sagte David: »Pierre ist tot. Kafur hat ihn gerade aus dem Wasser geholt. Zapata auch. Er starb schneller, als er es verdient hatte.« Dann verschwand der fürchterliche Triumph aus seinen Augen. »Wie geht es dem Doktor?« Er stockte.

Soraya hob ihren Kopf und schaute uns mit Tränen in den Augen an. Auch wenn sie hätte sprechen können, es gab nichts mehr zu sagen.

»Es war sein Herz«, sagte Soraya hinterher. »Manchmal war es wie ein flatternder Vogel. Mein lieber Großvater – er warnte mich, ich solle keine Angst haben, wenn der Tod ihn plötzlich hole.«

Es war wenige Tage bevor ich nach Málaga aufbrechen konnte, um meine lange Reise nach England zu beginnen. Ibn al-Razi mußte den Gesetzen des Islam entsprechend zur Ruhe gebettet werden. Und es galt, die Richter von Granada mit einer Erklärung zufriedenzustellen wegen der seltsamen Vorgänge in jener Nacht.

Das erwies sich als leichter als erwartet. Soraya und Kafur sagten aus, daß die beiden Spanier in ihr Haus eingebrochen wären, den Tod von al-Razi durch Schock verursacht hätten und in gerechter Verteidigung getötet worden wären. Es wurde bestätigt, daß David und ich Gäste waren und zum Schutz unseres Gastgebers gehandelt hatten. Don Fernando war wahrscheinlich zurück in kastilisches Gebiet geflohen, und er tauchte nicht auf, um wegen seiner toten Freunde Klage zu führen.

Der einzig heikle Punkt war unsere Verhaftung in jener Nacht und unsere ganz unerklärliche Flucht aus dem Gefängnis. Darüber wurde den Richtern nichts gesagt. Vielleicht wollte der betroffene Offizier sie nicht verwirren. Es schien eine Angelegenheit zu sein, die im allgemeinen Interesse zu vergessen war.

Zweifellos war es hilfreich, daß wir Yussuf und seinen einflußreichen Vater auf unserer Seite hatten und die Juden von

Granada, denen wir die Empfehlungsschreiben von Scharada gegeben hatten.
Wie David weise bemerkte: »Wenn die Behörden einen peinlichen Fall abschließen wollen, fangen sie an, die Augen davor zu verschließen!«
Andere Probleme waren schwerer zu lösen.
»Was wird mit dem Mädchen geschehen?« fragte Yussuf, als er zu uns kam, um über unsere verschobene Abreise nach Málaga zu sprechen.
»Das ist schwierig«, sagte David. Wir saßen zu dritt am Lilienteich und beobachteten die vorüberhuschenden Eidechsen auf den Ziegelsteinen. »Sie hat hier natürlich weder Familie noch Freunde. Ich habe angeboten, sie nach Córdoba zurückzubringen, aber sie scheint nicht zu wollen. Sie hatte Córdoba verlassen, weil sie dort nicht glücklich war.«
»Sie ist alt genug für eine Heirat. Aber gibt es Geld für eine Mitgift?«
»Nicht viel. Al-Razi war als Arzt ein Genie, aber in Geldangelegenheiten war er ein Narr.« Das war etwas, was David keinem Menschen vergeben konnte. »Das Haus gehörte ihm selbstverständlich nicht, sondern wurde ihm von einem Bewunderer kostenlos überlassen. Er hinterließ kaum Geld, nur die Haushaltsdinge, die sie mitgebracht hatten. Kafur wird man die Freiheit geben. Und ich muß sagen, daß er sie verdient, obwohl er ein sehr wertvoller Sklave ist.«
»Sonst nichts?« fragte Yussuf. »Die Bücher und die Medikamente?«
»Ach ja. Sicher sind sie etwas wert. Ich könnte für meinen Vater ein anständiges Angebot dafür machen. Aber ihr müßt verstehen«, fügte David hinzu und wandte sich an mich, »daß

sie hier nur ein Zehntel von dem wert sind, was sie zum Beispiel in London bringen würden. Hier kennt man sie. In England sind sie selten, von manchen hat man dort noch nie gehört.« Seine Augen leuchteten. »Das bringt mich auf eine Idee, Robin. Warum sollte man nicht Soraya und dir etwas Gutes tun? Du kaufst das ganze zu den Preisen von Granada – und machst damit in London einen Laden auf.«

»Ein guter Vorschlag«, sagte ich sarkastisch. »Wie lange wird es dauern, bis ich als Giftmischer hingerichtet werde? Ich weiß von der Hälfte nicht einmal, was es ist!«

Auch wenn ich Davids Vorschlag damals lachend abwehrte, weiß ich heute doch, daß seine Worte mich ein wenig weiter in die Richtung gestoßen haben müssen, die ich gehen sollte. Seit ich seinen Vater getroffen hatte, war mein Interesse an Medizin mehr und mehr gewachsen, besonders an der Heilkraft von Kräutern. Al-Razis Apothekenkammer war für mich wie eine Erleuchtung gewesen. Diese Mauren hatten in der Pharmazie Kenntnisse, die den Apothekern in England unbekannt waren.

»Sie ist ein schönes Mädchen«, sagte Yussuf nachdenklich, »und tugendhaft, obwohl sie unverschleiert im Haus herumgeht und frei mit uns Männern redet. Es wäre vorteilhaft, wenn sie den wahren Glauben annehmen würde...«

»Das wird sie nicht tun«, sagte David. »Sie sagte, daß eure Religion lehrt, Frauen hätten keine Seele.«

»Stimmt!«

David lachte. »Kannst du dir vorstellen, daß Soraya ihre Seele aufgibt – selbst wenn sie dafür einen Mann gewinnt?«

»Nun, gemischte Verbindungen sind nicht ungewöhnlich – nimm ihre eigenen Eltern. Aber daß sie keine Mitgift hat, ist

ein Nachteil. Ich frage mich...« Yussuf strich sich über den Bart. »Ich frage mich, was mein Vater sagen würde.«
»Dein Vater!« rief ich erschrocken.
»Ja.« Yussuf klang erstaunlich ruhig. »Ich habe eine Frau und zwei kleine Töchter, aber noch keinen Sohn.« Ich konnte mich nicht erinnern, daß er das schon einmal erwähnt hatte. »Mein Vater will nicht, daß ich eine zweite Frau nehme, bevor ich dreißig bin und auf eigenen Beinen stehe. Vielleicht, wenn er Soraya sieht...«
Ich mochte die Richtung nicht, in die sich die Unterhaltung bewegte. Ich fand eine Entschuldigung, um sie zu verlassen, und ging ins Haus. Ich hörte, wie Soraya in der Apothekenkammer beschäftigt war.
»Hier ist deine Goldene Essenz«, sagte sie. »Sie ist sorgfältig verpackt, schau, damit die Flasche nicht zerbrechen kann. Es wäre eine Schande, nach allem, was ihr durchgemacht habt, um in ihren Besitz zu gelangen.«
»Danke, Soraya.«
Der erste Schock war vorüber, und sie erschien wieder so heiter und geschickt wie früher. Ich bemerkte jeden Tag mehr, was für einen starken Charakter sie hatte. Sie war weder eingebildet noch fordernd, sondern voll von al-Razis Ruhe und Aufrichtigkeit.
»Na, ihr wart ja sehr damit beschäftigt, meine Zukunft zu entscheiden«, sagte sie.
»Wir haben nichts entschieden. Das macht mir Sorgen.«
»Dir?«
»Natürlich.« Und es schien wirklich natürlich. Wir kannten uns erst seit kurzer Zeit, aber es war so viel geschehen. »Übermorgen«, sagte ich, »werde ich mit Yussuf nach Málaga reisen.

David kehrt nach Córdoba zurück. Du wirst allein bleiben.«

»Gott wird für mich sorgen.«

»Zweifellos! Aber Gott erwartet von seinen Kindern ein bißchen Hilfe bei seiner Arbeit!«

»Du mußt dich meinetwegen nicht sorgen, Robin.«

Ich war gereizt. »Wie sollte ich nicht? Du bist eine Waise, allein, ohne Zuhause, ein christliches Mädchen in einem moslemischen Königreich...«

»Sprich weiter! Sag noch, daß ich keine Erbschaft habe, um mir einen Mann zu erkaufen!«

»Das habe ich nicht gesagt!«

»Aber es ist die Wahrheit. Ich bin ein Niemand, ein Niemand der hoffnungslosesten Sorte. Wer würde mich schon heiraten wollen?«

»Ich.«

Das Wort war mir herausgerutscht, ohne daß ich es beabsichtigt hatte. Ihr Rücken war mir zugewandt, während sie die Gläser in den Regalen zurechtrückte. Sie antwortete nicht und drehte mir ihr Gesicht nicht zu. Ich wagte nicht, daran zu denken, wie sie meine Erklärung aufgenommen hatte. Ich redete wirr weiter.

»Ich habe kein Recht, dich zu bitten – ich besitze noch weniger als du und bin noch viel eher ein Niemand! Ich habe nicht einmal ein Handwerk oder Gewerbe. Wenn ich nicht die Gunst der Königin durch das Elixier gewinne, habe ich nur Aussichten auf gar nichts! Ich bin nicht klug oder gutaussehend wie David...«

»Robin.« Sie drehte sich zu mir um, aber das Fenster war hinter ihr, und immer noch konnte ich sie nicht richtig sehen, obwohl ich meinte, daß sie lächelte. Sie war wie ein Scherenschnitt, und das Sonnenlicht leuchtete auf ihrem Haar wie ein Heiligenschein. Die farbigen Gläser hinter ihr funkelten rot und grün und golden. »Ich glaube, du bist eifersüchtig auf David!«

»Du sprichst immer mit ihm – er bringt dich zum Lachen. Ich kann es dir nicht vorwerfen, wenn du David mir vorziehst, aber...«

Sie kam einen Schritt näher auf mich zu, hob ihre Hand und hielt mich an den Falten meines Kittels. Sie schüttelte mich, wie eine Mutter ihr Kind schütteln würde, obwohl ich doch größer war als sie.

»David vorziehen? Mein lieber Robin! Für einen Schreiber aus Oxford kannst du sehr dumm sein. An wessen Schulter weinte ich, als ich sah, daß Großvater tot war?«

Danach erledigte sich alles mit unglaublicher Leichtigkeit. Das ist der Vorteil, wenn man ein Niemand ist: Zwei von ihnen können ohne Einmischung von irgend jemandem heiraten.

Es stimmte, ich war viel zu jung, um eine Frau zu nehmen, und ich weiß, daß meine ehrenwerten Nachbarn in Cheapside sehr mißtrauisch auf einen sechzehnjährigen Bräutigam schauen, es sei denn, er hätte einen Vater, der ein erfolgreicher Geschäftsmann ihrer Stadt wäre. Aber Soraya und ich waren einige Monate älter als Königin Eleonora und Edward, als sie zum Altar gingen, um ein langes und glückliches gemeinsames Leben zu beginnen. Es gibt also zwei Dinge, in denen wir dem königlichen Beispiel gefolgt sind.

Arme Königin! Ich frage mich oft, ob das Goldene Elixier ihre Gesundheit wiederhergestellt hätte. Aber zumindest haben die Verzögerungen und bösen Abenteuer unserer spanischen

Reise nichts daran geändert. Denn als wir im April in Southampton landeten, hörten wir die Nachricht, die in England schon altbekannt war: Die Königin war bereits Ende November in Nottinghamshire gestorben, lange bevor wir Toledo erreichten. Ohne Zauberflügel hätten wir sie unter keinen Umständen retten können.

Der König war für lange Zeit untröstlich. Er ließ überall dort an den Wegen herrliche Gedächtniskreuze errichten, wo ihr Sarg auf der klagevollen Reise südwärts nach Westminster Abbey anhielt. Meine eigenen Kindeskinder können dort noch ihr Bildnis sehen und erkennen durch die Kunst der Bildhauer, daß ich ihre Schönheit nicht übertrieben habe.

Als Soraya und ich in London eintrafen, stellten die Arbeiter kaum eine Meile von der Abbey entfernt zwischen Westminster und dem Stadtkern gerade das letzte der Gedächtniskreuze auf. »Ma chère Reine« – Edward hatte sie auf französisch »meine teure Königin« genannt. Seitdem haben die Einwohner von London seine Worte ihrer Vorstellung nach gedreht und gewendet und sagen jetzt »Charing Cross« dazu. Wir sahen es zum erstenmal an einem grauen Frühsommertag im Nieselregen.

»Also leb wohl, Hoffnung auf königliche Gunst«, sagte ich. »Wir werden jetzt immer ein Niemand sein.«

Soraya berührte verstohlen meine Hand. Keiner sah es. »Das macht mir nichts, Robin.«

Der Regen fiel dichter.

»Bist du sicher, daß du dich nicht nach den roten Türmen von Granada sehnst?«

»Was denkst du, Robin?« flüsterte sie zurück.

Inhalt

Romane von Arnulf Zitelmann

Abram und Sarai

Roman. Mit einem Nachwort des Autors
Gebunden, 248 Seiten (79605) *ab 14*
Ein Roman über Abram, den wandernden Herdenkönig aus altbabylonischer Zeit, und seine Frau Sarai. Bei Abram nehmen die Religionen des Judentums, des Christentums und des Islams ihren Anfang, sie alle berufen sich auf ihn. Erstaunlich, wie Zitelmann es schafft, die ganze theologische Archäologie in eine bildliche Erzählung zu verwandeln.« *DIE ZEIT*

Bis zum 13. Mond

Eine Geschichte aus der Eiszeit. Mit einem Nachwort des Autors
224 Seiten, Gulliver Taschenbuch (78129) *ab 12*
Der Winter im Eisland ist hart. Manchmal, wenn Quila die Seele davonfliegt, begegnet sie der Bisonfrau in ihren Träumen. Doch diese Seelenflüge schmerzen und isolieren Quila von der Gemeinschaft. Erst Mir, der Heiler, kann ihr helfen und den Weg ins Land der Bisonfrau zeigen. Als Ausgestoßene durchquert Quila die Tundra und wird schließlich selbst Heilerin.

Der Turmbau zu Kullab

Abenteuer-Roman aus biblischer Zeit. Mit einem Nachwort des Autors
Gebunden, 240 Seiten (79771), Gulliver Taschenbuch (78040) *ab 12*
Die Steinzeit geht zu Ende. Zwischen Euphrat und Tigris wird ein Turm gebaut, der Turm zu Kullab, der alles in den Schatten stellen soll, was Menschen bisher geschaffen haben. Dim und Akunga kommen nach Kullab und erleben dort die letzten Tage der mächtigen Stadt. Es gibt Wirren und Aufstände, der Weg zurück ist für Dim und Akunga schwer.

Hypatia

Roman. Mit einem Nachwort des Autors.
Gebunden, 280 Seiten (80195), Gulliver Taschenbuch (78750) *ab 12*
Die spannende Geschichte einer außergewöhnlichen Frau in Alexandria im Jahre 400. Selbstbewußt, hochgebildet und politisch engagiert, forderte die Philosophin Bewunderung, aber auch Feindschaft heraus. »Zitelmann fesselt von der ersten bis zur letzten Seite« *Badische Zeitung*
Auswahlliste Deutscher Jugendliteraturpreis

Beltz & Gelberg
Beltz Verlag, Postfach 100154, 69441 Weinheim

Romane von Arnulf Zitelmann

Jenseits von Aran

Abenteuer-Roman aus Altirland
Gebunden, 208 Seiten (79770), Gulliver Taschenbuch (78042) *ab 12*
Während in Europa die Völkerwanderung beginnt, Roms Macht ins Wanken gerät, scheint im keltischen Irland die Zeit stillzustehen. Doch die Ruhe trügt: Irlands Könige kämpfen um die Vorherrschaft auf der Insel. Auf dem Schlachtfeld will Crithir Ruhm und Ehre gewinnen und gerät dabei ins Ränkespiel der Macht. Als Ausgestoßener kämpft er auf eigene Faust weiter und kehrt siegreich in die Heimat zurück. Doch der Sieg ist teuer erkauft.

»Kleiner Weg«

Abenteuer-Roman aus der Frühzeit
Mit einem Nachwort des Autors. Mit Bildern von Willi Glasauer
Gebunden, 200 Seiten, »Kinderbibliothek« (79510)
Gulliver Taschenbuch (78039) *ab 12*
Kleiner-Weg ist ein Höhlenjunge. Er hat seinen Klan, die Geierleute, bei einem Vulkanausbruch verloren. Die Steppe verbrannte, die Tiere flohen. Auch Kleiner-Weg verläßt sein Land und geht über die Berge.

Mose, der Mann aus der Wüste

Roman. Mit einem Nachwort des Autors
Gebunden, 296 Seiten (80083) *ab 14*
Mose, der von einer Königsfrau aus dem Wasser gezogen wurde, war ein schwieriger und einsamer Mensch, so will es die Überlieferung. Aber seine Hoffnung, seine Visionen von Freiheit haben ein ganzes Volk in Bewegung gesetzt, als er aus der Wüste kam und vor den Pharao trat. Ein spannender Roman über Mose und die altägyptische Zeit.

Nach dem großen Glitch

Abenteuer-Roman aus der Zukunft. Mit einem Nachwort des Autors. Gulliver Taschenbuch, 208 Seiten (78024) *ab 12*
Nach dem großen Glitch, der Superkatastrophe, sind neue Meere und Urwälder entstanden. Und vereinzelt geht auch das menschliche Leben weiter. Oci, Schiffsmädchen auf einem Forschungsschiff, trifft in den Bergen hinter dem Ruhrtalwatt auf André und seine Leute, die ohne Industrie eng verbunden mit der Natur leben. Erst nach vielen Abenteuern kann sich Oci entscheiden, wo und wie sie leben möchte.

Beltz & Gelberg
Beltz Verlag, Postfach 10 01 54, 69441 Weinheim

Romane von Arnulf Zitelmann

Paule Pizolka
oder Eine Flucht durch Deutschland
Roman. Mit einem Nachwort von Arno Klönne
Gebunden, 384 Seiten (80068), Gulliver Taschenbuch (78768) *ab 14*
Paule Pizolka, sechzehn Jahre, haut aus dem KLV-Lager ab und muß untertauchen. Seine Flucht wird zu einem Alptraum, doch Paule hält durch. Ein spannender und bewegender Roman, eine Liebesgeschichte auch, in dem Geschichte lebendig und nachvollziehbar wird.
»... eine der besten Veröffentlichungen über junge Menschen im Dritten Reich.« *Süddeutsche Zeitung*
Gustav-Heinemann-Friedenspreis

Unter Gauklern
Mit einem Nachwort des Autors
Gebunden, 188 Seiten (80564), Gulliver Taschenbuch (78021) *ab 12*
Martis, der Schafsjunge des Klosters, steht unter Verdacht, mit der seltsamen Babelin in geheimer Verbindung zu stehen. Als Babelin verbrannt wird, flieht Martis aus dem Kloster und schließt sich den Fahrenden und Gauklern an ...

Unterwegs nach Bigorra
Abenteuer-Roman aus dem frühen Mittelalter
Mit einem Nachwort von Hermann Schefers
Gebunden, 304 Seiten (79655) *ab 12*
Unterwegs nach Bigorra trifft Itta den alten jüdischen Händler Jakob. Bei Poitiers lesen sie den erblindeten Sahnun auf. Zusammen machen sich die drei auf den weiten und gefährlichen Weg quer durch Frankreich.
Friedrich-Gerstäcker-Preis

Zwölf Steine für Judäa
Abenteuer-Roman aus dem Jüdisch-Römischen Krieg
Mit einem Nachwort des Autors
Gebunden, 212 Seiten (79679), Gulliver Taschenbuch (78041) *ab 12*
Jedidia ist eine jüdische Kriegsgefangene. Als Junge verkleidet, flieht sie aus Rom, um die größte Kostbarkeit Israels nach Jerusalem zurückzubringen. Sie wird von Sklavenfängern des römischen Königs verfolgt und kämpft mit Wölfen. »Ein hinreißendes Buch, das nichts beschönigt, was die Geschichte geschrieben hat.«
Deutsche Lesegesellschaft